London Hayes
Tome 4 : Exposée

Annabel Chase

London Hayes
Tome 4 : Exposée

Annabel Chase

Traduction : Annabelle Blangier

Directeur de collection : Violaine Georgiadis

Titre original : One Knight Stand (Midnight Empire book 4)

Les notes de bas de page sont le fait du traducteur et de l'éditeur.

www.editions-alter-real.com
Illustration : Trif Brothers
ISBN papier : 978-2-38575-102-9
ISBN numérique : 978-2-38575-101-2
ISSN : 2646-6899
Dépôt : avril 2024

Chapitre 1

— Redresse les épaules. Tu es voûtée. L'univers doit sentir ton assurance. Tu dois être claire dans tes intentions, et les concrétiser.

Assise en tailleur à l'intérieur du cercle dessiné à la craie, je carrai les épaules et me préparai à réessayer.

— Je me suis entraînée pendant des heures, hier.

— Et tu vas t'entraîner encore chaque jour cette semaine, jusqu'à l'avoir perfectionné.

Ma mère se pencha devant le cercle de craie pour me regarder dans les yeux.

— Tu es une fille très spéciale, London. Le point positif, c'est que tu as reçu de nombreux dons. Le point négatif, c'est que tu dois travailler plus dur que tous les autres pour apprendre à les contrôler et pour éviter qu'ils te contrôlent.

— Quel est l'intérêt d'avoir tous ces dons, si je dois les cacher ? rétorquai-je d'un ton boudeur.

— Tu veux rester en vie, non ?

Je la fusillai du regard.

— Si je cours un si grand danger à cause de ce que je suis, pourquoi m'avoir mise au monde ?

Elle me donna une petite tape sur le nez.

— Parce que tu es l'incarnation de l'amour, jeune fille.

— Ça m'a l'air très égoïste.

Elle se redressa.

— Ça l'était peut-être, mais la décision a été prise et tu es là, maintenant, répondit-elle en resserrant sa main sur mon épaule gauche. Réessaie, maintenant, London. Essaie autant de fois que nécessaire, comme si ta vie en dépendait, parce qu'un jour, ce sera peut-être le cas.

Je me concentrai sur le point noir dans ma tête. Ma mère avait remarqué des signes qui pourraient suggérer que j'avais des capacités d'invocation. Elle voulait tester sa théorie. Elle m'avait expliqué ce pouvoir et comment il fonctionnait. J'étais impatiente d'essayer, parce qu'ouvrir des portails vers des plans alternatifs, ça avait l'air fascinant. Le raisonnement de ma mère était bien plus pragmatique. Elle pensait que ça pourrait m'offrir une planque où me cacher et où personne ne pourrait m'atteindre. Une planque en cas d'urgence, le temps que la menace disparaisse.

Je me concentrai jusqu'à avoir l'impression que tous les os de mon corps allaient se briser. L'effort était trop grand. Du sang coula de ma narine gauche et je m'écroulai sur le flanc. Je fis tout pour rester consciente, mais mon corps me trahit.

Une main ferme me secoua.

— Essaie encore, London.

Je grognai.

— Non. Ça suffit.

— Ça ne suffira jamais, ma douce. Il y a toujours plus à apprendre. Plus à maîtriser. Si tu trouves la vie dure en ce moment, tu verras quand tu seras plus grande.

J'ouvris les yeux et les rivai sur elle. Même si j'avais été élevée dans un monde plongé dans les ténèbres, en ce qui me concernait, le soleil se levait et se couchait sur Rhéa Hayes.

— Il est temps de se lever, dit-elle, d'une voix plus ferme, cette fois. Tout de suite.

J'ouvris les yeux et regardai le haut plafond.

Il était temps de me lever.

Je roulai du matelas et me mis debout pour m'étirer. Ce n'était pas parce que j'étais prisonnière que je devais me rouler en boule et capituler. Je devais garder mes sens affûtés, chercher la moindre opportunité de prendre le dessus sur mes geôliers et de m'échapper. Même sans magie, j'étais forte, rapide et, plus important encore, pleine de ressources.

Ma mère m'avait bien entraînée. Lorsqu'elle ne possédait pas elle-même une capacité qu'elle voulait m'enseigner, soit elle faisait des recherches dessus, soit elle trouvait quelqu'un qui la maîtrisait. Ce quelqu'un devait être discret et prêt à entraîner une enfant qui ne devrait pas être capable de maîtriser une magie d'un niveau assez avancé pour nécessiter l'aide d'un expert.

Une enfant qui ne devrait pas exister.

Malgré tout ce qu'elle savait sur notre monde, ma mère n'aurait pas pu prévoir qu'un jour, je serais emprisonnée dans une tour du château de la Maison Duncan, par le roi Glendon. Une tour conçue pour être une zone dépourvue de magie, destinée aux prisonniers comme moi.

Je repensai à mes leçons et tentai d'en identifier une qui pourrait m'aider à m'échapper. La « planque » était plus tard devenue la « maison de vacances » de la ménagerie, le groupe d'animaux avec qui je partageais mon appartement. Comme j'étais la seule à avoir accès à cette dimension de poche, elle servait aussi de cachette pour deux des pierres les plus puissantes du monde : la Pierre Élémentaire et la Pierre de Transcendance. Hélas, je ne pouvais pas accéder à ce lieu sûr d'ici. Pas de magie, pas de portail vers une autre dimension.

Malgré tous mes efforts, je ne trouvais aucune solution.

Ce n'était pas la première fois que je me retrouvais emprisonnée. Grandir dans les tunnels sous Britannia City m'avait forcée, d'une certaine manière, à rester confinée. Mais, bon sang, rien que le fait d'être un dhampir dans un monde dirigé par les vampires m'avait forcée à m'emprisonner. Je m'étais construit une tour imaginaire pour me protéger, empêchant tous les autres d'entrer. Chaque jour, je me réveillais et continuais à vivre en dissimulant ma vraie nature.

Je vivais un mensonge.

Mais après tout, l'alternative était la mort.

Le point positif de ma situation actuelle, c'était que je n'avais pas à craindre que ma magie implose ou explose. Aucune implosion à déclarer ici. Aucune lueur argentée sur ma peau. Pas besoin de toujours me demander si j'avais relâché assez de magie pour soulager en partie la pression en moi.

Un grondement bas secoua les pierres de la tour.

— Bonjour, hurlai-je au dragon.

Il n'y avait pas de fenêtre, et je ne pouvais pas le voir, mais je reconnus le battement de ses ailes. Le dragon passait devant ma prison plusieurs fois par jour. Au début, ce bruit caractéristique me prenait par surprise. Mais j'avais remarqué que le dragon venait à intervalles réguliers et j'avais fini par anticiper ses visites. Il avait l'air d'être du genre routinier. Au moins, cet exercice m'occupait l'esprit et m'empêchait de devenir folle.

Le dragon était la seule constante sur laquelle je pouvais compter. Mes geôliers tentaient d'utiliser l'inconstance comme outil de torture. Je ne savais jamais quand arriverait mon prochain repas. Je ne pouvais pas anticiper le passage des rondes de sécurité ni savoir quel garde serait en service. La façon dont j'étais traitée laissait entendre que le roi Glendon avait beaucoup d'expérience dans la détention de prisonniers. Je n'avais pas vu le roi une seule fois depuis notre conversation dans la salle à manger, quand il avait ordonné à ses hommes de m'emmener dans la tour. Quel que soit son plan, ça n'incluait pas de communiquer avec moi.

Je me laissai tomber au sol, pour faire une dizaine de pompes. Je détestais ça, mais je devais rester en forme et entretenir mon corps, pour rester prête à passer à l'action. J'imaginai Kami debout au-dessus de moi et me réprimandant sur ma technique. *Garde ton dos plat. Mets tes mains à deux centimètres l'une de l'autre.*

Je m'aplatis au sol, expirai et me demandai si le roi avait trouvé Callan. À mon avis, la réponse était non, vu que j'étais toujours ici. Si ça avait été le cas, le roi m'aurait au moins exhibée comme un trophée, et m'aurait peut-être poignardée une fois ou deux pour marquer le coup, et pour faire comprendre à Callan que j'étais considérée comme sacrifiable.

Le roi serait sacrément surpris, quand Callan ne montrerait que de l'indifférence quant au sort qui m'attendait. Le prince vampire me l'avait bien fait comprendre, quand il m'avait abandonnée sur l'île de Skye. Il avait appris la vérité sur mon espèce et m'avait laissée seule face à mon sort. Sympa.

Je terminai mes pompes et passai aussitôt aux squats. Mieux valait ne pas faire de pause avant la fin des exercices ou je serais tentée de m'apitoyer sur mon sort. Je m'accordai cinq minutes par jour pour me lamenter, pas plus.

Un coup à la porte interrompit mes squats. Ça ne voulait pas forcément dire que j'avais un visiteur. Parfois, ils frappaient et n'entraient pas, ou bien ils entraient sans frapper. Les vampires me faisaient subir leur propre version de la magie de chaos. Et ça avait l'air de beaucoup les amuser. Je les avais entendus rire quand ils s'éloignaient de la porte.

— Qui est-ce ? demandai-je.

Je jouais quand même le jeu, ne serait-ce que pour mon propre amusement.

— Vous êtes décente ? s'enquit une voix haut perchée.

Il n'avait pas l'air d'avoir encore atteint la puberté.

— Vous croyez que je me balade dans la tour en petite culotte ?

La porte s'ouvrit et deux gardes entrèrent dans la pièce, avec un troisième vampire derrière eux. J'oubliai de deviner lequel d'entre eux avait de l'acné. J'étais trop occupée à dévisager le roi Glendon. Ses cheveux blond vénitien ondulés étaient coiffés en arrière, révélant quelques mèches argentées. Il était très chic, dans son costume trois-pièces, sa chemise blanche et le mouchoir rouge plié dans sa poche. Ses longues enjambées me rappelèrent celles de Callan. Mais la ressemblance s'arrêtait là. Le roi d'Écosse et son fils n'avaient rien en commun.

Le roi fléchit le poignet et fit signe aux gardes.

— Laissez-nous.

Je perçus une note de brandy dans son haleine. Apparemment, le roi avait bu une gorgée pour se donner du courage avant de gravir les marches de l'escalier en spirale. C'était bon à savoir.

Les gardes sortirent et fermèrent la porte, mais j'étais certaine qu'ils allaient rester juste derrière.

— En quoi consiste votre plan ? m'enquis-je.

Le roi conserva son sérieux.

— Est-ce qu'on te traite bien ?

— Si l'on met de côté le fait que je sois enfermée dans une tour et privée de magie… Ouais, c'est l'éclate.

Le roi m'observa avec froideur.

— Tu me montres très peu de respect.

— Parce que vous n'en méritez que très peu.

Il fronça les sourcils.

— Il y a un dragon affamé derrière ces murs. Tu te rends bien compte que je pourrais te tuer sur-le-champ sans que personne ne le sache jamais, pas même mon fils.

— Je pense qu'il assemblerait les pièces du puzzle. Il est plutôt malin. Apparemment, le roi Casek a insisté pour que Callan bénéficie des mêmes opportunités et de la même éducation que ses propres enfants. Il l'a traité comme un deuxième fils, dès le départ.

Le roi tressaillit.

— Le prince Callan, tu veux dire, me corrigea-t-il.

— Exact. C'est un prince. Bravo, un bon point pour vous.

Le roi s'avança et m'asséna une gifle.

— Ça, c'est pour ton impertinence.

Je me mordis la langue et un goût métallique m'emplit la bouche. Quand je me fus remise du choc, je me redressai et lui fis face.

— Si vous souhaitez que je coopère, ce n'est pas comme ça que vous allez y arriver.

— Je ne souhaite ni ne requiers ta coopération. J'obtiendrai ce que je veux par mes propres méthodes.

— Alors, qu'est-ce que vous faites là ? Si vous êtes venu déposer un bonbon à la menthe sur mon oreiller, il est temps que je vous apprenne que je n'ai pas d'oreiller, dis-je avec un geste vers le matelas.

— Nous avons découvert que les oreillers avaient tendance à devenir des armes, alors nous avons dû faire sans.

— « Nous », comme si c'était vous qui deviez vous en passer.

Je crus qu'il allait me gifler une deuxième fois.

— Parle-moi des pierres.

— Les pierres sont des morceaux de terre durs utilisés pour construire des bâtiments, ou même des tours qui détiennent des prisonniers.

Il ne sourit pas.

— Mes espions m'ont dit que tu avais eu trois pierres entre les mains. Ce qui fait de toi la plus haute autorité à leur sujet.

— Je m'attendais à ce qu'elles soient plus grosses.

Les mains dans le dos, il m'examina.

— Nous ferions une équipe incroyable, toi et moi.

— Et moi qui croyais que vous étiez du genre à vous la jouer solo.

Ça me valut un sourire amusé.

— Je serais prêt à enterrer la hache de guerre et à coopérer, avec une partenaire qui en vaut la chandelle.

— Parce que vous n'avez pas accès à la magie ?

— Oh, j'ai accès à beaucoup de magie, assura-t-il avec un geste vers la porte. Toute une équipe de sorcières et de mages est à ma disposition, en fait. Tu en as déjà rencontré quelques-uns, je crois.

— Alors, pourquoi avez-vous besoin de moi ?

Il riva sur moi ses yeux verts qui me rappelaient tellement son fils.

— Comme je l'ai dit, c'est toi, l'experte en ce qui concerne les pierres. Tu es la meilleure dans ce domaine, et je ne m'associe qu'avec les meilleurs.

— C'est pour ça que vous ne vous êtes pas remarié après la mort de votre femme ? Vous ne trouviez pas de remplaçante adéquate ?

Il m'observa avec intérêt.

— Pourquoi ? Tu te portes volontaire ?

— Je ne prendrais pas cette peine. Un vampire comme vous n'a aucune envie de bâtir un empire en prenant une sorcière pour reine.

— En fait, il est interdit d'épouser un membre d'une autre espèce que la sienne, ici. Mais une femme avec des talents si variés pourrait m'être utile de bien d'autres manières.

OK, il venait juste de gravir un échelon encore jamais atteint sur l'échelle du pauvre type malsain.

— On parle toujours des pierres là, hein ?

— Bien sûr, acquiesça-t-il en conservant un air décontracté.

Je croisai les bras.

— Si vous voulez en savoir plus sur les pierres, autant me tuer, parce que je ne vous dirai rien.

— Quel dommage !

Il se tourna vers la porte et me jeta un regard par-dessus son épaule.

— Je vous laisse une dernière chance.

Je feignis un intérêt profond pour mes ongles.

— C'est bien ce que je pensais.

Il frappa à la porte et l'un des gardes l'ouvrit.

— Amenez Sigmund.

Est-ce que j'étais censée trembler dans mes bottes à la mention d'un nom comme Sigmund ? Titan, à la rigueur. Un Jericho pouvait aussi être intimidant. Mais un Sigmund ?

L'instrument de torture ne tarda pas à arriver. Je m'attendais à un mage, et j'avais raison. Il était très petit, avec des cheveux bruns si fins que je pouvais voir la peau pâle de son crâne à certains endroits. Il ne portait pas de manteau. Non, ce n'était visiblement pas le genre de notre Sigmund. Ce mage-là avait opté pour un kilt et une cornemuse.

Je le saluai d'un geste de la main.

— Économisez votre souffle. Il se trouve que je suis une grande fan de cornemuse, votre technique de torture spéciale ne fonctionnera donc pas sur moi.

Sigmund sourit.

— Oh, la cornemuse n'est pas là pour toi, ma chérie.

— Ah non ? Juste le kilt, alors ?

— Tu ne vas pas me demander ce que je porte en dessous ? Les dames des autres Maisons veulent toujours savoir.

— J'ai déjà quelqu'un dans ma vie, alors non, je ne suis pas vraiment intéressée.

Enfin, disons plutôt que j'espérais avoir quelqu'un dans ma vie. Je balayai cette pensée. Ce n'était pas le moment de penser à Callan. J'avais déjà dépassé, plus tôt dans la journée, la limite des cinq minutes que je lui accordais chaque jour.

Sigmund porta la cornemuse à ses lèvres et souffla. Les premières notes émirent le son auquel je m'attendais. Je croisai les bras pour lui montrer à quel point j'y étais indifférente.

Puis des hurlements s'élevèrent.

Une forme transparente s'extirpa de l'un des conduits de la cornemuse, suivie d'une autre.

Des banshees.

Elles se mirent à voler autour de moi en poussant des cris destinés à me provoquer. Les mots qu'elles prononçaient étaient indéchiffrables, mais le bruit me perçait les tympans. La plupart des gens parlaient pour se faire comprendre. Les banshees parlaient pour être entendues de la pire des manières.

— Je croyais que c'était une tour anti-magie, hurlai-je.

— Ce n'est pas de la magie, ma chérie, répondit-il. Ce sont des banshees. Ce genre d'esprits peut aller où il veut.

Il tapota son instrument.

— Il s'avère qu'elles aiment vivre dans les tuyaux de l'instrument. La cornemuse, c'est un peu leur panier pour chien.

D'autres esprits émergèrent des conduits, leurs cris se mêlant à ceux de leurs prédécesseurs. J'avais l'impression que mes tympans allaient exploser.

— Parle-moi des pierres, dit Sigmund malgré le vacarme.

Je résistai. Il faudrait plus que ça pour me briser. Beaucoup plus.

— Vous ne m'entendrez pas bien, répondis-je. Ça m'a tout l'air idiot, comme technique pour extraire des infos.

Il me regarda d'un air rayonnant.

— Je vais très bien. J'ai développé une immunité à leurs sons. C'est l'une des raisons pour lesquelles mes services sont aussi demandés.

Cinq banshees m'encerclèrent. J'avais l'impression que leurs cris s'infiltraient dans mon cerveau. Je tombai à genoux et me couvris les oreilles, en vain. Bloquer ce son horrible était impossible.

La porte s'ouvrit d'un coup. Une silhouette encapuchonnée entra en trombes et referma aussitôt derrière elle.

Le roi avait dû décider d'envoyer quelqu'un d'autre pour superviser le travail de Sigmund. Il ne souhaitait pas accomplir le sale boulot lui-même, et je ne pouvais pas lui en vouloir. Cet escalier était une vraie plaie à monter.

Mais Sigmund parut surpris par ce nouvel arrivant.

La silhouette baissa sa capuche et je reconnus la sorcière de la salle à manger, celle qui s'était « occupée de moi » avant mon emprisonnement dans la tour.

— Cynthia, qu'est-ce que tu fais là ? demanda Sigmund.

Leur charme magique avait sûrement une date d'expiration. Il était temps que je reçoive ma deuxième dose.

— Le roi m'a envoyé t'aider.

Sigmund se retourna pour souffler à nouveau dans la cornemuse. Cynthia sortit un objet des confins de son manteau. Je tentai de voir ce que c'était, mais mes paupières n'arrêtaient pas de se fermer malgré moi, comme si ça pouvait noyer le son des banshees.

Quand je rouvris les paupières, les banshees étaient encore là, mais Sigmund était allongé sur le ventre, face contre terre. Je tournai les yeux vers Cynthia, qui tenait une brique dans la main. Elle passa à travers le cercle de banshees au pas de course pour me rejoindre.

Je la regardai, confuse.

— C'est le roi qui vous a demandé de faire ça ?

— Non, répondit-elle.

Elle sortit mes armes confisquées des replis de son manteau et lança dans ma direction ma hache bien aimée.

— Je suis ici parce que je veux t'aider à t'échapper.

Chapitre 2

— Dans ce cas, vous auriez peut-être dû laisser la porte ouverte, non ? demandai-je en désignant la porte dépourvue de poignée d'un signe de tête.

— On ne peut pas sortir par là.

— On est dans une tour. Quel autre choix on a ?

Je grimaçai. Les banshees voletaient toujours dans la pièce comme des pigeons piégés sous un dôme. Au moins, elles ne pouvaient pas nous attaquer physiquement. La seule arme d'une banshee était sa voix.

— Vous pouvez faire quelque chose pour arrêter ce boucan ? Mes oreilles sont à deux doigts d'exploser.

Et vu comment je me sentais en ce moment, je serais ravie de me débarrasser d'elles.

— On peut se servir du bruit pour couvrir nos traces. C'est pour ça que j'ai choisi ce moment précis pour nous échapper.

Elle releva ses bras, ce qui fit glisser les manches de son manteau en direction de ses coudes, révélant des mains âgées qui contrastaient de manière frappante avec les traits lisses de son visage.

— Qu'est-ce que vous faites ?

Elle m'ignora.

— Pourquoi vous m'aidez ?

— Tu pourras poser tes questions plus tard. Pour l'instant, on doit se dépêcher.

Par terre, Sigmund remua.

Cynthia écarquilla les yeux.

— Changement de plan.

— Déjà ? Je n'avais même pas encore entendu parler du premier.

Les banshees revinrent vers nous et décidèrent de continuer de nous harceler, mais à plus courte portée.

— Si vous parvenez à déboucher le bouchon métaphorique qui retient ma magie, je pourrais vous aider, proposai-je.

— Ma solution est plus rapide. Dès que tu quitteras la tour, tu auras accès à ta magie. Le sort que je t'ai lancé ne fonctionne qu'en tandem avec les enchantements de la tour.

Une petite lueur émana de ses mains.

— Vous pouvez faire de la magie ici parce que personne ne s'est « occupé de nous » avant de venir ici, devinai-je.

— Exact. L'enchantement de la tour ne suffit pas à lui seul. Un sort précis doit être lancé sur le prisonnier pour le relier à la tour. Mon sort.

Je me tus et la laissai travailler. Bizarrement, les banshees firent pareil. Elles avaient cessé de hurler et étaient retournées dans la cornemuse. Il ne me fallut qu'un instant pour comprendre pourquoi.

Des pas approchaient dans l'escalier en spirale. J'écoutai le son des bottes et tentai de déterminer le nombre de gardes. Ils étaient bien trop nombreux.

Cynthia se déplaça discrètement. Elle longeait le mur incurvé et faisait glisser sa main contre les pierres. De la magie crépita au bout de ses doigts. Je n'avais aucune idée de ce qu'elle faisait.

Des poings cognèrent à la porte.

— Ouvrez !

Je regardai Cynthia.

— Je ne crois pas que ce soit le meilleur moment pour vous limer les ongles...

Elle s'arrêta au milieu de la tour et une lueur verte recouvrit tout son poing, qu'elle enfonça à travers la pierre.

— Va-t'en !

Je regardai le trou béant qu'elle venait de créer.

— Pour aller où ? On est à au moins cent cinquante mètres du sol.

C'est alors que j'entendis un battement d'ailes familier s'approcher de la tour. Je courus vers la cavité et regardai dehors.

Le dragon apparut, ou plutôt mon taxi, comme j'avais envie de l'appeler.

Je m'approchai du vide et me préparai à sauter sur ma monture.

Le dragon se rapprocha.

La porte s'ouvrit d'un coup sec et des gardes se déversèrent dans la pièce.

Je sautai.

Je pouvais toujours entrevoir le visage de Cynthia, encadré par les débris du trou. Derrière elle, Sigmund se releva. Elle ne pouvait pas rester ici, elle se ferait tuer.

Je lui tendis la main.

— Venez !

Son visage était paralysé par la peur.

— Sautez ! Je vous rattraperai !

Elle se retourna et, à l'aide de la même lueur verte dont elle s'était servie pour frapper le mur, elle envoya valser ses assaillants.

Je rapprochai le dragon de la tour une seconde fois, afin que Cynthia mette toutes les chances de son côté pour réussir son saut.

— Maintenant !

Cynthia sauta dans le vide. Ses mains glissèrent sur le flanc du dragon et je lui attrapai le poignet. Je dus mobiliser toutes mes forces pour rester en équilibre sur le dragon, tout en tirant Cynthia vers moi jusqu'à ce qu'elle soit assise à cheval dessus.

La sorcière se recroquevilla derrière moi.

— Accrochez-vous à moi, lui intimai-je.

Et nous nous envolâmes.

Je tentai d'amadouer le dragon, mais je me rendis vite compte que ce n'était pas nécessaire. Il voulait nous aider, mon influence magique était inutile.

— Et moi qui croyais que tu étais seulement une mesure de sécurité supplémentaire, et affamée qui plus est, dis-je en caressant le cou du dragon.

Ce ne serait pas la première fois que les actions d'un dragon seraient mal comprises, et je ne serais pas du tout surprise d'apprendre que le roi et ses employés n'aient jamais pris la peine de déterminer de quoi il avait besoin.

— Attention, me prévint Cynthia. Cette créature crache du feu. Et préfère que ses repas soient grillés plutôt que crus.

— Je vais m'assurer de ne pas me tenir en face de la bouche de ce petit bonhomme.

— Bonhomme ?

— Ce dragon est un mâle.

Même si je ne l'avais pas converti avec mon lien magique, je pouvais quand même sentir son essence.

Le dragon continua de s'élever dans le ciel. L'air me refroidit le visage. Ça faisait du bien d'être dehors. D'être libre.

Il ne fut pas facile de trouver la bonne direction, en grande partie parce que je ne savais pas où était situé le château. Si mon but avait été de me diriger tout droit vers le territoire de la Maison Lewis, je n'aurais eu qu'à indiquer au dragon d'aller vers le sud. Mais je ne pouvais pas quitter l'Écosse sans la Pierre de l'Esprit. Autrement dit, je devais trouver Fenella. Si la sorcière avait fait ce que je lui avais demandé, la pierre devait être cachée quelque part, en lieu sûr, le temps que j'arrive pour la récupérer. D'un autre côté, Fenella m'avait déjà trahie une fois. N'oublions pas qu'au départ, je m'étais retrouvée emprisonnée dans la tour à cause d'elle. Elle et Murdina étaient des Ombres. Elles faisaient partie des Filles de Perséphone, et elles avaient révélé ma position aux sbires de Glendon. Si Callan ne m'avait pas abandonnée sur Skye, il aurait été là, lui aussi.

Je me promis de ne plus penser à Callan.

Le vent soufflait fort, mais le dragon passait à travers les bourrasques comme un couteau dans du beurre. Je repérai une clairière, droit devant nous, et indiquai au dragon d'atterrir.

— Qu'est-ce que tu fais ? me demanda Cynthia.

Elle était toujours accrochée à moi comme si sa vie en dépendait. C'était compréhensible, supposai-je.

— On doit faire une pause. Faire le point et élaborer un plan.

Elle ne protesta pas. Le dragon effleura la cime des armes et se posa dans la clairière que j'avais repérée. Nous étions assez loin du château, ce qui pouvait nous permettre de faire un détour sans crainte.

L'atterrissage fut plus cahoteux que je m'y attendais et Cynthia faillit être projetée sur la queue recouverte de pointes du dragon. Malgré ça, nous réussîmes à regagner la terre ferme indemnes.

Cynthia vacilla sur ses pieds tout en se frottant le postérieur.

— Ce n'est pas aussi agréable qu'un balai, je peux te le dire.

— Dans ce cas, vous auriez dû en apporter un avec vous dans la tour, répondis-je en parcourant la clairière des yeux. Le dragon pourra nous aider à allumer un petit feu. Si vous voyez quelque chose de mangeable, appelez-moi.

Cynthia scruta la clairière.

— Tu es sûre que s'arrêter est une bonne idée ?

— Oui.

Elle semblait avoir l'habitude d'obéir aux ordres, parce qu'une fois de plus, elle ne protesta pas. Elle se contenta de partir à la recherche de nourriture. À l'aide de pierres et de morceaux de bois, je créai un foyer parfait pour un feu de camp, puis je demandai au dragon d'enflammer les brindilles. Je traînai une bûche, d'un arbre échoué non loin de là, devant le feu pour qu'elle nous serve de siège.

Cynthia revint dans la clairière en tenant les replis de son manteau entre ses mains. Une fois devant le feu de camp, elle laissa tomber un tas de baies rouges et sombres à nos pieds.

Elle me rejoignit sur la bûche.

— Ce n'est pas dangereux de faire un feu ? Ça ne risque pas d'attirer des visiteurs indésirables ?

— Ce sont surtout les éclaireurs du roi qui m'inquiètent, et on a réussi à gagner un peu d'avance sur eux.

Je lui lançai un regard en coin tout en me frottant les mains devant les flammes.

— Depuis combien de temps tu travailles pour le roi ?

— Beaucoup trop longtemps. Des décennies. J'ai commencé au plus bas de l'échelle, dans la fosse, et j'ai gravi les échelons.

Je fronçai les sourcils.

— La fosse ?

— Ce n'est pas vraiment une fosse. C'est comme ça qu'on appelle le groupe principal de sorciers et de mages en poste. Ils sont au niveau le plus bas de la hiérarchie, dans la maison. Chaque sorcière aspire à gravir les échelons, jusqu'à recevoir des ordres directs du roi.

— C'est mieux payé ?

Elle hocha la tête.

— Et c'est un emploi plus stable. Mais je n'ai jamais vu le roi quand je travaillais dans la fosse. Il ne s'adresse directement qu'aux employés les plus élevés dans la hiérarchie.

— Tu connaissais la reine ?

Les yeux de Cynthia étincelèrent.

— La reine était différente. Elle faisait tout pour retenir le nom de tout le monde, même celui des employés de la fosse. C'était une femme bien, qui avait bon fond.

— Pourquoi avoir épousé quelqu'un comme Glendon ?

Cynthia laissa échapper un rire amer.

— Tu crois qu'elle avait le choix ? C'était une vampire sublime, issue d'une famille puissante et avec la voix d'un rossignol. Ses parents l'ont plus ou moins vendue au plus offrant.

— Mais elle ne venait pas d'une autre Maison.

Cynthia secoua la tête.

— Le roi ne faisait pas confiance aux autres Maisons. Il était convaincu que s'il épousait une femme d'une autre Maison, elle lui planterait une dague dans le dos pendant son sommeil afin de prendre le contrôle du royaume.

On aurait dit que Glendon et Britannia sortaient du même moule ; tous les deux étaient de nature paranoïaque. Pas étonnant qu'ils soient entrés en guerre l'un contre l'autre. Ils se ressemblaient trop pour coexister en harmonie.

— Il s'imaginait juste que tous les autres étaient comme lui, remarquai-je. Glendon est le seul prêt à tuer tous ceux qui se dresseraient sur son chemin, si ça lui permettait d'obtenir plus de pouvoir.

Je songeai à l'histoire que Callan m'avait racontée au sujet de sa mère. Il n'était pas seulement « prêt à tuer », il l'avait déjà fait. C'était lui le coupable.

— Il a autant de sang sur les crocs qu'il n'en a dans les veines, acquiesça Cynthia. C'est un monstre.

— C'est pour ça que tu as décidé de le trahir ?

Elle se tourna vivement vers moi.

— J'attendais la meilleure occasion pour partir depuis longtemps, mais je savais que je ne pourrais pas rester en Écosse. Je suppose que tu vas retourner à la Maison Lewis. J'espère trouver asile là-bas.

Nécessité faisait loi, semblait-il.

— Parle-moi un peu plus de la reine.

— Elle était le cœur et l'âme du château, répondit Cynthia, et son visage s'assombrit. Le château a changé, après sa mort. Le roi est resté le même, bien sûr, mais tous les autres ont été très affectés. Ils n'étaient plus comme avant. Elle était un rayon de soleil dans ce monde obscur. C'est une drôle de manière de décrire un vampire, je sais, mais c'est la vérité.

— Et Callan ?

Elle me lança un regard en coin.

— Le petit prince ?

Je ris à l'idée qu'un vampire surpuissant d'un mètre quatre-vingt-dix puisse être qualifié de « petit prince ».

— Ce petit prince a plus de trente ans, maintenant.

— Bah. Il reste un gamin vampire, pour moi. Fais-moi signe quand tu commenceras à discerner des cheveux gris sur sa tête, et, seulement à ce moment-là, je le traiterai comme un homme d'âge moyen.

Elle enfonça un bâton dans le sol.

— C'était un gosse très fier. Il faisait tout son possible pour faire plaisir au roi, mais il aurait mieux fait d'essayer de soulever le rocher de Sisyphe. Il faisait tout ça en vain et tout le monde le savait, sauf lui.

Elle fit claquer sa langue.

— Je me suis toujours dit qu'il était plus heureux avec la Maison Lewis.

— Qu'est-ce que tu sais sur les Filles de Perséphone ?

Elle étira les lèvres.

— Je n'en fais pas partie, si c'est ce que tu te demandes. Je travaille peut-être pour des vampires, mais je ne prends mon pied avec aucun d'entre eux.

— Je dois trouver une sorcière qui fait partie des Ombres. Fenella.

Je ne pouvais pas me rendre au sanctuaire. Cette traîtresse de Murdina se ferait un plaisir d'alerter le roi de ma présence, comme elle me l'avait déjà prouvé auparavant. Je ne faisais pas vraiment confiance à Fenella non plus. Cependant, si elle avait respecté mes consignes et caché la Pierre de l'Esprit, il y avait peut-être encore de l'espoir dans son cas.

Cynthia eut l'air dévastée.

— Pourquoi est-ce que tu as besoin de Fenella ? Je ne te recommande pas de t'attarder ici plus longtemps que nécessaire. Rentre directement chez toi, où tu seras en sécurité.

Je ravalai un rire. Elle n'avait aucune idée à quel point cette remarque était absurde.

— C'est nécessaire, crois-moi. Fenella a quelque chose qui m'appartient.

OK, techniquement, la Pierre de l'Esprit ne m'appartenait pas. Mais dans ce cas précis, j'appliquais la règle du « trouver c'est garder, reprendre c'est voler ».

— On ne peut pas faire confiance aux Ombres.

— J'ai déjà retenu la leçon, mais merci de m'avertir.

Le feu crépita et Cynthia se concentra sur les flammes.

— Je vais t'accompagner.

— Tu n'es pas obligée.

Cynthia se tourna vers moi.

— Je t'ai dit que je cherchais un endroit où me réfugier. Et puis, j'ai beaucoup de fautes à expier. T'aider sera un bon début.

D'un côté, il serait plus compliqué de traverser la frontière à deux. De l'autre, Cynthia était une sorcière talentueuse qui connaissait la Maison Duncan de long en large. Elle savait ce qu'il se passait à l'intérieur du domaine. Il semblait plus sage de l'emmener avec moi.

— Je pourrai t'indiquer la direction du palais quand on sera en ville, mais je ne pourrai pas venir avec toi, la prévins-je.

Après tout ce qu'on avait traversé ensemble, j'avais désespérément envie de croire que Callan n'avait pas révélé à sa famille ce qu'il savait sur moi. Mais rien n'était moins sûr et je n'irais pas parier ma vie là-dessus.

Les yeux de Cynthia pétillèrent de curiosité.

— Tu n'es pas en bons termes avec la famille royale, hein ?

— Je pourrais te poser la même question.

Elle rit.

— Non, pas après ce que je viens de faire aujourd'hui. Je n'avais aucune influence sur le roi, de toute façon. Je lui obéissais. Rien de plus.

— J'ai sauvé la vie de la Princesse Davina. C'est pour ça qu'ils m'apprécient.

Je ne pouvais en révéler plus sans en dire trop.

— Un chevalier qui a sauvé une princesse. Quelle histoire charmante.

Si elle savait la suite.

— Je peux te poser une question ? Pourquoi avoir empêché ton visage de vieillir, mais pas le reste ?

Les visages ridés étaient le signe d'une longue vie et, en général, les gens étaient fiers de les arborer.

Son regard se tourna vers les flammes.

— Le roi préfère les visages jeunes. Pour travailler au château, les femmes doivent accepter d'adopter une apparence précise.

Elle esquissa un sourire désabusé.

— En tant que vampire, il n'adhère pas à la notion d'une beauté vieillissante.

Elle finit les dernières baies.

— Je pense qu'on devrait se remettre en route. Les éclaireurs du roi vont être à nos trousses.

— D'abord, on doit trouver Fenella.

J'optai pour l'approche que ma meilleure amie Kami appelait « C'est un petit oiseau qui me l'a dit ». Je me servis de mon lien avec les animaux pour transmettre un message à travers toute la forêt et faire savoir que je cherchais Fenella. Je commençai à communiquer avec un rouge-gorge, puis un geai bleu finit par apparaître dans la clairière pour nous guider.

Je fis signe à Cynthia de grimper sur le dragon.

— C'est parti.

— On va suivre un geai bleu ?

— Jusqu'au bonheur, j'espère.

— C'est l'oiseau bleu, ça.[1]

Je grimpai sur le dos du dragon et pointai le geai bleu du doigt.

— Suis-le.

L'oiseau s'envola et le dragon le suivit. Il n'y avait pas grand-chose à voir, du dessus. Les terres étaient quasiment plongées dans les ténèbres, à cette distance.

---

1 L'oiseau bleu est un symbole annonciateur de bonne nouvelle et de bon présage dans différentes cultures du monde.

Enfin, le geai bleu entama sa descente et le dragon chercha un endroit où atterrir. Les bois étaient trop denses, ici. Il continua donc de planer, jusqu'à ce qu'il trouve assez de place pour se poser au sol.

Le geai bleu gazouillait et nous le suivions. Il nous mena vers un cottage dans les bois. Le bâtiment était en stuc blanc, avec un toit de chaume. Des volets noirs encadraient les fenêtres et une porte rouge rustique se trouvait en face de nous. Je remerciai le geai bleu et il s'envola.

Alors que nous avions à peine atteint le paillasson de « bienvenue », la porte s'ouvrit et Fenella sortit sur le seuil, les mains sur les hanches.

— Je devrais te poser des questions. Mais est-ce que j'ai vraiment envie de connaître la réponse ? demanda-t-elle, avant de tourner les yeux vers Cynthia. Je te connais, toi.

— Voici Cynthia. Cynthia, je te présente la sorcière qui m'a planté un couteau dans le dos.

Fenella tendit la main.

— Fenella.

— Tu as l'air bien sereine, pour une femme qui a trahi un chevalier, remarquai-je.

Fenella nous fit entrer dans la maison.

— Je savais que tu finirais par me retrouver d'une façon ou d'une autre, compte tenu de notre dernière rencontre. Je suppose que tu veux récupérer ce que tu as égaré.

— Ce serait bien, oui.

— Un instant.

Elle s'essuya les mains sur sa robe et disparut dans la pièce du fond. Elle revint quelques minutes plus tard avec la pierre dans les mains, enveloppée de chaînes dorées.

Je regardai dans la direction de la porte d'où elle venait de sortir.

— Où tu l'avais cachée ? Dans ton tiroir à sous-vêtements ?

— Mieux vaut que je garde ça pour moi. Même avec les chaînes anti-magie, je sens encore son pouvoir. Ça ne m'était encore jamais arrivé. Je te suggère de les laisser, au risque de devenir folle, me conseilla-t-elle en me tendant la pierre. Je suis presque soulagée de m'en débarrasser.

— Merci, dis-je.

Fenella inclina la tête.

— Je suis désolée de t'avoir livrée à lui. À mes yeux, je n'avais pas d'autre choix.

Elle tourna les yeux vers la pierre.

— Je n'avais pas de recul sur la situation.

— Tu ne pouvais pas en avoir, tu ne savais pas.

Cynthia leva la main.

— Je ne sais toujours rien, d'ailleurs.

— Moins tu en sauras, moins tu courras de danger, répondis-je.

Fenella fronça les sourcils.

— Tu vas remettre la pierre à la Maison Lewis ?

— Non, j'ai d'autres projets pour elle.

Elle fera un excellent griffoir pour mon chat dans une dimension de poche secrète.

— Où vas-tu bien pouvoir conserver une pierre assez puissante pour qu'elle soit encerclée par des chaînes anti-magie ? demanda Cynthia.

— Dans un endroit sûr.

C'était tout ce que j'étais prête à révéler, même à ma sauveuse. Une réponse risquait de mener à une autre, et, bientôt, tous mes secrets seraient dévoilés. Je ne pouvais pas prendre ce risque.

Fenella rougit.

— Si tu vois le prince Callan…

Elle secoua la tête.

— Il était si désemparé, quand je l'ai revu. J'ai failli tout lui avouer, mais je n'ai pas voulu risquer d'attiser sa colère. Je n'avais pas envie d'apprendre à mes dépens qu'il avait hérité du même caractère que son père.

Cynthia hocha la tête.

— La Terreur de Terra. C'est comme ça qu'on l'appelle dans ton royaume, non ?

Ce fut comme si le monde avait arrêté de tourner, comme si le temps ralentissait juste pour moi.

— Tu as revu Callan ?

— Oui. Il est arrivé sur le continent après ton arrestation. Je lui ai dit que j'étais venue à ta recherche, qu'on avait signalé une arrestation dans cette zone et que j'étais inquiète.

Fenella secoua la tête.

— Il était bouleversé.

— Le roi sait que tu as vu Callan ?

Fenella se mordit la lèvre.

— Je n'étais pas prête à aller aussi loin. J'adore ce vampire. Je pouvais me passer de toi, par contre.

Elle marqua une pause, puis ajouta :

— Sans vouloir t'offenser.

L'expression tourmentée sur le visage de Callan me vint à l'esprit telle une vision.

— Tu lui as confirmé que j'étais la personne arrêtée ?

— Pour l'envoyer droit dans les griffes de son père ? Pour qui tu me prends ? Le roi devra faire le reste du boulot lui-même.

Dans ce cas, Callan avait dû quitter l'Écosse et retourner en ville.

Sans moi.

Même si j'étais soulagée qu'il ait évité le piège de son père, j'eus aussi l'impression qu'il m'avait abandonnée encore une fois. Je ne pouvais pas dire que je ne le méritais pas. Je lui avais caché une vérité douloureuse, après tout ce qu'il m'avait confié.

— Qu'y a-t-il, mon enfant ? demanda Fenella.

Je relevai vivement la tête.

— Rien. J'essaie juste de déterminer le prochain plan d'action.

— Quoi que ce soit, il vaudrait mieux que ça implique de quitter ce territoire, répondit Cynthia. Le royaume va bientôt grouiller d'éclaireurs.

Je serrai la pierre contre ma poitrine.

— C'est quand tu veux.

Le regard de Fenella passa de moi à Cynthia.

— Vous partez ensemble ?

Je gardai le silence. Ce n'était pas à moi de divulguer le plan de Cynthia.

— Je vais l'aider à traverser la frontière, répondit Cynthia.

Je ne manquai pas de remarquer qu'elle n'avait pas précisé qu'elle la passerait aussi.

— Je t'offrirais bien mon aide aussi, mais c'est trop risqué, dit Fenella. Le mieux que je puisse faire, c'est d'envoyer les éclaireurs qui viendront me trouver dans la mauvaise direction.

Je hochai la tête.

— Ça suffira.

Fenella me prit le bras.

— Si tu revois Callan, demande-lui pardon.

Mon cœur rata un battement.

— Pour ce que j'ai fait ?

Elle cilla.

— Non, c'est à moi qu'il doit accorder son pardon, bien sûr. Pourquoi devrait-il te pardonner ? Ce n'est pas ta faute si tu t'es fait capturer.

— Je lui dirai, promis-je.

Je ne pris pas la peine de lui préciser que je ne le reverrai peut-être jamais.

— Vous voulez rester et manger quelque chose ? proposa Fenella. Je n'ai pas grand-chose, mais c'est le moins que je puisse faire.

— On doit vraiment y aller, mais merci. Et puis, tu as déjà fait le plus important, dis-je en levant la pierre. Ce truc pourrait déclencher une guerre entre les Maisons.

— Personne n'a envie de ça, mis à part le roi, peut-être, répondit Fenella. Les Maisons s'en sortiront très bien. C'est nous, le reste de la population, qui allons souffrir.

— J'ai travaillé sur le front pendant deux ans, dit Cynthia. Je vous garantis que, là-bas, personne n'a envie de se battre...

Elle ne termina pas sa phrase, mais je devinai la suite : *personne n'a envie de se battre pour les vampires.* C'était de l'ordre de la trahison de prononcer ces mots à voix haute. D'un autre côté, les deux sorcières avaient déjà trahi les vampires en m'aidant.

— Prends au moins un manteau chaud, proposa Fenella.

Elle récupéra un manteau bleu foncé sur un crochet et le déposa sur mes épaules.

— Il a l'air de t'aller à peu près.

Je glissai les bras dans les manches et la remerciai.

Fenella poussa un soupir qui trahit sa réticence.

— Si je ne peux rien faire de plus...

Une idée se forma dans ma tête alors que je plongeais la pierre dans l'une des poches profondes du manteau. Son poids força ce côté du vêtement à frôler le sol. J'allais devoir marcher de travers.

— En fait, il y a une dernière chose. Est-ce que je peux t'emprunter quelques bougies, un briquet et un bout de craie ?

Fenella rit.

— Garde-les. Je ne m'attends pas à ce que tu me les ramènes de sitôt.

— Je préfère voyager léger. Je vais les utiliser tout de suite en sortant et te les rendre avant qu'on parte.

Cynthia plissa le front.

— Un sort de dissimulation ?

— Non.

Je n'avais pas besoin de ça. Je pouvais me rendre invisible.

— Je vais juste lancer un sort de guérison pour moi, expliquai-je avec un sourire rassurant.

— Je n'avais pas vu que tu étais blessée, répondit Cynthia.

Fenella, de son côté, disparut dans une pièce adjacente.

— Rien de grave, mais mieux vaut que je sois en pleine forme au cas où on rencontrerait la moindre résistance en chemin.

Cynthia m'étudia.

— Très bien.

Fenella revint avec un panier en osier contenant les objets demandés.

— Tu peux lancer le sort dans ma chambre, si tu veux.

— Merci, mais mieux vaut le faire dehors.

Je me retournai et quittai le cottage, sans oublier de fermer la porte derrière moi. Si quelqu'un tentait de me suivre, je l'entendrais.

Je traversai les bois sombres d'un pas vif, m'éloignant de la petite maison. Une fois à une distance raisonnable, je regardai une dernière fois par-dessus mon épaule.

J'étais seule.

Je dessinai un cercle avec la craie et disposai les petites bougies tout autour. Je les allumai une par une, puis je me plaçai au centre du cercle avec la Pierre de l'Esprit dans les replis du manteau. Je ne pouvais pas laisser les sorcières découvrir mes capacités d'invocatrice. Fenella m'avait déjà trahie une fois. Rien ne m'assurait qu'elle ne recommencerait pas pour divulguer une info encore plus précieuse.

Je n'avais pas tenté d'accéder au plan alternatif à partir d'un autre endroit que mon appartement depuis des années. Mais j'avais tout ce dont j'avais besoin. Il n'y avait aucune raison pour que ça ne marche pas. Avec trois pierres ancestrales sur cinq, la maison de vacances que j'avais créée pour la ménagerie s'apprêtait à devenir la dimension de poche la plus puissante qui puisse exister.

Je me reliai à ma magie et me concentrai. Je laissai mon esprit voyager et cherchai le portail. Je perçus son énergie familière et poussai un soupir de soulagement. Il était encore là. J'envoyai la Pierre de l'Esprit à travers l'espace-temps, avant de métaphoriquement refermer la porte de cette dimension. Tant que personne n'était au courant de ma capacité, on ne devinerait jamais l'emplacement des pierres et aucun sort de localisation sur terre ne pourrait les trouver. Même si quelqu'un tentait de me torturer pour que j'avoue leur emplacement, il aurait besoin de moi pour accéder à la dimension de poche. Puisque j'avais créé moi-même cet endroit, j'étais la seule à même de la déverrouiller avec sa clef magique.

J'ouvris les yeux et écoutai le vent qui servait de bruit de fond aux battements de mon cœur. Une forte brise traversa le cercle et éteignit les bougies.

— Très bien. J'avais fini, de toute façon, dis-je.

J'époussetai mes mains et récupérai les bougies. L'air se figea. Je soulevai le panier qui contenait tout ce dont j'avais besoin et écoutai à nouveau. Je discernais… des bruits de pas ?

Je resserrai les doigts autour de la poignée du panier et scrutai les arbres autour de moi. Si quelqu'un tentait de me sauter dessus, il se retrouverait la bouche pleine d'osier.

Je vis un mouvement brusque du coin de l'œil et un cerf blanc apparut.

— Tu es porteur d'un bon présage, toi, dis-je.

D'après ma mère, les cerfs blancs étaient réputés pour leur capacité à échapper à toute capture, selon les légendes du Roi Arthur, en tout cas. Je décidai de voir son apparition comme un bon signe.

Le cerf remua ses oreilles.

— Je suis contente qu'on soit d'accord là-dessus.

La créature continua d'avancer entre les arbres et je la regardai jusqu'à ne plus voir qu'un point blanc. Puis je me retournai et repartis vers le cottage.

Cynthia et Fenella m'attendaient devant la porte.

— Tu es prête ? s'enquit Cynthia.

— Oui, répondis-je en rendant son panier à Fenella. Merci de ne pas m'avoir planté un couteau dans le dos, cette fois.

— On ferait mieux d'y aller, conseilla Cynthia. J'ai ressenti un changement d'énergie pendant que tu étais partie et je ne sais pas comment l'interpréter. C'était peut-être les hommes de Glendon.

— Si c'est le cas, je les retiendrai, dit Fenella.

Elle se mit sur la pointe des pieds pour m'embrasser sur la joue.

— Je te souhaite bonne chance pour ton voyage.

Je n'avais pas eu beaucoup de chance jusqu'ici. Mais l'apparition du cerf blanc avait fait grandir en moi un sentiment que j'avais failli perdre dans la tour : l'espoir.

Nous revînmes vers le dragon et je fus soulagée qu'il ait décidé de nous attendre. Je n'avais pas pris le contrôle de son esprit, il était donc impossible de prédire ce qu'il aurait fait après notre départ.

— Où est la pierre ? demanda Cynthia.

— Dans ma poche de manteau, mentis-je.

— Et qu'est-ce qu'elle fait, au juste ?

— Je ne sais pas trop. Je crois qu'elle sert à influencer un certain type de magie, comme le contrôle mental et la télépathie.

Les questions de Cynthia avaient beau être légitimes, je n'avais aucune intention de lui répondre honnêtement. Moins il y aurait de gens au courant pour les pierres, plus ils resteraient en sécurité... Cela vaut à la fois pour les pierres et les gens.

Elle scruta ma poche de manteau.

— Hum. Je me serais attendue à la sentir, compte tenu de mes capacités, mais je ne perçois rien du tout.

— C'est à cause des chaînes anti-magie. Je les ai laissées.

Je l'aurais fait même si j'avais gardé la pierre sur moi. La dernière fois, elle m'avait donné la capacité de lire dans les esprits et j'avais dû demander à Callan de dissimuler ses pensées.

Je m'empressai de changer de sujet.

— Où est notre meilleur point d'entrée, d'après toi ?

— J'ai entendu le roi dire que Kelso était notre ligne de défense la moins protégée, près de la frontière, suggéra Cynthia. Il serait logique que la Maison Lewis le sache aussi et ait décidé de moins défendre cet endroit.

— Ça vaut le coup d'aller voir.

Je partageai notre plan avec le dragon. Il laissa s'échapper deux petites flammes de ses narines en guise de réponse.

Cynthia grogna.

— Je suppose que tu as déjà fait ce genre de truc.

— C'est vrai, ce n'est pas le premier dragon que j'ai chevauché, répondis-je d'un ton nonchalant.

— Je ne parlais pas du dragon, même si c'est assez impressionnant. Je parle du fait de s'infiltrer en territoire ennemi sans se faire repérer.

J'étouffai les flammes.

— J'avais eu de l'aide, par le passé.

— Il ne m'est jamais venu à l'esprit d'essayer de traverser la frontière toute seule et de me mettre à leur merci. J'aurais peut-être dû tenter le coup des années plus tôt, finalement.

— Je ne peux pas te promettre que ça se serait bien terminé pour toi. Le Mur d'Hadrien est la zone la plus lourdement défendue de la Maison Lewis. Je doute qu'ils aient cru sur parole une sorcière de la Maison Duncan.

— C'est ce que je me disais aussi. Alors, comment on s'y prend ?

Contourner les patrouilles frontalières de la Maison Duncan à Kelso s'avéra étonnamment facile. D'un autre côté, c'était surtout la Maison Lewis qui craignait une autre attaque venant du nord. Le plus difficile serait d'esquiver leurs mesures défensives. Ils avaient mis en place de nombreuses mesures de sécurité, mais le Mur d'Hadrien faisait toute la différence. C'était la frontière de défense principale. Le roi Casek m'avait même proposé de m'envoyer travailler ici, après avoir sauvé Davina de son kidnappeur. J'avais refusé, bien sûr. La meilleure façon de garder mon secret était de me tenir éloignée des vampires.

Un plan qui avait tellement bien fonctionné jusqu'ici.

Je me tordis le cou pour parler à Cynthia.

— Je vois de la lumière au loin. Ça doit être la patrouille frontalière de la Maison Lewis.

— OK. Je vais faire diversion.

— Comment ? On est sur le même dragon.

Cynthia carra les épaules.

— J'ai promis de t'aider à passer la frontière en toute sécurité, et c'est ce que j'ai l'intention de faire.

— Et j'ai promis de t'aider à trouver refuge là-bas.

— Dis à ton ami de plonger en piqué, puis de remonter très haut et très vite pour passer de l'autre côté de la frontière.

— J'aimerais que tu m'en dises plus d'abord.

— Contente-toi de le faire.

Je murmurai notre plan à l'oreille du dragon.

— Maintenant ! s'écria Cynthia.

Le dragon tourna son museau vers la terre.

Cynthia passa une jambe par-dessus lui.

— Cynthia !

— J'ai des fautes à expier, tu te souviens ?

Elle s'enveloppa d'une lumière verte et sauta. Elle plana en direction du sol telle Mary Poppins avec son parapluie.

Je la regardai, horrifiée, tandis que des rayons de magie dorée la prenaient pour cible.

Elle leva le menton pour me lancer un dernier regard.

— Va-t'en !

Je partis.

Sa lumière magique attira l'attention des postes de défenses aux frontières et le dragon et moi traversâmes sous le couvert de la nuit. Je n'arrivais plus à respirer. Je chevauchai le dragon jusqu'à sentir ses ailes fatiguer. Je ne pouvais pas l'obliger à continuer. Ce ne serait pas juste.

Nous allions atterrir. Je jetai un coup d'œil par-dessus mon épaule. C'était trop espérer, mais je m'obligeai à regarder quand même.

Aucun signe de la sorcière.

Je trouvai un train et continuai jusqu'à Britannia City, seule. Pour une raison incompréhensible, Cynthia s'était sacrifiée pour me permettre de traverser la frontière en toute sécurité, et il était hors de question qu'elle ait fait ça en vain.

Il me restait encore une pierre à trouver, la dernière, et je n'avais pas de temps à perdre.

Chapitre 3

Quand je descendis du train à Britannia City, mes sentiments étaient mitigés. J'étais rentrée chez moi, c'est vrai, mais j'étais aussi retournée en prison. C'était l'endroit où j'avais perdu ma mère, mais aussi où j'avais fondé ma propre famille.

Et l'endroit où vivait encore le côté vampire de ma famille.

Maintenant que j'étais rentrée, la question principale était : où aller ensuite ? Je ne pouvais pas retourner dans mon appartement. Le prince Maeron avait sûrement posté des vampires devant l'immeuble pour le surveiller. Ces types avaient sans doute perdu à la courte paille. Il n'y avait rien de très divertissant, dans mon quartier. Les autres occupants de l'immeuble étaient assez ennuyeux et restaient dans leur coin, ce qui était l'une des raisons pour lesquelles cet appartement me convenait si bien. Je pouvais aussi abriter plus d'animaux que l'autorisait la réglementation. De temps en temps, quelqu'un se plaignait de bruits étranges au-dessus de chez lui ou de drôles d'odeurs, mais la plupart du temps, la ménagerie et moi arrivions à éviter d'attirer l'attention.

Je parcourus les rues familières de la ville jusqu'à Covent Garden. Je privilégiais les petites allées et contournais les lampadaires. Je n'étais pas assez folle pour entrer dans le quartier général des Chevaliers du Premier Ordre. Non. J'avais l'intention d'utiliser toutes mes connaissances personnelles récoltées sur les allées et venues de Mack pour l'intercepter entre chez lui et son bureau. Mack Quaid et moi avions toujours entretenu une relation de collègue à collègue, et je devais en profiter. Même si Maeron était assez malin pour avoir fait surveiller les deux endroits où Mack pourrait se trouver, j'éviterais d'être détectée en le rejoignant dans un lieu à mi-chemin.

Je me postai dans une allée en face de la boulangerie préférée de Mack. Le connaissant, il allait manger le porridge préparé avec amour par sa femme, puis il s'arrêterait prendre une pâtisserie en chemin, avant d'aller au boulot. Cet homme avait un faible pour les scones, et exploiter ses faiblesses ne me faisait pas peur.

Je me rendis invisible et laissai derrière moi la sûreté que l'allée me procurait. J'avançai jusqu'au coin de la rue et sentis un tiraillement familier. Mes petits cheveux se hérissèrent sur ma nuque et je fus bien contente que personne ne puisse me voir. Trois papillons passèrent devant moi et je retins mon souffle. Je n'avais pas envie de donner la moindre raison à ces vampires de s'attarder. Je crispai les muscles de mon ventre et attendis que les papillons soient à bonne distance avant de me remettre à respirer. Je n'avais aucun moyen de savoir s'ils avaient été envoyés par Maeron ou si leur passage n'était qu'une coïncidence. Je pariais plutôt sur la première solution.

J'attendis au coin du mur, un œil rivé sur la boulangerie et restant à l'affût d'autres vampires. Je m'apprêtais à abandonner mon plan quand les larges épaules et le visage rond et joyeux de Mack apparurent. Dieux merci.

Je traversai la rue d'un pas vif dès que le chevalier tendit la main vers la poignée.

— Mack !

Il s'immobilisa et regarda autour de lui.

— Mack, c'est moi. London.

Il regarda dans le vide en plissant les yeux.

— Pourquoi est-ce que tu es invisible ?

— Pourquoi, à ton avis ? Parce que je ne veux pas qu'on me voie.

— Et donc, tu préfères que j'aie l'air d'un fou aux yeux des passants ? J'ai une réputation à tenir, moi.

J'arquai un sourcil.

— De quelle réputation tu veux parler ? Beaucoup de gens te connaissent comme le type qui aurait traversé un terrain de cricket en courant avec une tête d'hydre dans chaque main.

— J'étais en pleine mission.

Je fis claquer ma langue.

— Il y a quelqu'un parmi nous qui devient très irritable, quand il n'a pas encore eu ses glucides.

Il regarda la vitrine de la boulangerie.

— Pourquoi tu n'es pas venue me voir au bureau ?

— Je ne peux pas. C'est trop risqué.

Il soupira.

— Dans quoi tu t'es fourrée, cette fois-ci ?

— Tu dis ça comme si j'étais un aimant à problèmes.

— Tu veux bien prendre deux secondes pour réfléchir à cette remarque ? Ce n'est pas pour rien si on s'entend si bien, tu sais.

— Très bien.

Je redevins visible.

— Je suis un aimant à problèmes. Tu veux bien m'aider ?

Il émit un petit rire et secoua la tête.

— Si tu n'étais pas le meilleur chevalier que j'ai jamais rencontré, je resterais aussi loin de toi que possible.

— Eh bien, merci.

— Eh, il y avait un compliment, dans cette phrase.

Il pencha la tête vers la boulangerie.

— Viens avec moi. Il y a une salle dans le fond.

Sans attendre de réponse, il ouvrit la porte.

— Ezra, mon pote, on a besoin d'un peu d'intimité.

Le boulanger derrière le comptoir hocha la tête tout en glissant un plateau de croissants sur l'étagère.

Mack traversa la pièce comme s'il était chez lui.

— Et apporte-moi un scone et du thé vert, tu veux bien ?

Il plongea dans le couloir étroit et je le suivis. La boulangerie était plus profonde qu'elle en avait l'air. Nous tournâmes à droite au bout du couloir et il ouvrit une porte menant à une pièce adjacente.

Je me figeai en voyant une table de ping-pong. Il y avait aussi un billard. Et une cible à fléchettes accrochée au mur. Ainsi qu'un flipper sur le thème des dinosaures et des comètes.

Je parcourus la salle des yeux.

— Qu'est-ce que c'est que ça ?

Mack s'installa sur le fauteuil inclinable.

— Un genre de sanctuaire.

Encore un. Avec un peu de chance, cette visite-là ne se terminerait pas en trahison.

— Pourquoi tu ne m'avais encore jamais parlé de cet endroit ?

Il me regarda d'un air dur.

— Est-ce que je connais tous tes secrets ?

Je détournai les yeux et ne répondis rien.

— C'est bien ce que je pensais.

Il tira sur la poignée pour soulever le repose-pied et soupira.

— Ça, c'est du confort.

— Dis-moi pourquoi je me suis donné tout ce mal pour te soudoyer avec des scones ? À quoi ça sert si tu avais droit à un traitement de faveur depuis tout ce temps ?

Mack sourit.

— Comme si j'allais me plaindre d'avoir trop de scones, répondit-il en se tapotant le ventre. Même s'il arrive que ma femme le fasse. La vie est trop courte pour se priver.

— J'ai bien quelques exemples qui me viennent en tête, de situations dans lesquelles ce genre de credo risque de t'attirer des ennuis.

Il croisa les doigts derrière sa tête.

— J'ai entendu dire que tu avais quitté la ville.

— C'est vrai. Et je suis de retour, maintenant.

— Et pourquoi tant de discrétion ?

— Quelqu'un me cherche et je ne veux pas être trouvée.

— Le prince Maeron est encore à tes trousses ?

Je clignai des paupières.

— Comment tu sais ça ?

— Tu crois que je vis dans une grotte ou quoi ? Les nouvelles vont vite.

Je n'aurais pas dû être surprise. Ce n'était pas tous les jours que des agents de la Maison Lewis faisaient irruption dans le Pavillon.

— Et ces nouvelles incluent-elles la raison pour laquelle il me cherche ?

La porte s'ouvrit et Ezra entra avec un plateau. Mon estomac gargouilla quand j'inhalai l'arôme des scones. Je fus ravie de voir qu'il avait apporté deux assiettes et une théière. Même si je n'aimais pas particulièrement le thé vert, je n'allais pas me plaindre.

Ezra déposa le plateau sur la petite table à côté du fauteuil inclinable.

— J'ai vu passer une patrouille de papillons il y a quelques minutes. Je me suis dit que ça vous intéresserait.

— Merci, Ezra, répondit Mack.

Il se redressa et récupéra un scone dans l'assiette.

— Hmm. Cannelle. Mes préférés.

— J'ai l'impression que tu changes de préféré toutes les semaines, remarqua Ezra.

— Ça maintient ton commerce à flot, non ?

— Tu m'étonnes. Sans ton estomac sans fond, je ne pourrais pas payer mon loyer.

Ezra quitta la pièce en riant et ferma la porte derrière lui.

Mack fit un geste de la main vers le plateau.

— Sers-toi, Hayes. Je sais que tu en meurs d'envie.

Il n'avait pas besoin de me le dire deux fois. Je récupérai un scone et le dévorai en trois grosses bouchées.

Mack secoua la tête et nous versa le thé.

— Tes manières à table sont charmantes.

— Je n'ai pas mangé grand-chose, ces derniers temps.

— Tu travailles trop ?

— J'étais emprisonnée.

— Ah.

Il mangea lentement son scone, savourant chaque bouchée.

— En quoi je peux t'aider ?

— J'ai besoin d'un endroit où faire profil bas le temps de déterminer ce qui se passe.

— Et comment tu comptes déterminer ce qui se passe alors que le prince de la Maison Lewis est encore à tes trousses ? Tu crois qu'il va soudain perdre tout intérêt pour toi ?

Non. Ce n'était pas le genre de Maeron. Et pas tant que j'étais en possession des pierres.

— Je ne peux pas retourner dans mon appartement et je ne peux pas aller au Pavillon. Et la ménagerie a besoin de moi.

C'était trop risqué de parler des pierres à Mack.

— Je sais de source sûre que tes amis animaux sont en sécurité, Blanche Neige.

— Ravie de l'entendre, mais je ne veux pas qu'ils pensent que je les ai abandonnés.

Je pensai à Gros Roux, le panda roux, et pus facilement le visualiser blotti sur le canapé et regardant la porte d'un air malheureux, attendant mon retour.

— Pourquoi ne pas demander à l'une des jolies nanas de Boadicée de t'héberger ?

J'inclinai la tête.

— T'es sérieux, là ?

Il grimaça.

— Désolé. J'ai passé la soirée d'hier au pub avec l'équipe. Tu sais que John a tendance à déteindre sur moi.

John était un chevalier qui travaillait pour Mack. Son côté misogyne l'avait poussé à émettre certaines requêtes. Par exemple, il avait demandé si nous comptions sortir un calendrier des Chevaliers de Boadicée dans lequel nous serions photographiées dans notre plus simple appareil, en ne portant que nos armes. Il ne s'était calmé que lorsque Kami avait menacé d'enfoncer son arbalète dans sa plus grosse cavité… Enfin « calmé », il n'osait plus faire ce genre de remarques en notre présence depuis, en tout cas.

— Je ne peux aller vivre chez aucune d'entre elles, répondis-je. Maeron a déjà envoyé ses hommes pour surveiller le Pavillon. Il a sans doute fait une liste avec tous leurs noms et leurs adresses.

Je sirotai mon thé.

— Et puis, les autres chevaliers ne savent pas encore que je suis rentrée.

Mack engloutit son thé et se versa une autre tasse.

— Tu comptes le leur dire ?

— Oui, bientôt. Je voulais d'abord trouver où m'installer.

Mack agita la main devant lui.

— Pourquoi pas ici ?

Je fronçai les sourcils.

— Dans ta salle de jeux secrète cachée au fond de la boulangerie ?

Il tapota le flanc du fauteuil.

— Ce truc est si confortable qu'il devrait être illégal.

— Et Ezra ?

— C'est moi qui le paie. Il ne dira rien.

— Même si quelqu'un lui propose plus d'argent ?

Personne n'avait plus d'argent que la Maison Lewis, dans cette ville.

— Est-ce que je t'ai déjà fait défaut ?

— Plusieurs fois. Tu veux que je les énumère ?

Mack soupira.

— Si je te dis qu'il ne dira rien, c'est qu'il ne dira rien.

Je scrutai la pièce. Ça devrait suffire.

— J'aime bien jouer aux fléchettes.

C'était un bon entraînement pour parfaire ses compétences au tir.

— Je vais dire à Ezra de t'apporter à manger. Je sais que tu n'es pas très douée lorsqu'il s'agit de prendre soin de toi-même.

Je ricanai.

— Je me débrouille très bien, merci beaucoup.

Son regard s'attarda sur moi.

— Je ne parle pas de tes compétences de combat, Hayes.

Je n'avais pas envie de penser à mon bien-être, pas alors que j'avais des sujets plus importants à régler.

— Puisque tu en sais autant sur ce qui s'est passé en ville, est-ce que tu as entendu parler d'incidents étranges, cette semaine ?

Il essuya les miettes sur ses lèvres.

— Qu'est-ce que tu entends par « étrange » ? Il a plu des crapauds à Chelsea il y a deux jours. J'ai été embauché pour enquêter. Pour m'assurer que ce n'était pas le signe annonciateur d'une nouvelle épidémie.

— Ça l'était ?

— Non. Juste deux jeunes mages qui travaillaient sur un projet pour l'école.

Mack agita un doigt vers moi.

— Tu dois arrêter de laisser tes craintes se lire si clairement sur ton visage, Hayes. Les deux garçons vont bien. Tu sais que les projets éducatifs font partie des exceptions.

Mack faisait référence à la loi qui interdisait de pratiquer la magie, sauf dans certaines circonstances. Si vous vous faisiez prendre et que vos actes n'entraient pas dans l'une de ces exceptions, la sentence était la mort. C'était l'une des méthodes employées par les vampires pour garder le contrôle sur la population : réprimer le pouvoir des autres espèces. Tous réunis, les sorcières et les mages détenaient un pouvoir immense, mais ils avaient du mal à travailler en groupe. À la place, ils avaient accepté des boulots confortables dans l'agriculture et la défense, laissant les vampires gouverner. Les loups-garous étaient plus doués pour travailler ensemble, mais leur spécialité était la force brute, ce qui ne suffirait pas pour briser le carcan du règne des vampires.

— Il s'est passé autre chose ?

Mack tenta de se verser une autre tasse de thé, mais la théière était vide.

— Oh, ce que tu vas entendre ne va pas te plaire, mais la bibliothèque a fermé pour rénovations.

— Fermé ?

La bibliothèque ne fermait jamais. L'un de ses avantages était de rester ouverte vingt-quatre heures sur vingt-quatre, sept jours par semaine. Un avantage dont je profitais régulièrement.

— Je me suis dit que cette info t'intéresserait, dit Mack. Il désigna ma tasse à moitié vide de la main. Tu vas finir ça ?

Je la fis glisser vers lui.

— Le thé vert n'est pas mon préféré.

— Tu devrais le dire à Ezra, ou tu vas te retrouver avec une théière remplie de thé vert devant la porte tous les matins, répondit Mack en indiquant la porte à la gauche de la cible de fléchettes. La salle de bain est par là. Une douche, un lavabo et des toilettes. Désolé, pas de baignoire pour désengourdir tes muscles douloureux.

— J'ai rarement le temps de prendre des bains, de toute façon.

Dans mon appartement, ma baignoire servait surtout pour mes animaux.

— Tu devrais t'accorder du temps pour ça. C'est l'un des rares luxes que je m'autorise. Ajoutes-y un peu de bulles, et tu seras au comble de la décadence.

— De nos jours, on peut cultiver notre confort matériel à tous les coins de rue et tu essaies de me dire que les bains sont les rares luxes que tu te permets.

— En parlant de ça...

Mack se leva et ses genoux craquèrent.

— Tu veux faire une petite partie avant que je reparte ? Je te préviens, je suis excellent au flipper.

C'était très malin de la part de Mack de me provoquer et de faire appel à ma nature compétitrice. J'étais fatiguée, repue, et pour le moment, en sécurité. Je pouvais bien m'accorder quelques minutes de répit.

Mes yeux se posèrent sur le flipper et je souris.

— OK, pourquoi pas ? Je ne me lasse jamais de te regarder perdre.

Chapitre 4

La bibliothèque de Britannia était l'un des bâtiments les mieux préservés de la ville. Avant la Grande Éruption, elle n'était ouverte que durant les heures de bureau. Puis dix super-volcans étaient entrés en éruption, des monstres étaient apparus et la Nuit Éternelle était tombée. Les vampires avaient alors décidé de renoncer à l'habitude obsolète qui nous dictait d'opérer selon le cycle du soleil. Nous avions encore des périodes d'éveil et de sommeil, bien sûr, mais de manière générale, les emplois du temps étaient plus flexibles, maintenant.

Je passai la porte de la bibliothèque, déjà invisible. Elle était près de mon appartement, je devrais donc rester cachée autant que possible, au cas où Maeron et ses hommes seraient postés dans le coin. Je m'apprêtais aussi à entrer par effraction dans un bâtiment fermé qui appartenait à la Maison Lewis. L'invisibilité était donc indispensable.

La bibliothèque disposait de trois bibliothécaires en chef, et ils vivaient tous dans ce bâtiment. J'étais prête à parier qu'au moins l'un d'entre eux était encore sur les lieux. Je croisais les doigts pour que ce soit Pedro.

Pedro Gutierrez était le seul bibliothécaire sur lequel je pouvais compter. Des trois bibliothécaires, il était le seul humain, et le plus tolérant face à mes demandes de recherches inhabituelles.

Je regardai à travers la vitrine afin de voir ce qui se passait à l'intérieur du bâtiment. L'annonce officielle de fermeture pour rénovations était forcément une couverture. Je me demandais si un autre membre de la Maison Lewis s'était renseigné au sujet des rénovations ou s'ils avaient juste accepté ce que leur disait Maeron. Ils n'étaient peut-être même pas au courant de la fermeture. Ce n'était pas comme si les vampires royaux venaient souvent dans la salle de lecture pour redécouvrir Shakespeare.

Je pressai mon visage contre la vitre pour mieux voir. Aucun signe de mouvement dans les ténèbres. Aucun signe de travaux non plus. Il était temps de passer à l'action.

Au moment où je me retournais pour contourner le bâtiment et trouver un point d'entrée moins visible, une silhouette attira mon regard. Pedro traversa l'obscurité, un sac en papier à la main, en sifflotant pour lui-même. La Symphonie No 5 de Beethoven. Pourquoi est-ce que ce choix de musique classique ne me surprenait pas du tout ?

Je l'observai et attendis. Une odeur d'oignon et d'ail s'attarda dans l'air quand il passa près de moi. Il récupéra une clef dans sa poche et déverrouilla la porte. Je me glissai derrière lui avant qu'elle ne se referme.

À l'intérieur, tout était plongé dans le noir. Pedro avançait sans avoir besoin de lumière. Je le talonnais pour éviter de trébucher.

Il arriva devant une porte avec une pancarte « réservé au personnel » et la poussa à l'aide de son épaule. Il alluma la lumière, puis traversa la pièce et déposa le sac rempli de nourriture sur le petit comptoir. La pièce était meublée comme un studio. Il y avait un lit simple, un bureau couvert de livres, une kitchenette, une petite table accompagnée d'une chaise, ainsi qu'une deuxième porte qui devait mener à une salle de bain. Une grande armoire et une commode occupaient la moitié du mur du fond. Je souris en remarquant les piles de livres poussées sous le lit. Pedro avait une bibliothèque entière à sa disposition, et il ressentait quand même le besoin d'amasser des bouquins dans sa chambre.

Je fermai la porte derrière nous, un petit cliquetis accompagnant ce mouvement.

— Pedro, ne panique pas.

Il hoqueta et pivota vers le son de ma voix. Je me rendis visible et levai les mains pour le rassurer.

— Je ne suis pas là pour te faire du mal.

Ses épaules se détendirent quand il me vit.

— Je sais bien, Mademoiselle Hayes.

— Tu peux m'expliquer pourquoi la bibliothèque est fermée ?

Il sourit.

— Vous êtes à ce point en manque de connaissance ?

— Non, répondis-je, avant d'hésiter. Enfin, si.

Pedro se tourna vers la cuisine et commença à vider le contenu de son sac.

— Vous ne croyez pas au fait qu'elle soit en rénovations ?

— Je n'ai vu aucune bâche et aucune raie des fesses en chemin, alors non.

Il ouvrit une boîte en plastique et sortit une fourchette du tiroir.

— Je peux vous offrir une assiette de pâtes ? J'en ai largement assez.

J'ouvris la bouche pour refuser, mais mon estomac avait d'autres projets. Je succombai à mes crampes d'estomac. Un scone ne constituait pas un repas suffisant.

— Avec ou sans boulettes de viande ? Je suis végétarienne.

— Juste des spaghettis. La sauce est excellente. Le cuisinier est un réfugié du continent européen et il est si talentueux qu'on dirait de la magie pure.

Pedro fit un geste vers la table.

— Asseyez-vous.

— Il n'y a qu'une chaise. Où tu vas t'asseoir, toi ?

— J'ai déjà mangé sur mon lit un nombre incalculable de fois.

Il divisa le plat de spaghettis en deux et en plaça la moitié dans une assiette, avant de me tendre une fourchette.

— Du vin ?

J'hésitai.

— Tu as du vin ?

J'aperçus un sourire s'esquisser, très discret.

— Ce boulot a ses avantages. La Maison Lewis m'offre une douzaine de bouteilles de vin à Noël, et j'en ouvre une par mois.

— Je ne peux pas accepter.

— J'insiste.

Il ouvrit un placard, récupéra une bouteille et deux verres à pied.

— Ça vient d'un vignoble appartenant à la Maison Russo.

Un vin rouge italien. Je sentis son arôme avant même d'avoir approché le verre de mon nez. Divin.

— On s'attendrait à ce que la Maison Lewis veuille uniquement mettre en avant son propre vin.

— J'ai bu le leur en janvier, par respect. Chaque bouteille vient d'une Maison différente.

Je goûtai le vin et faillis fondre en flaque sur le sol. C'était délicieux.

Pedro s'appuya contre le plan de travail et mangea ses spaghettis en les piochant directement du tupperware.

— Dites-moi, Mademoiselle Hayes, quel type de recherches est assez important pour vous pousser à entrer par effraction dans une bibliothèque fermée ?

— D'abord, j'aimerais savoir qui a fermé la bibliothèque.

— Le prince Maeron.

Première case cochée.

— Il a dit pourquoi ?

— Il a envoyé une équipe faire des recherches ici et il ne veut pas qu'on les dérange.

Je haussai les sourcils.

— Une équipe à lui est ici en ce moment ?

— C'est la pause déjeuner. Ils sont entre deux services, en ce moment. Le service de l'après-midi doit arriver bientôt.

J'enroulai les spaghettis autour de ma fourchette.

— Qu'est-ce qu'ils cherchent ?

— Ils ont une liste de sujets à traiter, répartis entre plusieurs membres de l'équipe. Je dois toujours rester disponible pour les aider ou répondre à leurs questions.

— Et les deux autres bibliothécaires ?

Je laissai la sauce s'attarder dans ma bouche. Pedro ne plaisantait pas. Mes papilles étaient en surcharge.

— Ils ont été envoyés en vacances.

— Mais pas toi ?

— Je me suis porté volontaire, répondit-il en haussant les épaules. Je n'ai nulle part d'autre où aller.

Il entortilla les spaghettis autour de sa fourchette avec expertise et les fourra dans sa bouche.

— Tu as une copie de la liste de sujets ?

Pedro me scruta par-dessus son verre de vin.

— Pourquoi est-ce que j'ai le sentiment que vous les connaissez déjà ?

— J'ai quelques idées, mais j'aimerais en être certaine.

Pedro prit une gorgée de vin d'un geste prudent. Puis il reposa son verre et se rapprocha de son bureau.

— Ils ont surtout l'air intéressés par l'invocation de magie.

Il prit une feuille de papier sur le bureau et me la tendit. Le mot « invocateurs » était écrit tout en haut.

Bien sûr. Les pierres qu'on avait découvertes jusqu'ici n'incluaient pas l'invocation de magie. Il serait logique que la pierre restante concerne ce type de magie. Le don de téléportation de Joseph Yardley et ma capacité à créer des dimensions de poches relevaient de cette catégorie.

Je posai le papier à côté de moi et engloutis mon assiette de pâtes en moins de cinq minutes.

— Est-ce qu'ils cherchent aussi des articles de journaux concernant des activités d'invocation inhabituelles ?

Le visage de Pedro s'illumina.

— Il se trouve que oui. Ils ont même une carte, sur laquelle ils ont noté les zones où la magie invocatrice est la plus active.

J'avalai le reste de mon vin. Il avait beau être délicieux, je n'avais pas le temps de le savourer.

— Je peux la voir ?

— Elle est dans la salle de lecture, répondit-il en tournant les yeux vers la porte. Vous feriez mieux de vous dépêcher. Ils seront là d'une minute à l'autre.

Je consultai la liste, essayant désespérément de la mémoriser.

— Prenez-la avec vous, proposa Pedro. Je pourrais toujours dire que je l'ai perdue.

Je pliai le papier et le fourrai dans ma poche.

— Merci, dis-je avant de regarder l'assiette vide. Pour ça et pour le repas.

— De rien. Dépêchez-vous, maintenant.

Je sortis de chez lui et courus vers la salle de lecture. Je localisai l'interrupteur et allumai la lumière. Je repérai la carte sur l'un des comptoirs semi-circulaires et me précipitai vers elle pour l'étudier. Un X rouge avait été dessiné sur trois comtés : Northumberland, Durham et Cumbria. Les trois étaient situés au nord, près de la frontière de la Maison Duncan.

Maeron avait-il déjà envoyé une équipe à ces endroits ? Ou peut-être que les chercheurs n'avaient pas encore fait part de leurs découvertes ? À en croire les livres ouverts et les papiers éparpillés sur toutes les surfaces environnantes, ils semblaient encore en train de collecter des infos, bloqués à la « phase recherches ».

Je remarquai une pile de journaux et lus les gros titres.

Un portail s'ouvre sans explication près d'une ancienne cathédrale de Durham.

Infestation de monstre près de Mitford.

La congrégation de Carlisle fait face à un afflux d'ogres.

Un jeune vampire de Temple Sowerby serait tombé dans un portail éclair plutôt qu'un puits, comme on le croyait jusqu'alors.

Aucun de ces endroits n'était particulièrement proche l'un de l'autre. Par contre, ils se trouvaient dans les trois comtés identifiés. Parmi ces occurrences, je n'étais pas persuadée que même l'une d'entre elles puisse prouver que la pierre au pouvoir d'invocation s'y trouve. Une infestation de monstres pouvait impliquer plein d'autres choses. Ça arrivait tout le temps, à Britannia City. Les ogres pouvaient avoir été embauchés par Glendon pour terroriser les terres frontalières au nord.

Je dépliai le journal pour lire le reste de l'article. Je trouverais peut-être d'autres infos expliquant pourquoi les vampires pensaient que ces pistes valaient le coup d'être explorées.

Un bruit derrière moi interrompit mon cheminement de pensées et, quand je me retournai, je vis un pigeon voler droit vers moi. J'étais certaine que c'était un avertissement envoyé par Pedro.

Les vampires arrivaient.

Je pliai le papier et le remis au sommet de la pile. Je parvins à me rendre invisible au parfait moment. Deux vampires venaient d'entrer, en pleine conversation. Je me faufilai du côté opposé de la pièce, pour éviter d'être détectée.

— Ce risotto aux champignons est encore meilleur que le sexe, entendis-je dire le plus grand des deux.

— Si tu crois vraiment ça, tu as besoin d'un nouveau partenaire, répondit son collègue.

— Je ne lui dirai pas que tu as dit ça.

— J'en ai marre des champignons. J'ai l'impression qu'ils arrivent juste après le sang, dans la liste des favoris à la maison, déplora le plus petit vampire en s'approchant de la carte. Le prince veut un compte-rendu demain, mais je ne pense pas qu'on sera prêts.

— Oh, le compte-rendu qu'on aura à lui donner sera prêt. Mais ça ne veut pas dire qu'on lui remettra les infos qu'il veut.

Le vampire jeta un coup d'œil vers la porte.

— Les autres devraient arriver bientôt. Si on arrive à convaincre Dudley d'arrêter de faire n'importe quoi, on pourra peut-être progresser un peu.

— Ça n'arrivera que si les satellites se coupent encore. Il est toujours collé à son téléphone.

Je sortis de la pièce sur la pointe des pieds. Si d'autres vampires étaient en chemin, mieux valait que je m'éclipse.

Je me précipitai vers la sortie. Mon cœur cognait dans ma poitrine. Deux autres vampires entrèrent et je pressai mon dos contre le mur le temps qu'ils passent. Je me réjouissais d'avoir ce pouvoir d'invisibilité.

— Hors de question que j'aille à Cumbria, disait celui de gauche. Mon fils a un récital de piano ce week-end et ma femme me tuera si je le rate.

— Je ne pense pas que le prince nous y enverra, de toute façon, répondit son compagnon. En général, on est cantonnés aux basses besognes et il donne les missions les plus prestigieuses à l'équipe de Bonnie.

— Je ne vois pas ce qu'un voyage à Cumbria aurait de prestigieux. Et puis, ça pourrait être pire. On pourrait être envoyés à Durham ou à Northumberland, remarqua-t-il en tressaillant. Je n'ai aucune envie de devoir subir ce vent qui souffle de la Mer du Nord.

— Je ne vois pas l'intérêt d'y aller si on n'arrive pas à trouver l'emplacement précis. Qu'est-ce qu'on est censés faire, déterrer des villes entières ? La pierre pourrait être cachée n'importe où.

Ils continuèrent à parler, mais s'éloignèrent hors de portée de voix.

J'attendis qu'ils soient entrés dans la salle de lecture avant de foncer vers la porte.

L'air frais emplit mes poumons et je m'éloignai du bâtiment en courant. Dès que je fus certaine que la voie était libre, je redevins visible. Cette visite à la bibliothèque s'était avérée plus fructueuse que je m'y attendais. J'avais confirmé mes soupçons, eu un aperçu de leurs progrès et j'étais repartie avec une liste de leurs sujets de recherche. Plus important encore, j'avais pu savourer un plat de spaghettis accompagné de la meilleure sauce que j'avais jamais goûtée et d'un verre de vin.

Je devais une fière chandelle à Pedro.

Chapitre 5

Aller voir les chevaliers directement au Pavillon reviendrait à porter une robe rouge à un bal de vampires. Au lieu de ça, j'attendis à la Couronne. Mes collègues étaient routinières, et j'étais sûre qu'elles arriveraient dans l'heure. Pour l'instant, il n'y avait que deux loups-garous en train de siroter un verre de l'autre côté de la pièce. Leur visage était contusionné et ils semblaient à deux doigts de s'écrouler. Je m'assis au comptoir et bavardai avec Simon, le loup-garou propriétaire du pub.

— Qu'est-ce qui leur arrive, à ces deux-là ? murmurai-je. Ces bleus ne devraient pas déjà avoir guéri ?

Simon secoua la tête.

— Ce sont des boxeurs. Ils ont reçu tellement de raclées qu'ils ont bousillé leur métabolisme. À chaque fois qu'ils viennent ici, ils ont l'air en plus sale état que la fois précédente.

— Contrairement à ce pub, remarquai-je. Je suis ébahie de voir la rapidité avec laquelle il a été réparé.

La Couronne avait été sérieusement endommagée quand la Pierre de Transcendance était passée par le pub. Tout ça à cause d'un vampire adolescent, qui l'avait ramenée du Devon. Les membres de la meute du West End avaient pété les plombs sous l'influence de la pierre. Le point positif, c'était que la meute avait proposé de mettre la main à la pâte et d'aider Simon à effectuer les réparations plus coûteuses.

Simon sourit en regardant la vitre teintée. Même si elle n'était pas tout à fait comme avant, c'était évident qu'elle était d'une grande qualité.

— J'ai eu beaucoup de chance.

— Si vous aviez vraiment eu de la chance, votre pub n'aurait pas été détruit du tout.

— Peut-être, mais sans ça, je n'aurai pas rencontré Dallas.

Je fronçai les sourcils.

— Qui est Dallas ?

— Le maître d'œuvre de la meute. Elle s'est chargée de ce boulot, et avec beaucoup d'efficacité.

Il se redressa soudain.

— Tes amies sont arrivées.

Je pivotai sur mon tabouret.

Kami fut la première à me repérer. Ses cheveux blonds étaient noués en tresse et sa peau semblait une teinte plus sombre que d'habitude. Quelqu'un avait encore pris beaucoup trop de liberté avec le pinceau à bronzer.

— London ?

Elle fonça sur moi, les bras écartés. Au lieu de m'étreindre, elle me donna une tape sur les bras, clairement mécontente.

— Aïe, lâchai-je en frottant les zones touchées. Pourquoi t'as fait ça ?

— À ton avis ?

Kamikaze Marwin était ma meilleure amie, et, clairement, elle n'avait pas peur de me dire ce qu'elle avait pensé de mon absence.

— Tu es partie d'ici comme un fantôme, dans le secret. Tu nous as laissées nous débrouiller face à un prince vampire et on a dû s'occuper de tes animaux. Et puis plus rien. Aucune prise de contact pour nous dire que tu étais en vie et que tu allais bien. Pas un seul mot jusqu'à maintenant.

— Je suis désolée.

— Je sais. Tu avais tes raisons. Tu en as toujours.

Minka Tarlock se fraya un chemin jusqu'à moi. Elle avait la peau naturellement bronzée, sans l'aide de cosmétiques. C'était un héritage de son père asiatique, reconnaissable par ses yeux marron écartés et ses cheveux sombres. Par contre, son attitude coincée ne venait que d'elle, du Minka tout craché.

— Qu'est-ce que tu fais ici ? Pourquoi ne pas être venue au Pavillon ?

— Ça aurait été dangereux.

— Pour toi ? s'enquit-elle.

— Pour nous toutes, si je me pointe là-bas.

Kami rit.

— C'est un peu tard pour ça, ma vieille. Le prince Maeron a les yeux rivés sur Picadilly Circus.

— Raison pour laquelle je me suis faufilée ici en restant invisible, expliquai-je en les saluant avec ma pinte.

Simon parut sentir la tension qui stagnait dans l'air.

— Et si vous vous installiez à votre table habituelle et que je vous amenais des pichets ?

— Et à manger, ajouta Stevie. Je suis affamée.

Si vous cherchiez une sorcière d'eau, Stevie Torrin n'avait aucune chance de vous décevoir. Avec son armure magique bleu sombre et ses bottes de combat, elle était toujours prête à l'action. Elle avait teint le bout de ses cheveux noirs d'une couleur argentée, depuis la dernière fois que je l'avais vue. Cette nuance était assortie aux sous-tons argentés de sa peau brune.

— J'ai du poulet, une tarte aux pommes de terre et un gratin d'artichauts, annonça Simon.

— On va prendre un peu de tout, répondit Stevie.

— Il n'y a que vous trois ? m'enquis-je.

— Neera et Ione sont en train de pourchasser un griffon fugueur et Briar a un rendez-vous chez le dentiste, répondit Minka en comptant les noms sur ses doigts.

Kami me regarda.

— Ça pose un problème ?

— Non.

Ça faisait du bien de revoir tout le monde. Il s'était passé tellement de trucs depuis la dernière fois qu'on s'était vus. Si j'avais eu l'intention de leur parler de tout ce qui s'était passé en Écosse, je n'aurais pas su par où commencer.

Heureusement que je comptais ne rien dire, motus et bouche cousue.

— Comment va la ménagerie ? demandai-je.

— Tu leur manques, répondit Kami. Gros Roux est déprimé. Il mange à peine.

— Ne le laisse pas te duper. C'est juste une ruse pour avoir plus de friandises.

J'avais beau avoir très envie de les voir, je savais que ce ne serait pas judicieux. Nos retrouvailles devraient attendre.

— On s'occupe d'eux chacune notre tour, ajouta Stevie. On essaie de ne pas briser les petits duos, sauf Hera, bien sûr.

— Cette chatte ne serait parfaitement heureuse que si elle vivait seule sur une île, approuva Kami.

— Non, je ne pense pas, répondis-je. Qui est-ce qu'elle pourrait tyranniser, sinon ?

— Où est-ce que tu t'es installée ? m'interrogea Kami. Je suppose que tu n'es pas repartie vivre dans ton appartement.

Je secouai la tête.

— Je ne peux pas. Et je préfère ne pas vous dire où je vis.

Kami leva les yeux au ciel.

— Moins on en sait, mieux ce sera. Bla, bla, bla. Cette bonne vieille London.

Sauf que je n'étais plus cette bonne vieille London. Plus vraiment.

J'envisageai de révéler le secret de ma filiation aux autres chevaliers.

Non.

Les mêmes menaces planaient au-dessus de ma tête. Ce serait injuste de les accabler avec ces informations alors qu'elles n'avaient rien demandé. Si je leur disais, ça ne rendrait service qu'à moi, et pas à elles. Je n'étais pas assez égoïste pour faire ça.

— Tu reprends officiellement le boulot ? me demanda Minka.

Je bus ma bière et savourai le goût familier. Ce n'était pas si bon que ça, mais ça me rappelait la maison. À cet instant, c'était tout ce que je voulais.

— Pas officiellement. Je dois d'abord m'occuper de quelques trucs.

— Qu'est-ce qui peut être plus important que les Chevaliers de Boadicée ?

Kami ricana.

— Il n'y a que Minka pour poser une question pareille.

Stevie se tordit le cou.

— Où est la tarte ?

Kami posa une main sur son bras.

— Tout doux, ma grande. Simon n'est qu'un homme.

— Dans ce cas, il devrait embaucher de l'aide. Je meurs de faim.

— Racontez-moi ce que j'ai raté, demandai-je.

Ça distrairait Stevie pour qu'elle ne pense plus à sa faim et, en bonus, ça me renseignerait sur de potentielles activités inhabituelles liées aux pierres.

Minka croisa les mains sur la table dans une posture scolaire.

— Un mage a disparu. C'était une affaire intéressante.

Stevie ricana.

— Il s'était téléporté dans une cage abritant des tigres au zoo et n'arrivait plus à en sortir. Il s'est caché. Et il a fallu attendre trois jours avant que l'un des gardiens du zoo ne le remarque.

— Pourquoi il n'a pas fait signe à un gardien ? m'enquis-je.

— Il était paralysé par la peur, répondit Minka. Il a dit qu'il était terrifié à l'idée que les tigres l'attaquent s'il faisait le moindre geste.

— Mais pourquoi avoir choisi de se téléporter dans cette cage dès le départ ?

Je pensai aussitôt à la dernière pierre.

— Il s'est concentré sur la mauvaise adresse, expliqua Stevie. Il voulait se téléporter chez un client. C'est un guérisseur et il a une dispense spéciale qui lui permet de pratiquer la magie.

Kami avala une grosse goulée de bière.

— Je ne sais pas si j'aurais envie d'être soignée par quelqu'un qui ne se souvient pas de mon adresse.

Cet incident m'avait tout l'air d'une erreur innocente, et non pas d'une réaction sous l'influence d'une pierre antique.

— Comment vous vous êtes retrouvées sur cette affaire ? demandai-je.

— Sa femme nous a appelées, répondit Minka. Sheila est ma coiffeuse.

— Elle a marchandé, l'interrompit Kami. Tu imagines ce qui se passerait si l'une de nous avait marchandé ses services ? Minka Tarlock, l'hypocrisie incarnée.

Minka renifla.

— Je vous ai toutes laissées vous en tirer avec bien pire que ça.

— Sois indulgente avec Minka, intervins-je. Techniquement, le marchandage a toujours été une option, pour nos clients. On ne le met pas en avant, c'est tout.

Simon nous apporta la tarte et le gratin, ainsi qu'une pile d'assiettes. L'arôme puissant des épices me parvint aux narines.

— Il était temps, lança Stevie. J'étais prête à manger le bras de Kami.

Cette dernière fronça les sourcils.

— Et pourquoi pas ton propre bras ?

Stevie le leva pour l'inspecter.

— Il n'y a pas assez de viande sur ces os.

Kami approcha son bras de celui de Stevie pour les comparer.

— C'est pas faux.

Quand tout le monde eut bien mangé et bien bu, je pris la parole.

— J'aurais bientôt besoin de votre aide.

Kami arrêta de mâcher.

— Bientôt ? Qu'est-ce que ça veut dire ? Un événement céleste va se produire ?

Stevie grogna.

— C'est pas encore un sacrifice, hein ? Je me suis à peine remise du précédent.

— Ce n'est pas un événement céleste. C'est juste que je ne connais pas encore le timing. J'aimerais rassembler plus d'infos d'abord.

— Au moins, tu nous préviens à l'avance, cette fois. Même si ce serait encore mieux si je pouvais le programmer, remarqua Minka en plantant sa fourchette dans le gratin. Les engagements déjà payés devront passer en priorité.

Kami croisa mon regard et secoua la tête en silence. Je savais que je pouvais compter sur elle.

— J'aimerais aussi qu'on réfléchisse ensemble à des idées pour une autre tâche. Que j'ai l'intention d'accomplir toute seule, cette fois.

Ce gratin était délicieux. L'harmonie des saveurs que Simon avait mélangées créait une symphonie culinaire parfaite.

Minka plissa le nez.

— Quel genre de tâche ? Pourquoi j'ai le sentiment que c'est dangereux ?

— Parce que c'est London. Évidemment que c'est dangereux, répondit Kami, avant de me regarder avec enthousiasme. Qu'est-ce que c'est ?

— Imaginons qu'hypothétiquement, quelqu'un veuille entrer par effraction dans la Tour pour voler un objet…

Minka se mit à s'étrangler. Stevie lui donna une tape sur le dos jusqu'à ce que Minka la repousse.

— Tu parles de la Tour où sont entreposés les joyaux de la Maison ? s'enquit Stevie.

— Et les prisonniers qui attendent d'être exécutés ? ajouta Kami.

Minka prit son verre et but une gorgée.

— Vous pouvez baisser d'un ton, au moins, quand vous parlez de trahison ? demanda-t-elle dans un murmure rauque.

— J'ai bien quelques idées, dit Kami.

— Moi aussi, ajouta Stevie.

Minka les fusilla du regard.

— On ne l'aidera pas. Pas avec ça.

Elle tourna son regard réprobateur vers moi.

— Qu'est-ce que tu veux voler là-bas ? C'est pas comme si tu avais besoin de joyaux.

— Personne n'a besoin de joyaux, remarqua Kami. Mais ils sont toujours très utiles pour agrémenter une tenue.

Minka resserra les doigts autour de sa fourchette.

— Dois-je vous rappeler qu'on est des chevaliers ? Hors de question qu'on ait cette conversation.

Plus tard, articula Kami.

Le téléphone de Stevie vibra sur la table et elle lut le message.

— Oh, bon sang.

Elle avait transmis beaucoup d'émotions dans cette simple phrase. Kami la regarda d'un air interrogateur.

— Qu'est-ce qui se passe ?

— Il y a des démons sepa sur Waterloo Bridge. Monsieur Richards demande une équipe.

Lyle Richards était le propriétaire d'un magasin de quartier près du pont. Il nous embauchait tous les trois mois pour ratisser l'allée derrière la boutique et éliminer toute menace potentielle. Nous étions ses exterminatrices surnaturelles personnelles, en gros. Mais le pont était une tout autre histoire.

— Combien ? demandai-je.

Minka fronça les sourcils.

— De chevaliers ?

— De démons, précisai-je.

Stevie fit rouler sa chaise en arrière et se leva.

— Il dit qu'ils occupent toute une section du pont, depuis qu'ils ont montré le bout de leur nez.

— Ce sont des démons sepa, ils n'ont pas de nez, fit remarquer Minka.

Stevie soupira.

— C'est juste une expression.

— Pourquoi c'est vous qu'ils ont appelés ? l'interrogea Simon tout en débarrassant les assiettes vides. La Maison Lewis ne va pas envoyer de l'aide ?

— Pas aussi vite que nous, répondit Stevie. Vous savez comment fonctionne la bureaucratie des vampires. Ils se moquent du magasin de Lyle.

Les démons sepa étaient des genres de mille-pattes qui faisaient la taille d'un alligator, et qui se multipliaient si vous ne maîtrisiez pas l'invasion. Nous en avions éliminé quelques-uns, un mois plus tôt, qui rôdaient près du Thames Embankment. Mais on en avait peut-être loupé un ou deux. Et un ou deux spécimens suffisaient pour en être envahis.

— On devrait passer par l'armurerie, suggéra Stevie. Je n'ai aucune arme sur moi.

Kami me donna une tape sur l'épaule.

— On a London. On n'a pas besoin de l'armurerie.

Je lui lançai un regard noir.

— Merci de me mettre la pression.

Le visage de Kami s'illumina.

— Tu vas vraiment venir ? Je m'attendais à ce que tu refuses.

— J'ai dit que je n'étais pas officiellement de retour au bureau, mais je peux vous aider à vous débarrasser des démons sepa. Par contre, il vous faut des armes.

Ce n'était pas comme si Maeron allait surveiller les moindres recoins de la ville. Les démons sepa n'étaient pas à prendre à la légère. Si la bannière avait besoin de moi, alors j'étais partante.

— Si on travaille toutes ensemble, on devrait réussir à s'en débarrasser rapidement, dit Stevie.

— Si London y va, alors je reste ici, intervint Minka. C'est pas comme si je serais très utile sur le terrain, de toute façon.

J'ouvris la bouche pour protester, mais Kami me donna un coup de coude.

— Tu pourras payer la note, dit-elle à Minka.

— Content de t'avoir revue, London, dit Simon. En général, j'essaie de ne pas trop m'inquiéter pour mes clients. C'est plus facile pour certains que pour d'autres.

Je souris. Il parlait comme Mack.

Je patientai dans l'allée près de la Couronne. Je fus soulagée de constater que, pendant ce temps, Kami et Stevie étaient passés par l'armurerie pour récupérer des armes. Je n'avais pas envie de recourir à trop de magie, au risque d'attirer l'attention des gardes royaux, qui seraient tentés de s'approcher du pont.

Kami apparut à l'entrée de l'allée, avec un nombre si impressionnant d'armes qu'elle pourrait intimider tout un régiment.

Je pris ma voix la plus officielle :

— Excusez-moi, mademoiselle, mais avez-vous les permis appropriés pour utiliser cette arbalète et ce...

Je m'interrompis.

— Tu as apporté un lance-flammes ?

— Tu peux contrôler le feu, répondit Kami. On va réduire ces saletés en cendres. Quand on travaille en équipe, on peut réaliser tous nos rêves, tu te souviens ?

Je regardai Stevie, qui se contenta de hausser les épaules.

Ensemble, nous nous dirigeâmes vers le pont. Il était assez proche du Cirque pour qu'on y aille à pied, ce qui était préférable compte tenu de la quantité d'armes qu'on transportait. J'avais déjà pris le bus avec une hache dans le dos. Mais avec une arbalète et un lance-flammes sur les bras, le chauffeur nous interdirait sûrement de monter. Ou pas. Ça dépendait du chauffeur.

— Pourquoi tu m'as empêchée d'argumenter avec Minka ? m'enquis-je.

— Parce qu'elle ne changera jamais, répondit Kami. Cette situation lui convient et elle est à l'aise avec ça, et, tant qu'il ne se passera pas un truc qui la mettra extrêmement mal à l'aise, elle restera dans sa carapace.

Je songeai à ma propre situation. Est-ce que j'étais pareil ? Allais-je m'en tenir à mes mensonges et mes tromperies jusqu'à ce que la situation devienne trop douloureuse et inconfortable pour garder le secret ?

Peut-être.

Bien sûr, ma situation était différente. Minka ne risquait pas de mourir si elle sortait un peu de sa zone de confort. De mon côté, révéler mon identité signerait sûrement mon arrêt de mort.

Hum. À bien y réfléchir, changer d'habitudes pourrait bien tuer Minka aussi.

— Raconte-moi ce qui t'est arrivé, m'encouragea Kami. Je veux m'assurer que tu vas bien.

— Je suis là, non ? Je vais bien, c'est évident.

Elle me lança un regard appuyé.

— Je te connais, London.

— Je ne suis pas prête à entrer dans les détails.

— Reste vague, dans ce cas. Je n'ai pas besoin du beurre, de l'argent du beurre et de la crémière, mais donne-moi au moins une petite tartine.

Je secouai la tête. Je n'avais pas envie de parler de Callan ou de la Maison Duncan.

— Tu as réussi à récupérer les pierres que tu cherchais, au moins ?

Je levai un seul doigt, l'index.

— C'est mieux que rien, répondit Kami, avant de passer un bras autour de mes épaules. Tu m'as vraiment manqué.

— C'est vrai, acquiesça Stevie. C'est à Trio que tu as manqué le plus, je pense. Elle n'arrête pas d'aller devant ton bureau et de pleurnicher.

Je les regardai en plissant les yeux.

— Vous me dites tout ça parce que vous pensiez que j'étais morte ?

Kami grogna.

— Bon Dieu. Apprends à accepter les compliments.

— Compliment accepté.

Je sortis ma hache de son fourreau et secouai les épaules.

— Débarrassons-nous de ces démons rapidement. Je n'ai aucune envie de devoir reconstruire le pont.

Nous arrivâmes devant le pont et j'eus aussitôt envie de changer d'avis.

— Bordel, par les flammes des enfers, souffla Stevie.

Kami déglutit.

— Tu peux le dire.

Chaque démon avait au moins cent pattes. Leur corps segmenté leur donnait l'apparence de chenilles qui auraient subi une déflagration nucléaire.

— Leurs pattes ressemblent aux tiennes, London, remarqua Kami.

— Parce qu'elles sont couvertes de petits poils ?

— Non, parce qu'elles sont très longues.

— Quand j'ai eu des mille-pattes dans mon appartement, je les ai écrasés, dit Stevie.

Kami examina les démons qui grouillaient dans tous les sens.

— Traitez-moi de folle, mais je ne crois pas que les piétiner fonctionnera, avec ceux-là.

Le seul avantage de leur grosse taille, c'était qu'ils ne pouvaient pas se cacher facilement. Les seuls recoins qui seraient assez grands pour leur servir de cachette feraient la taille de vrais cratères. Contrairement à leurs homologues insectes, leurs forcipules, ces crocs de chaque côté de leur bouche, étaient assez puissants pour pénétrer notre peau. Dieux merci, nous portions une armure magique.

— Et si on les capturait dans des pièges collants ? suggéra Kami.

Stevie plissa le nez.

— Et les regarder laisser derrière eux une bonne moitié de leurs pattes et reprendre leur course-poursuite comme si de rien n'était ? Non merci.

— On devrait peut-être essayer de les coincer à l'entrée et à la sortie du pont, proposa Kami. Pour les contenir.

La rive sud de la Tamise était infestée par les vampires. Aucune de nous n'avait envie de s'aventurer dans cette partie de la ville si nous pouvions l'éviter, surtout pas moi.

— Voyons d'abord ce qu'on peut faire de ce côté-là, répondis-je.

Nous pataugeâmes dans le ragoût de sepa. Considérant leur taille et leur forme, ils étaient plutôt rapides. C'était sûrement grâce à leurs nombreuses pattes. Mais quoi qu'on fasse, les démons semblaient se multiplier à vue d'œil.

— N'oubliez pas qu'ils ont besoin d'humidité pour se développer, hurlai-je.

— Pourquoi tu crois que j'ai amené ça ? demanda Kami en ouvrant la soupape du lance-flammes avant d'appuyer sur le bouton. Tu as oublié où on vivait. On pourrait presque renommer cet endroit la « Ville Moite ».

Des flammes jaillirent de l'embout et se répandirent sur les démons en train de détaler.

Stevie lui lança un regard mauvais.

— Dis-moi que tu ne viens pas d'employer ce mot, « mouillé ».

— Désolée, la « Ville Humide », corrigea Kami avec un sourire penaud.

Je tranchai un démon en deux et regardai les deux morceaux partir chacun d'un côté, avant de s'écrouler.

— J'essaie juste de réfléchir.

— Qu'est-ce que tu suggères, alors ? Qu'on draine la rivière ? demanda Kami.

Le flot de flammes s'interrompit et Kami regarda l'embout en fronçant les sourcils.

— Un petit coup de pouce avec ta magie de feu, s'il te plaît ?

J'abaissai Bébé et me concentrai sur les flammes qui faisaient encore rage sur le pont. Je pris le contrôle de la zone enflammée la plus proche de moi et créai un mur de flammes pour les empêcher de s'échapper. J'étais du mauvais côté du mur, dos au côté sud du pont, mais je pouvais courir à travers les flammes si nécessaire.

Kami apparut derrière moi avec le lance-flammes.

— Qu'est-ce que tu attends ? lançai-je. Arrose-les.

— D'abord, je veux que tu acceptes de me laisser t'aider.

Je tournai la tête vers les démons en train d'avancer.

— J'accepte. Vas-y !

— Je ne parle pas d'eux. Je parle de ton plan pour la Tour.

Je la regardai, bouche bée.

— Tu es sérieuse ?

Un groupe de démons bondit vers moi, leurs petites pattes remuant à toute vitesse.

— OK, j'accepte. Fais-le !

Elle les engloutit dans une prison de flammes.

Mais les démons continuaient d'avancer.

Kami les observa avec un mélange de frustration et de respect.

— Ces démons sepa sont étonnamment résistants au feu.

— Tu peux faire une croix sur ta théorie, répondis-je.

Comme certaines espèces, ils avaient visiblement réussi à développer une tolérance au fil du temps. Au moins, les flammes absorberaient une partie de l'humidité et les affaibliraient.

Absorber l'humidité.

Je pouvais faire ça. Ce ne serait pas facile. Il restait encore beaucoup de démons en pleine forme, mais le couteau était déjà planté, pour ainsi dire, et ils s'affaiblissaient très vite. Tout ce que j'avais à faire, c'était retourner la lame dans la plaie.

J'étouffai les flammes et me détachai d'elles. Il était temps de passer à la magie de l'eau. On risquait de m'interroger plus tard sur ma capacité à passer d'un élément à l'autre aussi facilement. Je me donnais beaucoup de mal pour cacher l'étendue de mes pouvoirs. Mais pour l'instant, tout le monde était accaparé par autre chose, et j'étais prête à prendre ce risque mineur.

Je me focalisai sur les molécules d'eau et solidifiai ma connexion. J'eus du mal à m'empêcher de me lier à la rivière. La Tamise exigeait mon attention.

J'ignorai l'appel de la rivière et restai concentrée sur les molécules d'eau devant moi. Je fermai les yeux et les attirai à moi comme des lingots de fer vers un aimant. J'allais finir trempée, à cause de cette douche de démons sepa. Je devrais prendre une vraie douche, après, en me frottant avec une brosse à récurer et de l'eau de Javel, de préférence.

J'entendis un crissement bruyant et ouvris les yeux juste à temps pour voir Stevie réduire un démon en miettes, avant d'envoyer sa carcasse asséchée dans la rivière d'un coup de pied.

— Ça, c'est un son satisfaisant, remarqua Kami avant de faire subir le même sort au démon près de ses pieds. Presque autant que le petit bruit quand on éclate du papier bulle.

En manque d'humidité, les démons étaient réduits à des coquilles vides. Les chevaliers s'attelèrent à les balancer par-dessus le pont et regardèrent le courant les emporter.

— Les monstres marins vont apprécier ces en-cas gratuits, remarqua Stevie.

Kami scruta l'eau en contrebas.

— C'est le cycle de la vie, mon amie. On finit tous par être bouffés par les poissons.

— Je croyais que c'était par les vers, répondit Stevie.

— Je ne me ferai bouffer par personne si je peux l'éviter, remarquai-je. Cramez-moi quand je serai morte, d'accord ?

— Je pense que c'est une clause dans tous nos contrats, dit Stevie.

C'était une chose d'être réduit en bouillie pour nourrir les vers, mais personne n'avait envie de finir en bouffe pour vampires.

Kami arriva vers moi en courant, un large sourire aux lèvres.

— Tu vois ? Quand on travaille en équipe, tout est possible. On peut même réaliser ses rêves.

— Si c'est à ça que ressemblent tes rêves, je n'ai pas envie de voir tes cauchemars, fit remarquer Stevie.

Je regardai vers la Tour, qui était visible depuis le pont. Je m'apprêtais à plonger dans un cauchemar que j'avais moi-même créé, et pire encore, j'allais emmener ma meilleure amie avec moi.

Chapitre 6

Je rassemblai mes armes tout en me reprochant d'avoir honoré mon marché avec Kami. J'espérais qu'elle oublierait notre accord une fois qu'on aurait quitté le pont, mais j'aurais dû me douter qu'il n'y avait aucune chance. Quand Kami avait une idée en tête, rien ne pouvait l'arrêter. Je lui avais donné mon adresse actuelle et nous avions prévu de nous retrouver le matin suivant.

Dès le lendemain, elle avait surgi dans la pièce secrète de la boulangerie vêtue d'une perruque rose bonbon et d'un manteau qui avait l'air trois fois trop grand pour elle. Elle avait aussi un muffin à moitié mangé dans les mains.

Je lui lançai un regard curieux depuis le fauteuil inclinable.

— Oserais-je poser la question ?

— Je suis déguisée. Les hommes de Maeron ont reçu l'ordre de surveiller une blonde sexy avec un cul aussi ferme que deux orbes d'acier. S'ils me croisent maintenant, ils ne verront que des cheveux roses et une silhouette trop large.

— C'est vrai que tu as un beau cul, reconnus-je.

Kami examina la salle de détente.

— Mack est un génie.

Elle traversa la pièce et me jeta la moitié de muffin.

— Il est aux pépites de chocolat.

— Non merci. J'ai déjà mangé.

Ezra avait insisté pour me servir une pâtisserie aux pommes parsemée de fromage si délicieuse qu'elle aurait fait pleurer Mack.

Elle tourna la tête vers la table de ping-pong.

— Je suppose que tu n'as pas envie de faire une petite partie avant d'y aller ?

— Je ne sais pas. Est-ce qu'on doit passer par l'armurerie ?

Kami déboutonna son manteau et en écarta les pans pour révéler toute une panoplie d'armes sanglées à différentes parties de son corps.

— Kami, tu ne peux pas apporter tout ça à la Tour. Tu te ferais tuer.

— Je n'ai pas l'intention de m'en servir, sauf en cas de nécessité absolue.

— L'objectif est de se faufiler à l'intérieur et de ressortir sans être vues. Utiliser la moindre arme nous ferait remarquer.

— C'est moi qui me ferais remarquer.

— Kami, je ne te laisserai pas te faire arrêter par les gardes de la Maison Lewis.

— Je n'ai aucune intention de me faire arrêter. Je suis un chevalier, moi aussi, tu te souviens ? Ce n'est pas parce que, dans notre duo, c'est toi la plus surpuissante, que je suis une incapable.

Elle marquait un point.

— C'est quoi, ton plan ?

— Je vais les distraire, expliqua Kami. Toi, tu cours à l'intérieur.

Je repensai à Cynthia, quand elle avait sauté du dragon.

— Non.

Kami pencha la tête.

— Qu'est-ce qui t'arrive ? Je détourne l'attention et, toi, tu te faufiles en douce. On a déjà fait ça un nombre incalculable de fois.

— C'est différent, cette fois-ci.

— Si tu es si inquiète, pourquoi ne pas demander à Callan de te faire entrer ?

Je me hérissai et elle se lança la tête la première. Je n'aurais pas dû me hérisser.

— Je le savais ! Qu'est-ce qui s'est passé ?

— On a eu un désaccord. C'était de ma faute. C'est tout ce que je te dirai.

Je ne lui parlai pas de Cynthia. Cette blessure était encore trop fraîche.

— Encore des secrets, soupira Kami. Quelle surprise !

Je lui lançai un regard en guise d'avertissement.

— Quoi qu'il arrive, ne me suis pas et ne traîne pas dans le coin. Dès que j'entre à l'intérieur, tu te tires. Je suis sérieuse, Kami. N'essaie pas de jouer les héros ou je ne te le pardonnerai jamais.

Je ne voulais plus avoir de sang sur les mains, merci beaucoup.

Kami leva une main.

— Je jure solennellement de ne pas jouer les héros, même si, techniquement, je suis un chevalier et c'est censé faire partie du lot.

— Les chevaliers n'ont jamais vraiment été des héros. Ma mère...

Kami inclina la tête en arrière.

— On n'a pas le temps pour une autre leçon d'histoire par Rhea Hayes. Si tu veux commettre un crime majeur, on ferait mieux de se bouger.

Nous quittâmes la boulangerie et Kami souffla un baiser en direction d'Ezra en sortant.

— Ton nouveau meilleur ami ? m'enquis-je.

— Cet homme fait des pâtisseries, London. S'il ne fait pas attention, je risque bien de l'épouser.

Je ris. L'espace d'un bref instant, j'oubliai les événements de ces dernières semaines. Nous n'étions plus que London et Kami, qui flirtaient avec un fabuleux boulanger et se préparaient à faire des bêtises.

Nous prîmes le bus jusqu'à la Tour et Kami se retrouva prise en sandwich entre les larges épaules de deux hommes d'affaires. Ça n'eut pas l'air de la déranger.

L'homme aux cheveux sombres à sa droite l'examina de haut en bas.

— C'est un cosplay ?

Kami le fusilla du regard.

— Vous n'avez jamais vu un chevalier ?

Il esquissa un sourire amusé.

— C'est ça. Et moi, si j'arrache cette chemise blanche au col bien repassé, vous verrez un S rouge sur ma poitrine.

Il se pencha vers elle et précisa :

— Je parle du costume de Superman.

Le regard de Kami se fit encore plus noir.

Je me penchai en arrière et souris au prétendu super-héros.

— Vous devriez peut-être faire attention à ce que vous dites. Elle peut contrôler les esprits.

Il émit un petit rire.

— Ce n'est pas un pouvoir que je prends à la légère, ajouta Kami. J'essaie de l'utiliser avec modération et de me reposer plutôt sur mes autres talents.

— Et c'est quoi, tes « autres talents » ? Le tricot et la pâtisserie ? s'enquit-il en la scrutant. La pâtisserie, c'est sûr. J'ai l'impression que quelqu'un aime un peu trop le sucre.

— Non, ne fais pas ça !

Trop tard. L'homme ne comprit même pas ce qu'il venait de se prendre. Enfin, si, il le savait, puisque c'était son propre poing, et en pleine face.

— Laisse-le tranquille, dis-je. Il n'en vaut pas la peine.

— Et il croit que, moi, je n'en vaux pas la peine.

— Tu vois ? Vous êtes d'accord, tous les deux.

L'homme à gauche de Kami se leva de son siège et partit au fond du bus.

Du sang se mit à couler du nez de l'homme d'affaires. Le bus s'arrêta au prochain arrêt et nous nous empressâmes de descendre. Kami attendit d'être sur le trottoir avant de relâcher son emprise sur lui.

— Désolée, dit-elle. Mais il le méritait.

— Tu essaies de te faire tuer à cause d'un connard ? Et dire que tu m'as réprimandée pour avoir utilisé ma magie pour abréger les souffrances d'un mage, alors que tu exhibes la tienne comme une adolescente.

Kami crispa la mâchoire.

— J'ai dit que j'étais désolée. Il ne signalera pas l'incident. Il sera trop embarrassé d'avoir été battu par une femme.

— Techniquement, il a été battu par un homme.

Elle fourra ses mains dans ses poches.

— Qu'est-ce que tu comptes faire dans la Tour ?

Je lançai un regard furtif autour de nous.

— Je vais voler la Pierre d'Immortalité.

Kami ravala un rire.

— La pierre qui est entre les mains de la Maison Lewis depuis des siècles, d'après ce que tu nous as dit ? Celle qui détient le pouvoir de l'immortalité ?

— Je suis contente que tu te souviennes de tout ça. Ça m'évite d'avoir à te le rappeler.

C'était idiot et risqué, mais je devais essayer. Le roi Glendon voulait la Pierre d'Immortalité coûte que coûte. Il avait perdu une guerre dans le but de l'obtenir. Puis Callan avait refusé de la voler pour lui. J'étais certaine qu'il avait implanté des hommes ici pour la voler.

Je devais le devancer et la récupérer avant lui.

J'étais déjà allée à la Tour une fois avec Callan. Il m'avait montré la Pierre d'Immortalité durant mon enquête qui m'avait permis de trouver Davina et la Pierre Élémentaire. À l'époque, il était clair que les deux pierres étaient liées, même si personne ne savait comment ni pourquoi. Même si j'aurais vraiment aimé le revoir, je ne pouvais pas lui demander une faveur maintenant, surtout sachant qu'il ne voulait plus rien avoir à faire avec moi. Je n'allais pas prendre le risque qu'il me livre aux autorités. Même si, au fond de moi, je ne pensais pas qu'il le ferait. J'avais eu de la chance, durant nos voyages, qu'il m'ait laissé entrevoir son côté plus doux. Peu importe ce qu'il ressentait vis-à-vis des secrets que je lui avais révélés, il n'était plus la Bête de Birmingham.

Je sentis une présence familière, levai la tête vers le ciel et souris.

— Salut, toi.

Barnaby plongea vers nous et je tendis le bras en guise de perchoir. Le corbeau croassa.

— Je suis contente de te voir aussi, mon ami. Je suis désolée d'être partie aussi longtemps.

Barnaby ébouriffa ses plumes.

— Ne t'en fais pas, le rassurai-je. J'ai un plan et Kami est là pour m'aider.

Elle donna une petite tape sur le bec du corbeau.

— Tout est sous contrôle, Bar.

Barnaby riva ses yeux globuleux aux miens et je vis son inquiétude s'y refléter.

— Si tu t'inquiètes à ce point, n'hésite pas à rôder dans le coin, lui proposai-je. Mais ne me suis pas à l'intérieur. Je ne veux pas que tu puisses être à portée des vampires. Certains ne font pas les difficiles et ne sont pas aussi regardants vis-à-vis du type de sang qu'ils consomment.

Le corbeau croassa à nouveau et s'envola.

Kami retira ses armes et les cacha dans une cavité formée à partir d'un mur de pierre effondré. À nous deux, nous cumulions environ trois douzaines de cachettes dans toute la ville. C'était pratique pour dissimuler nos effets personnels.

— Prête ? demanda Kami.

— Pas toi, remarquai-je avec un signe de tête vers son uniforme.

Elle baissa la tête.

— Oh, c'est vrai.

Elle baissa assez la fermeture pour dévoiler peu plus son décolleté. Puis elle noua ses cheveux en un chignon désordonné pour exposer son cou.

— L'un de ces beaux attributs devrait attirer leur attention.

— Dommage que je ne puisse pas entrer à reculons.

Je lui donnai une tape sur le derrière et me rendis invisible.

Ensemble, nous approchâmes du portail principal. Kami titubait et gloussait, le portrait craché d'une fille éméchée rentrant chez elle après être sortie au pub avec ses collègues après une journée de boulot. Elle salua les gardes avec exubérance.

— Eh, est-ce que quelqu'un pourrait m'aider ? Je crois que j'ai perdu mon bijou préféré. Est-ce que l'un de ces deux types séduisants pourrait me donner un collier de perles ?

Elle rejeta la tête en arrière et éclata de rire, leur donnant une vue privilégiée sur son cou.

— Oh, bon Dieu, non. Je voulais dire : est-ce que vous pourriez m'aider à le trouver ?

Elle laissa échapper un hoquet et se couvrit la bouche.

Les deux gardes en service lui sourirent comme s'ils n'avaient encore jamais parlé à une femme attirante de leur vie. Mission accomplie, sa part du contrat était remplie. Je me glissai de l'autre côté du portail et fonçai droit vers la Tour Blanche, le bâtiment qui contenait la pierre.

Je grimpai les marches de pierre inégales d'un pas pressé et traversai le couloir. Une main invisible me bloqua le passage et me projeta en arrière, me faisant glisser contre le sol.

Qu'est-ce que c'était que ça ?

Je me remis sur mes pieds et scrutai les ombres. Deux mains pâles et ridées se déplaçaient avec grâce à travers l'obscurité profonde du couloir. Je n'avais vu ce genre de mouvements qu'une seule fois jusqu'alors.

— Cynthia ?

Sa capuche noire retomba sur ses épaules, révélant un visage lisse.

— London ?

Je retins mon souffle, mon cerveau tentant de comprendre ce qui se passait. Cynthia était en vie.

— Comment ? Pourquoi ?

— Je te cherchais. Je suis contente de voir que tu vas bien.

— Et c'est ici que tu me retrouves ?

Je scrutai les murs de pierre.

— Comment tu as contourné les gardes ?

— Comme j'ai contourné ceux à la frontière. Je t'avais dit que je détournerais leur attention.

— J'aimerais beaucoup entendre tous les détails, mais j'ai un programme assez chargé.

Je la regardai, émerveillée.

— Je t'ai crue morte.

— J'ai bien failli y passer.

— Tu ferais mieux de partir. Je m'apprête à faire quelque chose d'un peu vilain et tu n'as pas envie de te faire prendre avec moi.

— J'ai bien peur de ne pouvoir te laisser faire ça.

Cynthia tendit la main et me projeta un souffle de magie. Je fis un bond sur le côté et me plaquai contre le mur.

Je fis craquer mon cou.

— Si tu continues comme ça, tu vas réveiller les voisins.

— Je préférerais ne pas avoir à te faire du mal. Je suis juste ici pour la pierre.

— Qu'est-ce qui t'a pris autant de temps ?

— J'ai dû traverser la ville. Je n'ai que deux pieds.

Je fléchis les doigts le long de mes flancs.

— Pourquoi tu veux la pierre ? Tu n'es pas un vampire. Elle n'aura aucun effet sur toi.

— Non, mais elle en aura un si je la remets à mon roi.

Ah ah. J'aurais dû m'en douter. Si je n'avais pas laissé les chaînes anti-magie sur la Pierre de l'Esprit, j'aurais peut-être compris plus tôt.

— Tu sais ce que fait cette pierre, au moins ? Ou est-ce qu'il a oublié de te l'expliquer ?

Cynthia se redressa de toute sa hauteur.

— C'est la raison pour laquelle la Maison Lewis est si crainte et si puissante. Si on leur enlève cette pierre, ils s'effondreront comme un château de sable.

Je ne pus m'empêcher de sourire.

— Tu crois toujours tout ce qu'on te dit ?

Elle me rendit mon sourire.

— Tu es mal placée pour parler.

Elle avait raison. J'avais cru à son histoire de refuge. Bien joué, Cynthia.

— Je suis désolée, Cynthia. Je ne peux pas te laisser remettre cette pierre à Glendon. Il y a bien trop en jeu.

— Alors qu'est-ce que tu fais ici ? J'ai l'impression que tu as tes propres raisons égoïstes.

Je secouai la tête.

— Ce n'est pas pour moi. Les pierres débloquent notre potentiel. Si le potentiel lié à cette pierre n'existe pas déjà en toi, elle n'a aucun effet.

Inutile de commencer à lui expliquer que j'étais un dhampir.

Les mains de Cynthia reprirent leurs mouvements hypnotiques. Je n'attendis pas, cette fois. Je me liai à ma magie et manipulai l'air d'un mouvement vif. Cynthia tomba en arrière et je sautai par-dessus son corps pour continuer à traverser le couloir.

Je m'arrêtai devant la vitrine. L'espace d'une fraction de seconde, je crus être arrivée dans la mauvaise section. Il y avait un piédestal, mais pas de pierre.

Je regardai de gauche à droite. J'étais bien au bon endroit.

— Elle n'est plus là, dis-je.

Cynthia me rattrapa et tendit les mains pour me lancer une nouvelle attaque.

Je lui lançai un regard en coin.

— Arrête, Cynthia. La pierre n'est pas là. Regarde par toi-même.

J'indiquai le piédestal vide.

J'entendis des pas arriver vers nous. Merde. Cynthia m'avait fait perdre un temps précieux. La petite mise en scène de Kami avait juste duré assez longtemps pour me permettre de passer le portail. Elle n'avait pas attiré l'attention de tous les gardes restés à l'intérieur.

Six gardes nous flanquèrent.

— Non, attendez. Vous ne comprenez pas, dit Cynthia.

— Vous êtes des intrus, voilà ce que nous comprenons, répondit l'un des gardes. Et vous allez être placées en détention.

— Non, non. Il y a un malentendu. Parlez au prince Maeron. Il se portera garant pour moi.

Le prince Maeron et Glendon. Sans déconner. Ça expliquait comment Glendon avait été tenu au courant de l'existence des pierres.

— C'est le prince Maeron qui nous a donné l'ordre d'intervenir, répondit le garde.

Une prise de conscience douloureuse se peignit sur les traits de Cynthia. Elle s'était fait doubler, et elle le savait.

— Quel salopard, cracha-t-elle au sol. Eh bien, je ne me laisserai pas arrêter sans rien faire.

Elle leva les mains.

— Cynthia, non !

Le garde le plus proche sortit son arme et lui tira une balle en pleine poitrine. Du sang imbiba son manteau. Son corps s'affaissa au sol.

Je regardai la sorcière à terre. Il n'y aurait pas de deuxième résurrection.

— Allez, aboya un garde en me poussant.

Ils me firent descendre les marches inégales et traverser le couloir. Une énergie pulsait dans l'air. Je levai instinctivement la tête, et je vis Barnaby. J'écarquillai les yeux en m'apercevant qu'une volée de corbeaux le suivait. Apparemment, il était allé chercher des renforts. Les oiseaux étaient si nombreux qu'ils se déployaient dans le ciel comme une tache d'encre.

Les corbeaux revenaient enfin à la Tour.

Les vampires sur les remparts furent les premiers à les repérer.

— Attention ! hurla l'un d'eux.

Les oiseaux se mirent à plonger en piqué sur les gardes. Leur arrivée fut si soudaine et inattendue que les vampires furent rapidement submergés. Les gardes autour de moi restèrent un instant stupéfaits, et j'en profitai pour m'échapper.

— Où sont les mages ? hurla un autre vampire.

Les corbeaux attaquaient de tous côtés. Barnaby passa devant moi.

Je courus.

Je n'arrivai pas jusqu'au portail. Une lumière verte explosa devant moi, me manquant de peu. Quand ma vision revint à la normale, je perçus qu'une ligne de mages me bloquait le passage.

Super.

— Pars, dis-je à Barnaby.

De la magie crépitait des mains des mages et je fléchis les doigts, me demandant quel niveau de force employer, quand je sentis la morsure du métal. Des chaînes s'enroulèrent autour de mes poignets. Je reconnus la sensation des chaînes anti-magie.

Encore une fois.

Je me débattis quand même, parce que j'étais bornée.

Les mages se séparèrent et une figure svelte s'avança vers moi. Ses cheveux noirs étaient coiffés avec soin et du mécontentement se lisait dans ses yeux noirs.

Mon demi-frère. Maeron.

Il riva son regard au mien.

— Vous savez où l'emmener.

Quatre gardes m'entourèrent et me dirigèrent vers une autre tour. J'envisageai de leur asséner un coup de tête et plusieurs autres attaques stratégiques, mais je doutais fort de réussir à traverser le mur de mages sans avoir accès à ma magie.

Je conservai mon énergie et les laissai m'emmener sans protester. Je n'avais pas envie de finir comme Cynthia.

Les gardes me poussèrent vers une porte ouverte et me bloquèrent la sortie avec leur corps.

— Vous servez de porte, maintenant ?

Ils s'écartèrent et Maeron passa le seuil.

— Laissez-nous, ordonna-t-il.

Les gardes détalèrent comme des cafards sous la lumière et la lourde porte se referma derrière nous.

Maeron et moi nous dévisageâmes. J'avais du mal à le regarder dans les yeux, sachant tout ce que je savais.

— Cet endroit s'appelait autrefois la Tour de Londres ou *London Tower*, dit-il, ses lèvres s'étirant en un sourire malveillant. C'est plutôt approprié, vous ne trouvez pas ?

J'appuyai mon épaule contre le mur, pour me donner un air décontracté. Je refusais de laisser Maeron me voir transpirer.

— Je suis surprise que votre mère ne vous ait pas légué son nom, remarquai-je.

J'étais à deux doigts de lui faire une vanne sur les mamans, mais je n'allai pas plus loin.

Il me lança un regard noir.

— Qu'est-ce que vous faites ici ? Je m'attendais à ce que vous restiez cachée, au lieu de vous livrer à moi sur un plateau.

— Où est la Pierre d'Immortalité ?

Il éclata de rire.

— Vous n'êtes pas vraiment en position d'exiger des choses, mademoiselle Hayes.

— Laissez-moi récapituler. Vous vous êtes allié avec Glendon, et c'est comme ça que Cynthia a réussi à traverser la frontière sans mourir. Mais ensuite, il a essayé de vous planter un couteau dans le dos en envoyant Cynthia voler la pierre pour lui, sauf que vous l'aviez volée en premier.

Je feignis un air songeur.

— Comment allez-vous expliquer la mort de Cynthia à votre acolyte ? Elle était sa sorcière la plus fidèle.

— Laissez-moi m'inquiéter de ça. Vous avez des préoccupations plus urgentes.

J'ignorai sa menace.

— Où est Callan ?

Maeron grogna.

— Je me demandais quand vous aborderiez le sujet de mon frère. Il ne sait pas que vous êtes ici, et il ne l'apprendra pas.

— Quel est votre plan ? Me tuer et me jeter dans la Tamise ?

Il pinça les lèvres et haussa les épaules.

— On ne vous balancerait pas de très haut.

— Et qu'est-ce qui se passera quand mon corps sera rejeté sur la rive ?

— Vous êtes un chevalier, mademoiselle Hayes. Votre métier est dangereux par nature.

Il marquait un point, sauf qu'il me restait encore un atout majeur dans ma manche. Trois, en fait.

— Si vous me tuez, vous ne trouverez jamais les pierres.

— Je suppose que ça inclut aussi la Pierre Élémentaire.

Je me demandais quand il comprendrait que celle que j'avais remise à sa famille était fausse.

— Vous en avez mis, du temps.

— J'ai attendu que mes parents s'intéressent à autre chose avant d'aller la récupérer. Imaginez ma surprise quand mon mage m'a annoncé que ce n'était qu'une pierre ordinaire avec des inscriptions que quelqu'un avait gravées.

Il me regarda d'un air intimidant.

— Vous, je suppose.

— Imaginez ma surprise quand vous m'avez dit que vous aviez votre propre mage.

Son sourire de prédateur était déstabilisant.

— Rassurez-vous, je n'ai pas l'intention de vous tuer tout de suite.

Il tapota sa poche de veste.

— J'ai apporté une fiole de sérum de vérité avec moi. Après tout, ça a fait des merveilles avec Roméo Rice.

Et je savais quel sort avait été réservé au loup-garou une fois qu'il avait révélé tout ce qu'il savait sur la Pierre de Transcendance.

Je levai mes poignets liés.

— Vous allez devoir me libérer des chaînes anti-magie, ou le sérum de vérité ne marchera pas.

Je vis l'hésitation passer dans les yeux du prince vampire. Il comprenait les risques. Tant mieux. À son tour de transpirer.

— Maeron ?

La voix nous fit sursauter tous les deux. Je fus encore plus stupéfaite de voir le visage du roi Casek apparaître derrière les barreaux de la porte. C'était la première fois que je le voyais depuis que j'avais découvert ma filiation. Nous étions en pleine réunion de famille, et j'étais la seule à le savoir.

— Votre Majesté, dis-je.

Il étrécit ses yeux gris.

— Mademoiselle Hayes, c'est vous ? Qu'est-ce que vous fabriquez ici ?

Maeron se retourna, sourcils froncés.

— C'est terrible, n'est-ce pas ? J'ai appris qu'elle avait été faite prisonnière et je suis venu voir ce qui se passait.

Le roi ouvrit la porte et entra dans la pièce exiguë.

— On m'a dit qu'il y avait eu des perturbations à la Tour. C'est pour ça que je suis venu.

Il plissa le front.

— Ça avait un rapport avec vous, mademoiselle Hayes ?

— J'ai bien peur que les nouvelles soient assez perturbantes, intervint Maeron. Une sorcière a réussi à contourner la sécurité. C'est mademoiselle Hayes qui l'a attrapée.

À partir de maintenant, Maeron était visiblement obligé de changer ses plans.

— Quelle chance pour nous, répondit le roi. On dirait que vous êtes notre pièce porte-bonheur.

Je ravalai la boule dans ma gorge.

— Je passais devant le portail quand j'ai entendu de l'agitation. J'ai proposé mon aide. Les gardes m'ont reconnue et laissée passer.

Maeron croisa brièvement mon regard.

— Hélas, la sorcière a réussi à nous voler un objet précieux avant d'être tuée.

Soudain, je compris le plan de Maeron. Utiliser Cynthia comme bouc émissaire pour dissimuler sa propre incompétence.

Le regard du roi passa de Maeron à moi.

— Qu'est-ce qu'elle a pris ? Les joyaux ?

— La Pierre d'Immortalité, répondit Maeron.

Le roi n'eut pas l'air ébranlé.

— Eh bien, elle est morte, maintenant. Contente-toi de la lui reprendre.

Maeron prit une grande inspiration.

— Impossible. Elle devait avoir des capacités d'invocation. La pierre n'était nulle part.

J'aurais pu révéler qu'il mentait. Mais les chances pour que le roi Casek me croie plutôt que Maeron étaient minces.

Le roi regarda Maeron.

— Qu'est-il arrivé à notre deuxième ligne de défense ? Les mages auraient dû pouvoir anéantir une sorcière qui agissait seule, non ?

— Une enquête approfondie sera menée.

Le roi avait l'air perplexe.

— Comment a-t-elle pu apprendre l'existence de la pierre, et la meilleure façon de la voler ? Est-ce qu'elle travaillait pour quelqu'un ?

— J'espérais pouvoir lui poser la question, mais hélas…

Les épaules de Maeron s'affaissèrent.

— Je veux que les équipes de sécurité m'apportent leur rapport dès qu'il sera prêt, ordonna le roi. Puis, il se tourna vers moi. En attendant, je serais plus que ravi d'accorder la liberté à mademoiselle Hayes et de l'escorter vers la sortie.

Maeron inclina la tête.

— Oui, bien sûr, Père.

Il me lança un dernier regard avant de sortir de la cellule, comme pour me promettre qu'on se reverrait.

Je n'en doutais pas.

Le roi appela un garde pour qu'il me retire mes chaînes. Le vampire était l'un des gardes qui m'avaient escorté dans la cellule, et il eut l'air surpris par ce retournement de situation, ce que je comprenais totalement.

Je me frottai les poignets.

— Merci, votre Majesté.

Il donna des ordres au garde, qui repartit, puis se tourna vers moi. Je regardai le roi vampire en gardant le silence, mais une multitude de questions me brûlaient la langue. *Avez-vous tenté de retrouver ma mère ? Avez-vous comploté pour tuer la Reine Britannia ? Comment avez-vous pu élever un fils comme Maeron ?* J'aurais aimé pouvoir poser ces questions à la bougie de l'Atheneum, mais j'étais en état de choc à ce moment-là. J'avais oublié de poser ma question originelle, mais je ne pouvais pas trop m'en vouloir.

Non. Je ne lui demanderais rien. Je n'étais pas suicidaire.

Le roi remarqua que je le fixais.

— Quelque chose vous tracasse ?

Je revins à la réalité.

— Non, votre Majesté.

Il plissa les yeux.

— Vous mentez.

— Vous n'avez pas envie que je pose ma question à voix haute.

Il émit un petit rire.

— Vous parlez comme Davina, remarqua-t-il avec un geste léger de la main. J'ai encore une dette envers vous, après tout. Vous pouvez m'interroger sans craindre de représailles. Allez-y.

Vous pouvez m'interroger sans craindre de représailles.

Nous allions peut-être regretter tous les deux cette offre.

— Si vous insistez.

Je me raclai la gorge pour faire disparaître la boule de peur qui y était logée.

— La reine…

— Vous vous posez des questions au sujet d'Imogen ?

— De Britannia.

Une lueur s'alluma dans ses yeux.

— Ah, je vois. Allez-y, alors.

— Certains indices suggèrent que sa mort aurait pu être… évitée.

Il rit.

— Pour l'éviter, ne pas partir en guerre contre la Maison Duncan aurait été un bon début.

— Toutes mes excuses, je n'ai pas employé le bon mot. Ce que je veux dire, c'est qu'elle était suspecte.

Il haussa un sourcil royal.

— Suspecte ?

Allais-je vraiment faire ça ? Quelle que soit la réponse, qu'est-ce que j'espérais y gagner ?

La vérité. Je voulais savoir si mon père était le genre d'homme capable d'assassiner sa femme. Ressemblait-il plus à Glendon qu'il ne voulait l'admettre ?

— Certaines rumeurs suggèrent que sa mort a été causée par un marché signé… entre les deux Maisons.

Son expression demeura étonnamment neutre. Callan maîtrisait cette expression impassible à la perfection, lui aussi.

— Vous êtes en train de demander au roi de la Maison Lewis s'il a conspiré avec le roi de la Maison Duncan pour tuer sa femme durant la bataille censée défendre cette ville de l'attaque de Glendon ?

Je pâlis.

— Oui, votre Majesté.

Il se raidit.

— Je ne daignerai pas répondre à cette question.

Mon estomac se serra. Je sentis un mélange de culpabilité et de soulagement m'envahir.

— Toutes mes excuses…

— Ce que je peux vous confesser, m'interrompit-il, c'est que je me suis senti soulagé en apprenant la nouvelle.

Je clignai des paupières.

— Soulagé ?

— La reine était une vraie menace ambulante, sans oublier une vraie narcissique.

Il se tut un instant et m'observa.

— Je vois que vous êtes choquée. Un mari n'est pas censé dire de telles choses à propos de sa femme.

Comment répondre à un tel aveu d'un roi ?

— Je ne prétends pas connaître…

— Elle en voulait toujours plus, voyez-vous. Elle était prête à dépasser toutes les limites, à franchir toutes les barrières. Elle aurait tracé une route sanglante jusqu'en Chine, si elle avait survécu. Alors oui, je me suis senti soulagé qu'elle soit morte. Le public l'a pleurée. Moi, pendant ce temps-là, je remerciais ma bonne étoile en silence.

Je me rendis compte que j'avais cessé de respirer et relâchai l'air dans mes poumons.

— J'apprécie votre honnêteté, Votre Majesté.

— Je ne l'aimais pas. Ça aurait rendu sa mort bien plus difficile à encaisser si ça avait été le cas, bien sûr. Est-ce si terrible à admettre ? Peut-être.

Il regarda derrière moi.

— Je n'aime pas Imogen non plus. Mais, par chance, à la différence de Britannia, elle ne rêve pas de gloire et de pouvoir absolu, et je devais sécuriser une alliance avec une grande Maison.

Il haussa les épaules.

— Osmond semblait être le choix le plus logique, à l'époque.

— Êtes-vous déjà tombé amoureux, de quiconque ?

La question m'avait échappé avant que j'aie pu la retenir. L'enfant au fond de moi avait désespérément envie de savoir.

Il prit une expression mélancolique.

— Une seule fois, mais elle n'était pas de sang royal.

Il laissa échapper un petit rire plein de regret.

— Elle n'était même pas une vampire. Notre relation était vouée à l'échec depuis le début.

Mes entrailles se tordirent.

— C'est pour ça que vous avez épousé Britannia à la place ? Parce qu'elle cochait toutes les cases ?

— Britannia et moi étions déjà mariés, à l'époque. Je pense que la reine était au courant de mon amourette. Mais on avait un accord tacite : on s'était interdit de discuter de nos vagabondages respectifs.

— Je trouve ça étrange. Je connais la réputation de la reine, et je trouve ça étonnant qu'elle ait été prête à fermer les yeux sur d'éventuelles concurrentes.

Il rit.

— Britannia ne l'aurait jamais perçue comme une concurrente ou une menace. Son ego ne l'aurait pas permis. Par contre, elle était extrêmement jalouse. J'aurais mis fin à cette relation pour protéger la vie de cette femme, s'il avait fallu en arriver là. Britannia aurait été capable de lui ouvrir les veines.

Il marqua une pause.

— Toutes les veines.

— Qu'est-ce que vous entendez par « s'il avait fallu en arriver là » ?

Il soupira.

— Ça n'a pas été nécessaire. La femme a mis fin à notre relation avant.

Je me souvins de ma vision, qui mettait en scène le roi en train de découvrir la maison de ma mère déserte. Il avait l'air si désemparé et bouleversé. J'avais presque envie de tout lui avouer, mais je savais que c'était un désir enfantin. Je n'en restais pas moins une dhampir qui venait tout juste de s'évader d'une cellule de la Tour de Londres. Même si le roi ne pouvait pas se résoudre à exécuter sa propre fille, tout ce qu'il aurait à faire, c'était de m'enfermer pour toujours et de me laisser moisir là-bas.

— Pourquoi ne pas avoir repris votre relation après la mort de la reine ?

— J'ai essayé. Malheureusement, je n'ai pas réussi à la retrouver. De toute façon les circonstances n'avaient pas vraiment changé. Je n'aurais pas pu l'épouser, et je ne pense pas qu'elle se serait contentée de rester ma maîtresse. Ça ne lui ressemblait pas.

— C'est compréhensible.

Je ne m'imaginais pas rôder dans l'ombre en attendant qu'on m'accorde une audience privée avec le roi. Ça avait dû être humiliant, pour elle.

Il leva les yeux vers moi.

— Le prince est à peu près dans la même posture, vous savez.

Je souris.

— Les femmes vampires idolâtrent le prince Maeron des femmes vampires. Il a l'embarras du choix. C'est ça, le vrai problème. Ça lui ferait du bien de savoir ce que ça fait d'avoir le cœur brisé, une ou deux fois.

Le roi me lança un regard appuyé.

— Je ne parle pas de Maeron.

Ah. Bien sûr.

— Je peux parler librement, Votre Majesté ?

— Je vous en prie.

— Je n'ai aucune envie de me marier. Je ne souhaite épouser personne, qu'il soit un vampire royal ou non.

— Tant mieux. Parce que c'est impossible et que je vous aime bien. Je ne voudrais pas que vous soyez déçue.

— Difficile d'être déçue quand on n'a aucune attente, Votre Majesté.

Nous arrivâmes devant le portail et il fit signe aux gardes de nous laisser passer.

— Vous ne rêvez pas de couver une ribambelle d'enfants ? J'aurais adoré en avoir un ou deux de plus, mais Imogen est tombée malade après la naissance de Davina et les guérisseurs lui ont conseillé de ne pas retomber enceinte.

— Je rêve plus souvent de ribambelle de monstres.

Il étira le coin des lèvres.

— Il existe des potions pour vous aider avec ça.

— Non merci. J'aime garder ça en tête, comme une piqûre de rappel. Je ne voudrais pas me relâcher.

Le roi m'observa d'un air critique.

— J'ai apprécié notre discussion, London.

— Moi aussi, Votre Majesté. Plus que vous l'imaginez.

Chapitre 7

Une fois que je fus en sécurité hors de la Tour, je m'autorisai à prendre une grande inspiration. Je ne m'étais pas rendu compte que mon corps était aussi tendu. Toute cette histoire aurait vraiment pu déraper… enfin, déraper encore plus. Cynthia était morte, la Pierre d'Immortalité avait disparu et Maeron avait des pistes solides quant à l'emplacement de la cinquième pierre. Pire encore, j'étais à nouveau dans le viseur du prince. Mes options étaient limitées, j'allais donc devoir changer de plan. Il était temps d'affronter mes peurs et de demander l'aide de quelqu'un qui voulait peut-être ma mort.

Je partis vers le nord-ouest à pied, en direction d'une rangée de maisons blanches mitoyennes. Chaque bâtiment avait une porte noire et brillante, tous sauf une. C'était peut-être une mission suicide, mais je n'avais pas d'autre choix. C'était soit ça, soit Maeron me retrouvait, et je serais morte de toute façon.

Je grimpai les marches et frappai à la porte rouge vernie. J'eus un élan d'espoir quand j'entendis le verrou tourner. La porte s'ouvrit, révélant Adwin.

Le vigneron royal avait l'air aussi surpris de me voir que je l'étais de me retrouver face à lui.

— Mademoiselle Hayes. Entrez.

Il fit un pas de côté et je le dépassai.

— Je suis désolée de venir sans rendez-vous, ou sans avoir suivi n'importe quelles autres conventions prévues par le protocole dans ce genre de situation. Le prince est là ?

— Je crains que non. Je peux vous aider ?

— Je dois lui parler de toute urgence. Si vous pouviez me dire où il est, je vous en serais reconnaissante.

Adwin hésita.

— Il ne veut pas être dérangé. Depuis son retour de voyage, il est très agité. Je suppose que vous ne savez rien à ce sujet.

Agité dans le sens « mon voyage de retour a été parsemé de légers désagréments » ou dans le sens « je suis vraiment contrarié de devoir exécuter la femme pour qui je craquais » ? Ce n'était sûrement pas une question à poser à Adwin.

— Rien que j'aie le droit de partager, répondis-je.

Il hocha la tête.

— Voulez-vous boire quelque chose ? Ou un petit truc à grignoter, peut-être ?

— Pas aujourd'hui, merci.

Je détestais devoir refuser de la nourriture issue du garde-manger royal, mais mon estomac était trop noué pour digérer quoi que ce soit pour l'instant.

— Qu'est-ce que vous faites dans cette maison ?

— Callan et moi étions en train de finaliser notre présentation.

Je haussai les sourcils.

— Pour mettre en avant votre proposition de sang synthétique ?

Il hocha la tête.

— Nous nous préparons à présenter le projet devant le roi et la reine la semaine prochaine.

— Et pour Maeron et Davina ?

— Sa Majesté a demandé un rendez-vous privé, pour commencer. Il craint que le prince Maeron…

Je levai une main pour l'interrompre.

— Inutile de m'expliquer. J'ai été en présence du prince assez souvent pour comprendre. En tout cas, c'est une merveilleuse nouvelle. Vous devez être nerveux.

Il sourit, exhibant ses crocs limés avec soin.

— Incroyablement nerveux. Le prince ne risque pas qu'on lui coupe la tête à cause de cette proposition, mais ça ne veut pas dire que je ne perdrai pas la mienne.

Je ne comprenais que trop bien.

— Le prince doit être persuadé que ça se passera bien. Autrement, il serait réticent à vous placer dans une posture aussi vulnérable.

Adwin hocha la tête.

— Je suis d'accord. Vous le connaissez bien, Mademoiselle Hayes.

C'était bien le problème. Callan m'avait permis d'apprendre à le connaître. Il m'avait laissée l'approcher et, pour le remercier, je n'avais que des mensonges et des tromperies à lui fournir. Je ne pouvais pas lui en vouloir d'être parti.

— Pas assez pour savoir où il se trouve en ce moment. Vous voulez bien me dire où le trouver ?

— Dans la vieille église, en train de tout finaliser dans les moindres détails.

J'avais découvert cette vieille église par accident. C'était le repère secret où Callan et Adwin se retrouvaient pour développer et discuter de leur sang synthétique. C'était l'endroit idéal pour m'entretenir avec Callan. Maeron ne connaissait pas l'existence de cet endroit et ne me chercherait pas là-bas.

— J'espère que vous réussirez à lui remonter le moral, continua Adwin. Il n'est vraiment pas lui-même en ce moment. Si notre projet commun ne nous forçait pas à nous côtoyer, je l'éviterais complètement.

Cette information ne me rassura pas à l'idée d'aller le voir.

— Je serai prudente, alors.

Adwin m'adressa un sourire encourageant.

— Si quelqu'un peut arranger ça, c'est vous, Mademoiselle Hayes. J'ai l'impression que quelque chose de spécial vous lie l'un à l'autre.

Il était inutile de le contredire.

— Merci, Adwin. Pas la peine de me raccompagner.

Je me rendis invisible dans le vestibule de la maison et sortis. Si Maeron s'attendait à ce que j'accoure vers Callan, il devait avoir fait surveiller cet endroit.

L'ancienne église n'était qu'à une courte distance du palais. Je n'avais donc qu'à prendre le bus depuis l'endroit où je me trouvais pour y arriver. J'appuyai la tête sur la vitre et nous traversâmes Holborn et Covent Garden. Si le plan de Callan et Adwin fonctionnait, le sang synthétique remplacerait bientôt le sang humain. Les vampires n'en auraient plus besoin. Ça signifiait la fin des centres de tribut. Plus aucun d'humain ne serait considéré comme une simple source de nourriture. Je savais que ce ne serait pas facile de leur vendre cette idée, même si tout était parfaitement calculé. Les vampires aimaient être au sommet de la chaîne alimentaire et tenaient beaucoup à leurs habitudes. Le passage au sang synthétique risquait d'être vu comme un signe de faiblesse par certaines Maisons, ce qui ouvrait la porte à de futurs conflits. J'étais curieuse de savoir comment Casek réagirait à cette proposition. Il était encore assez traditionaliste pour considérer le mariage inter-espèces comme impossible. Alors, il y avait de fortes chances pour qu'il rejette cette idée… ou pour qu'il ait besoin de prendre le temps d'y réfléchir, au moins. Imogen semblait du genre à se raccrocher aux vieilles traditions, elle aussi. Les personnes les plus haut-placées avaient tendance à avoir du mal à y renoncer même un tant soit peu. Ça expliquait pourquoi la magie était encore illégale. Les vampires semblaient croire que la seule bonne façon de régner était d'oppresser. L'égalité constituait une menace trop grande.

Je descendis du bus et me rendis à nouveau invisible pour me diriger vers l'église. Un oiseau vola à basse altitude au-dessus de ma tête et je levai les yeux, espérant voir Barnaby. Mais c'était juste un pigeon gris. J'étendis mon esprit pour voir si je sentais la présence du corbeau non loin. Il s'était bien débrouillé, à la Tour. J'avais hâte de pouvoir le remercier.

J'entrai par le portail endommagé de l'église. Aucun signe de la patrouille de papillons qui passait parfois par ici à la demande de Callan. Avec un peu de chance, ils ne devraient pas arriver tout de suite. Cette petite séance de retrouvailles requérait une intimité totale.

J'attendis d'être rentrée dans le bâtiment pour me matérialiser. L'intérieur était plongé dans le noir. Je me guidai à tâtons et descendis l'escalier vers le repaire souterrain. J'arrivai en bas et m'arrêtai net. De la lumière émanait d'une torche accrochée au mur, éclairant un Callan torse nu à l'autre bout de la pièce. On aurait dit que sa peau était caressée par le soleil. Les muscles de son dos ondulaient tandis qu'il empilait des tonneaux. J'ouvris la bouche pour parler, mais j'avais la gorge trop sèche.

Il sentit ma présence et tourna la tête vers moi. Son expression demeura impassible. Lentement, il posa le tonneau qu'il tenait dans ses mains et se tourna vers moi. Il était encore plus beau de face. Un torse large. Des épaules carrées. Des bras et un torse sculptés. Je m'étais donné tant de mal pour le balayer de mes pensées que le voir en chair et en os me déstabilisait bien plus que je m'y attendais.

— London, dit-il.

Sa voix était à peine plus qu'un murmure.

— Callan.

— Qu'est-ce que tu fais ici ? demanda-t-il.

— Tu oublies de me demander comment je suis encore en vie, remarquai-je.

J'avais beau avoir envie de me rapprocher, je gardai mes distances.

Il me regarda de haut en bas.

— Tu as l'air d'aller bien. Qu'est-ce qui t'est arrivé ?

— C'est important ?

Il fit un pas vers moi.

— Pour moi ? Oui.

Il était assez proche pour que je sente l'odeur musquée de son corps. Ça aurait dû me rebuter. Au lieu de ça, ça me fit l'effet d'un aimant qui m'attira encore plus près de lui.

— Tu es parti. Il s'est passé des trucs. J'ai réussi à rentrer sans ton aide.

— Je ne suis pas parti. Je suis revenu pour m'excuser, mais tu n'étais déjà plus là. Je t'ai cherchée. J'ai trouvé Fenella…

— Fenella et Murdina nous ont trahis.

La colère s'embrasa dans ses yeux verts.

— Trahis ? Comment ?

— À ton avis ? Des vampires m'attendaient quand j'ai rejoint le continent. Murdina avait l'air ravie de me livrer à eux. Je suppose que je n'ai pas exprimé assez d'enthousiasme face au repas qu'elles nous avaient préparé.

Sa mâchoire se contracta.

— Elle t'a livrée à mon père ?

— Oui. Et il a eu la gentillesse de m'emprisonner dans une tour anti-magie. J'ai réussi à m'échapper uniquement grâce à…

OK, techniquement, je ne m'étais pas échappée. Cynthia et Glendon m'avaient libérée, et avaient tout manigancé ensemble. Je secouai la tête.

— C'est une longue histoire.

Il fit un autre pas vers moi.

— Et je veux que tu me racontes tout, dans les moindres détails.

— Tu en es sûr ? Je suis toujours ton ennemie naturelle, après tout.

Son expression s'adoucit.

— Je n'ai quasiment pensé qu'à ça depuis mon départ de Skye.

Il eut soudain l'air alarmé.

— Mon père a pris la Pierre de l'Esprit ?

— Non. Fenella est revenue à la raison et l'a cachée pour moi le temps que je puisse venir la récupérer.

Ses doigts tressaillirent comme s'il résistait à l'envie de me toucher. Je comprenais, parce que j'éprouvais exactement la même chose.

— Je suis vraiment désolé. Si j'avais su ce qui allait se passer…

Je balayai ses mots de la main.

— J'ai survécu. Je dois te prévenir d'autre chose.

— Autre chose ? répéta-t-il en riant. Qu'est-ce qu'il peut bien se passer d'autre ?

— Maeron a la Pierre d'Immortalité.

— Comment ça ? Elle est dans la Tour.

— Plus maintenant.

Je lui parlai de l'incident avec Cynthia.

Il passa une main dans ses cheveux blond cendré.

— Et tu crois qu'il travaille pour mon père ?

— Ou travaillait. Je ne sais pas trop où en sont les choses, maintenant. Quoi qu'il en soit, il débordait d'arrogance.

Callan laissa échapper un petit rire.

— Je pense que Maeron est né arrogant.

— Il est déterminé. Il ne reculera devant rien pour mettre la main sur les autres pierres. Il sait que je les ai.

— Tu parles de la Pierre de l'Esprit.

Il était temps que je joue franc-jeu.

— Et la Pierre Élémentaire.

Je marquai une pause, puis ajoutai :

— Et la Pierre de Transcendance.

— Tu as les trois pierres ? s'étonna-t-il.

Je carrai les épaules.

— Oui.

— Qu'est-ce que tu comptes faire avec ?

— Les cacher dans un endroit tenu secret.

— Les cacher ?

Il avait parlé d'un ton si froid qu'il me fit frissonner.

— Oui.

Il tressaillit.

— Secret, même pour moi ?

— Pour tout le monde.

— Alors si je résume : je te fais confiance, mais, toi, tu ne me fais pas confiance. C'est bien ça ?

— Ce n'est pas que je ne te fais pas confiance. Je ne serais pas là en ce moment, sinon.

— Tu es ici parce que tu es désespérée, London, pas parce que tu me fais confiance.

Je détestais l'admettre, mais il avait raison.

— Il reste encore un petit détail que je ne t'ai pas partagé.

Il souffla un rire.

— Laisse-moi deviner. Tu travailles pour mon père. Non, attends. Tu fais partie d'une organisation secrète dont le but premier est d'écarter les vampires du pouvoir.

— Pas tout à fait.

Je lui parlai de ma mère et du roi Casek.

Il chercha le tonneau le plus proche et s'assit.

— Tu es en train de me dire que tu es la fille du roi ? Et que Maeron et Davina sont tes demi-frère et sœur ?

— C'est ça. Tu as besoin d'un petit shot de sel ou tu vas réussir à rester debout sans ?

Il ignora mon sarcasme.

— Tu es un membre de la Maison Lewis.

— Non. Je ne suis pas un vampire, tu te souviens ? Je suis un dhampir. C'est illégal.

Je fis mine de me trancher la gorge.

— Tu vas me faire arrêter ?

Il tourna vivement la tête vers moi.

— Tu as vraiment besoin de poser cette question ?

Je le regardai dans les yeux et vis la réponse.

— Je suis désolée, Callan. Désolée de t'avoir cru capable du pire.

Il frotta sa mâchoire mal rasée.

— Je ne savais plus quoi faire, quand je suis revenu te chercher et que tu avais disparu. J'ai supposé que tu avais continué sans moi.

— C'était le plan, mais ça ne s'est pas bien passé.

Il secoua la tête.

— Par le diable, London. J'aurais aimé que tu me racontes tout plus tôt.

— Mets-toi à ma place une minute, répondis-je. Tu es un vampire. Un vampire royal. Mon existence même est illégale, et pourtant tu t'attendais à ce que je te confie tout ?

— Je m'attendais à de l'honnêteté. Je t'ai montré mon vrai visage. À Birmingham. Dans le Devon. Je suis entré sur le territoire de la Maison

Duncan pour te retrouver. Est-ce que tu sais à quel point ça a été difficile, pour moi ?

— Oui.

Il prit une expression peinée.

— Mais ça n'a pas suffi, pour toi.

— Ta situation est différente de la mienne. Malgré tes problèmes, tu vis dans un monde qui te procure de l'argent, des opportunités et des privilèges.

Je me pointai du doigt.

— Moi, je vis dans un monde écrasé par l'oppression et la peur. Parfois, nos deux mondes s'entrecroisent, mais ils sont fondamentalement différents.

— Et je devrais être blâmé pour ça ?

— Bien sûr que non, mais ça ne change rien au fait que tu as des avantages que je n'aurais jamais. Moi, je dois toujours lutter. Je me cache et je mens parce que j'y suis obligée.

Il fit un geste vers les tonneaux autour de nous.

— Tu ne vois pas que j'essaie d'incarner le changement que je veux voir prospérer dans le monde ?

Mon souffle se coinça dans ma gorge. Ma mère disait tout le temps ça. C'était l'une des raisons pour lesquelles j'étais devenue un chevalier.

— Et je trouve ça extrêmement courageux.

— Mais pas assez pour toi ?

— Ce n'est pas aussi simple, Callan.

Il hocha la tête.

— OK. Qu'est-ce que je peux dire pour te convaincre de me faire confiance ?

— Rien, répondis-je doucement. Il fallait que j'y parvienne par moi-même.

L'espoir illumina ses yeux verts.

— « Il fallait » ? Tu parles au passé.

Je fis un pas en avant.

— J'y suis parvenue, Callan.

Je fronçai les sourcils.

— Ou plutôt, je suis là, maintenant. Ça veut bien dire que je te fais confiance.

Le moment s'étira et nous nous dévisageâmes.

— Tu m'as tout dit ? demanda-t-il.

J'écartai les mains.

— Tout. S'il y a d'autres secrets, c'est que je ne suis pas encore au courant.

Il en savait désormais plus sur moi que quiconque, y compris Kami. J'avais l'impression de m'être mise à nu. C'était une sensation à la fois inconfortable et libératrice.

Il bougea avec une vitesse surnaturelle. Une seconde, il était assis sur le tonneau, la suivante, ses bras puissants m'enveloppaient.

— Embrasse-moi ou tue-moi. À toi de voir, dis-je.

Sa bouche chercha la mienne. Il avait choisi le baiser, donc.

— Je suis content que tu ailles bien, murmura-t-il.

— Je parie que tu te serais senti coupable, sinon.

Je pressai ma joue contre sa poitrine nue et écoutai battre son cœur. Un rythme intense et régulier, comme le vampire lui-même.

Il m'embrassa comme s'il avait besoin de mes lèvres pour survivre.

— Je ne te mérite pas, chuchota-t-il.

Je m'écartai pour le regarder.

— Moi qui croyais que, de nous deux, c'était moi l'œuf pourri.

— Ton travail de chevalier est valeureux, London. Il a du sens. J'ai fait des choses terribles, pour des raisons terribles.

Je me mis sur la pointe des pieds et déposai un autre baiser sur ses lèvres.

— C'est du passé, tout ça. Ce n'est plus le vampire que tu es.

Je ne pensais même plus qu'il l'ait un jour été.

Il glissa ses doigts dans mes cheveux.

— Si mon frère pose un seul de ses ongles manucurés sur toi, je le tuerai de mes propres mains.

— Non, tu ne le feras pas.

Il pencha la tête.

— Comment ça, non ?

— Repense à ton « toi » du passé, ce garçon de douze ans.

— Maeron est loin d'avoir douze ans, London. C'est un adulte.

— Je sais, mais au fond de lui, il y a un petit garçon en colère. Il a perdu sa mère à un très jeune âge. Je pense qu'il se sent aussi perdu qu'à l'époque, et à cause de ça, il prend de mauvaises décisions.

— Il a une famille qui l'aime. Davina l'adore.

— Ce n'est pas aussi simple.

— Qu'est-ce que tu suggères, alors ? Que je le laisse te tuer et récupérer les pierres pour régner sur le monde aux côtés de mon misérable père, tout ça parce qu'il n'a pas réussi à aller au-delà de ses souffrances ?

— Bien sûr que non, mais il est dépassé par les événements. Ton père va le manger tout cru, le recracher et écrabouiller ses os pour s'en faire un cure-dents. L'ironie, dans tout ça, c'est que ton frère ne le sait pas encore.

— Tu crois que je devrais lui parler ?

— Quoi que tu fasses, tu dois le faire vite. Il a une équipe qui travaille en continu pour chercher la cinquième pierre. Ils pensent qu'elle détient des pouvoirs d'invocation et je crois qu'ils ont raison.

— Comment il a découvert ça ?

— En faisant des recherches. Il a même réquisitionné la bibliothèque.

La bouche de Callan tressaillit.

— Je ne savais même pas que Maeron connaissait l'adresse de la bibliothèque.

— Il ne la connaît sûrement pas.

Il passa sa main à l'arrière de ma tête.

— Et toi, tu vas faire quoi ?

— Tout dépend du déroulé de votre conversation. Il veut les trois autres pierres. Il sait que je les ai. Il ne me laissera pas tranquille tant qu'il ne les aura pas obtenues.

— On doit récupérer cette cinquième pierre avant lui.

— Et avant ton père. Si Glendon a envoyé Cynthia récupérer la Pierre d'Immortalité, je suis prête à parier que, lui aussi, il a une équipe en train de traquer la dernière.

— Mon père représente une menace bien plus inquiétante que Maeron.

— Pour toi, peut-être. Ils m'ont tous les deux emprisonnée, même si Maeron n'a pas réussi à me détenir plus de dix minutes. Mais bon, je lui donne un bon point pour ses efforts.

Le visage de Callan devint de marbre.

— Mon frère est un idiot. Mon père le tuera quand il aura obtenu ce qu'il veut.

— Je n'en doute pas. J'ai senti un certain froid envahir la pièce à chaque fois que j'étais avec lui.

Il m'examina.

— Ça n'est pas arrivé trop souvent, j'espère.

— Tu marches comme lui.

Il grogna.

— J'espère que c'est notre seule ressemblance. Ce traité était la meilleure chose qui me soit arrivée.

— Parce qu'il t'a conduit vers une nouvelle famille ?

Avec une tendresse qui me surprit, il se pencha pour m'embrasser sur le front.

— Et toi, London. Il m'a conduit jusqu'à toi.

Chapitre 8

Après mes retrouvailles avec Callan, je retournai à la boulangerie pour me débarrasser de l'odeur d'échec qui ne voulait pas quitter mon nez et refaire le point. Quand je sortis de la salle de bain, Mack était devant le flipper. La partie qu'il jouait était visiblement très intense. Il se tourna vers moi et regarda la serviette enroulée autour de ma tête.

— Je dois admettre que je n'ai pas assez réfléchi, quand je t'ai proposé ma garçonnière.

— Si tu as désespérément besoin de jouer et de t'amuser, n'hésite pas. Je peux me sécher les cheveux dans la salle de bain.

— Je ne suis pas ici pour jouer et m'amuser.

Il lâcha la machine et se tourna vers moi.

— Ton amie a disparu. La grande gueule.

— Kami ?

Il hocha la tête.

— Personne dans ta bannière n'arrivait à te joindre. La grincheuse a décidé de m'appeler.

— Minka ?

— Coincée. Collet monté. Elle pourrait sûrement transformer un morceau de charbon en diamant, si on le disposait comme il faut.

— Tu as des surnoms pour tous les chevaliers de la bannière ?

Il haussa les épaules.

— Toutes sauf toi. Je n'ai travaillé avec aucune des autres.

Il énuméra sur ses doigts :

— Il y a aussi les sœurs qui ne sont pas jumelles, le cœur tendre et la sorcière de l'eau.

Je repensai à Kami.

— Pourquoi Minka croit qu'elle a disparu ?

— Tu devras le lui demander. C'était assez urgent pour qu'elle n'arrête pas de m'appeler jusqu'à ce que je réponde.

Il se gratta la tête.

— Elle a toujours la voix aussi haut perchée ?

— Quand elle est stressée, oui.

— En d'autres termes, toujours. Où est ton téléphone ?

— En train de charger.

Je traversai la pièce et débranchai le téléphone, qui était posé sur la table de ping-pong. Je retirai la serviette sur ma tête et la drapai sur mon épaule.

Minka décrocha dès la première sonnerie.

— London, Dieux merci. Kami est avec toi ?

— Non. Pourquoi est-ce que tu crois qu'elle a disparu ?

— Elle était censée retrouver Neera et Ione au marché, mais elle n'est pas venue et personne n'arrive à la joindre. Elle ne manquerait jamais une occasion de manger des kebabs.

— C'était quand, la dernière fois que vous avez eu de ses nouvelles ?

— Hier soir, répondit Minka. Elle a parlé à Stevie. Et toi ?

— Ce matin.

— Elle était où ?

Une vague de nausée m'envahit.

— Je dois y aller.

— London, attends…

Je raccrochai et me tournai vers Mack.

— C'est Maeron qui la retient prisonnière.

Mack pâlit.

— Le prince a enlevé la grande gueule ? Pourquoi ?

— Il avait besoin d'un moyen de pression.

Et je lui avais pratiquement fait un cadeau, en laissant Kami aux portes de la Tour. C'était comme si je l'avais emballée et lui avais enroulé un ruban autour du cou pour la touche finale. Bien joué, London.

— Pourquoi il ne t'a pas contactée, dans ce cas ? Ça ne marchera pas si tu ne sais pas qu'il la détient.

— Il ne sait pas comment me trouver. Il attend que je le découvre par moi-même.

Mack pressa les doigts sur ses tempes et grogna.

— Écoute, j'ai envie de t'aider, mais les vampires sont mon gagne-pain. Si je contrarie la Maison Lewis…

— Je sais, Mack.

— On ne peut pas tous vivre d'intégrité et d'estime de soi.

Je lui souris.

— Je sais. C'est rien. C'est mon combat. Je ne m'attends pas à ce que tu m'aides.

Je ne pris pas la peine de lui parler des vrais enjeux. Il se sentirait encore plus coupable. Il avait une famille à nourrir. Oui, j'avais la ménagerie, mais on s'occupait d'eux, en ce moment. S'il m'arrivait quelque chose, les animaux étaient entre de bonnes mains. Je ne pouvais pas dire la même chose de la famille de Mack.

Il émit un autre grognement exaspéré pour faire bonne mesure.

— Si tu as besoin d'armes, n'hésite pas à m'en emprunter.

— J'ai tout ce dont j'ai besoin, merci.

Mack avait encore l'air réticent. Il ne voulait pas partir.

— Tu sais où il veut que tu ailles ?

— J'ai ma petite idée.

Il hocha la tête.

— Bonne chance, London. La prochaine fois que je viens ici, on fera une autre partie de flipper, toi et moi. Je dois récupérer mon titre de champion.

— Marché conclu.

Je fermai la porte derrière lui et me préparai. Je rangeai Bébé dans son fourreau et sanglai Bert et Ernie. J'avais bien fait de décharger de la magie sous la douche, parce que j'allais devoir garder parfaitement le contrôle, quand je reverrais mon frère. C'était une chose de s'en prendre à moi. C'en était une tout autre de toucher à ma meilleure amie.

Ezra leva les yeux du comptoir quand je sortis.

— Tout va bien ?

— Pas vraiment. Un connard a décidé que ce serait une bonne idée de détenir Kami en otage.

Il me lança un scone.

— Fais-lui sa fête, London.

Je rangeai le scone dans ma poche pour plus tard.

— C'est le plan.

Je quittai la boulangerie sans prendre la peine de me rendre invisible. C'était inutile. Maeron m'attendait. La seule question était de savoir où. Puisqu'il ne pouvait pas me contacter directement, il avait dû aller dans un endroit où je pourrais le trouver facilement. Sa meilleure chance était de détenir Kami en otage dans un endroit familier, ce qui me laissait deux options et, par chance, elles étaient toutes deux dans le même quartier. La première était la bibliothèque, qui était encore « en rénovation ». La deuxième était mon appartement, qui était inoccupé, et il le savait.

Je décidai de commencer par mon appartement, juste parce que j'avais envie de le voir.

L'immeuble était silencieux quand j'entrai, ce qui n'avait rien d'inhabituel. Les locataires étaient tous âgés et discrets. L'une des raisons pour lesquelles j'avais décidé d'emménager ici, c'était parce que l'emplacement était isolé et proche de la gare d'Euston. Ce n'était pas un quartier qui attirait beaucoup l'attention des autorités ni de personne d'autre.

Je grimpai les marches jusqu'au dernier étage. La porte était déverrouillée et la protection magique brisée. Je poussai la porte et jetai un coup d'œil de l'autre côté du battant. Je m'attendais à trouver les lieux saccagés, puisque les hommes de Maeron étaient venus fouiller ici. Mais quelqu'un avait dû venir nettoyer pour moi. Tous les meubles étaient à leur place et le sol était relativement propre.

Je regardai d'abord dans la cuisine. Tout était à sa place. La salle de bain était en ordre aussi, mis à part le sèche-serviettes cassé. La chambre était intacte.

Pas de Kami.

J'ouvris la fenêtre pour inspecter le balcon de fortune. Aucun signe que quelqu'un était venu ici. Je fermai la vitre et la verrouillai.

Je m'accordai un instant. Je ne m'étais pas rendu compte que mon appartement me manquait jusqu'à ce que je me retrouve debout au milieu du salon. J'imaginai Jemima en train de picorer le pied de l'armoire pendant que sa couche pendait de son postérieur à plumes. La poule naine semblait faire passer son agressivité sur les meubles en bois. J'imaginai Hera blottie sur mon oreiller. Elle adorait laisser des poils de chat là où je m'asseyais ou dormais. J'étais certaine que c'était délibéré.

Je poussai un soupir. Je reviendrais, et, quand je le ferais, la ménagerie serait avec moi. Nous formerions à nouveau une famille.

J'atteignis le palier du premier étage au moment où une porte s'entrouvrait. Un visage se faufila à travers le petit entrebâillement. Je ne connaissais pas le nom du locataire, mais il connaissait le mien, apparemment.

— C'est vous, London Hayes ?

Je m'arrêtai et tournai la tête vers lui.

— Inutile de signaler que vous m'avez vue. Vous n'obtiendrez pas d'argent en récompense.

Il y eut une pause.

— Pourquoi pas ?

— Parce que je suis en route pour rendre visite à celui qui a proposé de vous payer.

La porte claqua.

Je secouai la tête et quittai l'immeuble. Je n'aurais pas dû être surprise que Maeron ait offert une récompense à mes voisins. Tous les locataires avaient besoin d'argent. J'aurais dû signaler que je m'étais vue moi-même et empocher la récompense.

J'écoutai les sons de la ville tout en marchant vers la bibliothèque. Des coups de Klaxon. Des éclats de voix. Tout était si silencieux, en Écosse. L'atmosphère aurait pu être qualifiée de sereine, si je ne prenais pas en compte le stress de mon emprisonnement.

Maeron était un imbécile s'il croyait que j'allais lui remettre les pierres. S'il les voulait tant que ça, il allait devoir trouver un moyen de les faire sortir de ma dimension de poche. Bonne chance à lui.

Jusqu'ici, j'avais réussi à éviter de trop m'inquiéter pour Kami. Elle était forte et Maeron n'avait aucune raison de lui faire du mal… jusqu'à maintenant. Le vrai danger arriverait quand je serais là et que je refuserais de coopérer.

La pancarte devant la bibliothèque indiquait qu'elle était encore fermée. Pourtant, la porte était entrouverte. Je prenais ce signe comme une invitation à entrer. Kami était là. Je le sentais au fond de mes os.

Aucun signe de Pedro ou de quiconque. Aucun sbire n'attendait dans l'ombre pour me sauter dessus. Tant mieux. Ça voulait dire que le seul blessé sera Maeron.

Je m'arrêtai pour écouter, tentant de détecter le moindre son de lutte. Je ne perçus que du silence.

J'arrivai dans la salle de lecture et croisai les bras.

— J'ai entendu dire qu'un de mes colis avait été livré ici par erreur.

Maeron était assis, les pieds posés sur l'une des tables incurvées et les doigts croisés derrière la tête. Kami était installée en face de lui, attachée à une chaise avec des chaînes anti-magie. Il l'avait aussi bâillonnée, et je ne pouvais pas lui en vouloir. Elle avait dû lui écorcher les oreilles avec son langage fleuri.

Kami étrécit ses yeux bleus en me voyant. Je n'aurais su dire si elle était en colère que j'aie mis autant de temps à venir ou si elle jugeait ma tenue.

Je fis un geste entre eux.

— Je ne savais pas que vous étiez amis, tous les deux.

— Entrez, London. On vous attendait.

Il sourit à son otage.

— N'est-ce pas, Kamikaze ?

Je les regardai en conservant une posture décontractée.

— Laissez-moi résumer. Je vous ai aidé à secourir votre sœur kidnappée, et en retour, vous kidnappez ma meilleure amie. Je ne trouve pas ça très sport, Votre Majesté.

— Donnez-moi les pierres ou votre amie mourra. Ça, c'est assez sport pour vous ?

Malgré son bâillon, Kami grogna et leva les yeux au ciel.

Maeron la fusilla du regard avant de reporter son attention sur moi.

— Vous avez proposé de payer mes voisins pour qu'ils m'espionnent, remarquai-je. C'est très peu scrupuleux.

— Les scrupules n'ont rien à voir là-dedans. Je suis le prince de la Maison Lewis. J'ai le droit de savoir tout ce qui se passe à l'intérieur de mes frontières.

— Alors si je vois quelqu'un jeter un détritus par terre, je dois vous le signaler directement ?

Je sortis mon téléphone de ma poche.

— Dans ce cas-là, laissez-moi noter votre numéro.

Il posa ses pieds par terre et se leva.

— Mes espions sont partout. Il n'existe aucun endroit dans ce royaume où vous serez à l'abri sans que je vous trouve, dit-il en rivant les yeux aux miens. Ne vous méprenez pas. C'est une menace, Mademoiselle Hayes.

Je rangeai mon téléphone.

— Bien reçu. Mais je ne vous donnerai pas les pierres.

Il s'avança vers moi.

— Vous le ferez quand j'aurai commencé à briser chaque os de votre corps un par un et que vous implorerez ma pitié.

Il tendit vivement la main et la referma autour de mon cou. En guise de réponse, ma magie s'embrasa et je la laissai m'envahir. Le vampire fut propulsé en arrière, mais parvint à rester debout. Je sortis mes deux dagues et les lançai en même temps. Les lames se plantèrent dans les manches de Maeron et le clouèrent à une colonne au milieu de la salle.

Je courus vers Kami et lui retirai son bâillon.

Pour se libérer, Maeron gesticula dans tous les sens et déchira sa veste.

— Vous allez payer pour ça. Cette veste était faite sur-mesure. Je l'ai conçue moi-même.

— Vous êtes très talentueux, répondis-je.

Kami plissa les yeux. Je lui lançai un regard innocent.

— Quoi ? C'est une jolie veste.

Kami se leva et tendit les poignets. Je dégainai Bébé et l'abattis un grand coup sur les chaînes.

— Oh, je ne crois pas non, fit Maeron en avançant.

Je créai une bourrasque avec ma main libre. Je n'avais pas besoin de blesser Maeron. Je devais juste le garder à distance le temps de libérer Kami.

Il fut projeté en arrière et s'écrasa contre une table et des chaises.

— Dois-je vous rappeler que nous mettons à mort ceux qui font un usage illégal de la magie ? lança-t-il tout en se remettant sur ses pieds.

Je donnai un autre coup sur les chaînes et elles se brisèrent. Kami fit tomber les restes de métal. Une étincelle de magie s'alluma dans ses yeux bleus.

— Il est à moi, London.

Maeron n'avait fait que deux pas vers nous quand son corps devint rigide.

— Laisse-nous tranquilles, ordonna Kami.

Je ne croyais pas l'avoir jamais vue aussi en colère qu'à cet instant.

Des perles de sueur apparurent sur le front du prince.

— Tu ne m'atteindras pas, dit-il entre ses dents serrées. On s'entraîne pour résister aux sorcières dans ton genre.

Je n'en doutais pas.

Kami récupéra mes dagues et leva l'une des lames affûtées contre le cou de Maeron.

— Je me moque de qui tu es. Tout ça doit cesser.

Je tendis vivement les mains.

— Kami, attends ! Tu ne peux pas.

— Est-ce qu'on a vraiment le choix ? Il ne s'arrêtera pas tant que tu ne seras pas morte, et je refuse de le laisser faire.

Elle fit glisser la lame sur sa peau.

— Ou bien je peux l'obliger à le faire lui-même. Personne ne saura ce qui s'est vraiment passé.

— Il ne me tuera pas, Kami. Pas tant que j'ai ce qu'il veut.

— Et ensuite ? Qu'est-ce qui l'en empêchera, après ça ?

Kami enfonça un peu plus la lame dans sa peau, jusqu'à faire apparaître des gouttes écarlates.

— Callan en pince peut-être pour toi, mais il restera toujours loyal envers sa famille, pas toi.

Je rivai les yeux à ceux de Maeron. C'était un pari risqué, mais Kami avait raison. Maeron était buté et acharné, comme sa mère, et j'étais à court d'options.

— Il faut que je te dise quelque chose, commençai-je.

— Tu ne peux rien me dire qui me fera changer d'avis. Prince ou pas, je ne le laisserai pas te faire du mal.

— Il ne me fera pas de mal, assurai-je.

Je pris une grande inspiration et rengainai Bébé.

— C'est mon frère.

Kami éclata de rire.

— Très drôle, London.

— Je suis sérieuse.

J'abaissai les mains. J'essayais de convaincre Kami de baisser la dague.

Elle me regarda, incrédule, prenant peu à peu conscience que je disais la vérité.

— Comment ?

— Ma mère et son père sont tombés amoureux.

Elle secoua la tête, tentant de digérer l'information.

— Ta mère est tombée amoureuse d'un vampire ? Non, pas n'importe quel vampire. Le roi de la Maison Lewis ?

— Oui.

Kami le libéra.

Maeron tituba en avant, puis retrouva l'équilibre.

— Pourquoi inventer une histoire aussi ridicule ? Tu crois vraiment que ça va te sauver ?

Kami leva la dague, mais je lui fis signe de la rabaisser.

— Ma mère a brièvement travaillé au palais, expliquai-je. Elle a rencontré ton père là-bas et ils sont tombés amoureux.

Maeron en resta bouche bée.

— C'est absurde.

— Ma mère s'appelait Rhea.

Je ne savais pas quel nom de famille elle employait, à l'époque. J'avais déjà déduit qu'elle l'avait changé après l'avoir quitté. Autrement, il aurait été trop facile pour le roi de la retrouver.

— Mentionne ce nom devant ton père et tu verras comment il réagira.

Les narines de Maeron se dilatèrent.

— Et où est cette séductrice, maintenant ?

— Morte. Elle est morte depuis des années. Elle ne m'a jamais dit le nom de mon père, je savais juste que c'était un vampire.

— Tu essaies de me persuader que mon père a choisi une vulgaire sorcière plutôt que la reine Britannia en personne ?

Il rit, mais le son sonna creux à mes oreilles.

— Je n'essaie de te persuader de rien du tout. Je te dis juste ce que j'ai appris à l'Atheneum.

— Mensonges, siffla-t-il.

— Si je mens, alors pourquoi j'aurais empêché Kami de te tuer ?

— Parce que tu crains les répercussions, bien sûr.

Je ris.

— Tu crois que te laisser en vie alors qu'elle vient d'essayer de te tuer aura moins de répercussions ?

L'incertitude dansa dans ses yeux marron. Sans un mot de plus, il se transforma en papillon et s'envola.

Kami leva la dague.

— Je vise bien. Je peux encore le toucher.

Je posai une main sur son bras.

— Arrête.

Elle laissa retomber sa main le long de son corps et se tourna vers moi.

— C'est vrai ?

Je hochai la tête.

— Je n'arrive pas à le croire.

— Fais-moi confiance, il m'a fallu un peu de temps aussi.

Elle se lécha les lèvres.

— Qui d'autre est au courant ?

— Callan, c'est tout.

Elle émit un rire amer.

— C'est tout ? Le Démon de la Maison Duncan sait que tu es un dhampir et tu te comportes comme s'il avait juste découvert que tu es végétarienne.

— Il sait déjà que je suis végétarienne.

Elle prit une expression peinée.

— Et maintenant, l'ignoble prince de la Maison Lewis sait que tu es un dhampir, lui aussi.

— Il sait aussi que je suis sa sœur.

Kami regarda l'endroit où se trouvait Maeron quelques minutes plus tôt.

— Tu crois que ça a la moindre importance, pour lui ?

Je songeai à son affection pour Davina.

— Je l'espère. C'est la seule carte qu'il me reste.

Les pierres ne comptaient pas. Rien dans ce monde ne serait un moyen de pression suffisant pour me convaincre de remettre les pierres à un vampire.

Quelque chose bougea dans un coin de la salle. Je pris la dague des mains de Kami et la levai, prête à la lancer.

— Non. Ne tirez pas... ou ne lancez pas, s'exclama Pedro en sortant de sous une table. C'est fini ?

Je me détendis et m'empressai d'aider le bibliothécaire à se remettre sur ses pieds.

— Pedro, depuis combien de temps es-tu caché là-dessous ?

Il haussa les épaules.

— Disons juste que j'ai besoin de changer de pantalon.

Eh bien, il était en vie. C'était le plus important.

Hélas, la carte et toutes les recherches avaient disparu.

Je soupirai.

— On dirait que Maeron a eu l'intelligence de couvrir ses traces, cette fois.

Pedro regarda la table vide.

— Si vous voulez savoir où il a envoyé ses équipes, je peux vous le dire.

— Ses équipes, au pluriel ?

Il hocha la tête.

— Northumberland, Cumbria et Durham.

Les trois endroits sur lesquels ils enquêtaient. Ils avaient dû faire face à une impasse dans leurs recherches et avaient décidé de partir quand même. Maeron avait l'air du genre à agir sous le coup du désespoir.

— Ils prennent un train vers le nord aujourd'hui, continua Pedro.

Ça ne nous laissait pas beaucoup de temps.

— Merci, Pedro. Je pense que c'est l'info la plus importante que tu m'aies jamais donnée.

Kami tira sur mon T-shirt.

— Arrête de t'extasier devant le bibliothécaire et allons-y.

— C'est vrai, ce que vous avez dit ? demanda Pedro en ajustant sa chemise froissée. Vous êtes la fille du roi ?

Je hochai la tête.

Il me regarda d'un air émerveillé.

— Waouh.

Je lui donnai une tape sur le bras.

— J'aimerais beaucoup rester ici pour discuter, mais on est un peu sous pression, en ce moment.

— Allez-y, dit-il. Il nous fit signe de partir en agitant les doigts. Allez sauver… je ne sais pas quoi.

— Appelle la bannière, dis-je à Kami pendant qu'on sortait de la bibliothèque. Dis à tout le monde qu'on se rejoint au Pavillon sur le champ. C'est une urgence.

Kami me lança un regard en biais.

— Tu ne vas pas essayer de gérer ça toute seule ?

— Pas cette fois. La pierre n'est pas un problème qui ne concerne que moi. Ça concerne tout le monde.

— Tu ne comprends pas, London ? Tous tes problèmes sont aussi les nôtres. C'est ce qui se passe quand des gens tiennent à toi.

Barnaby apparut au-dessus de nos têtes et je faillis m'étrangler de soulagement. Une petite partie de moi craignait que Maeron l'ait capturé, lui aussi. Le corbeau vola à notre hauteur, à une altitude juste assez basse pour que je puisse toucher ses plumes en levant le bras.

— Tu m'as fait peur, pendant une minute, mon pote.

— Tu sais ce qu'on ressent tout le temps, maintenant, remarqua Kami.

— On part vers le nord, informai-je Barnaby. Maeron a envoyé des équipes récupérer la pierre, alors notre équipe se prépare à faire pareil.

Le corbeau croassa et s'envola.

Kami me sourit.

Je la scrutai.

— Quoi ?

Elle me donna un coup d'épaule.

— Tu as dit « notre équipe ».

— Parce qu'on est une équipe.

— Je sais, mais ça fait plaisir de te l'entendre dire. Tu n'es pas seule, même si t'aimerais bien l'être.

Je lui adressai un sourire triste.

— Je n'ai pas envie d'être seule, Kami. Je ne l'ai jamais voulu.

Chapitre 9

Trio fut la première à m'accueillir au Pavillon. La chienne à trois têtes se précipita vers moi avant même que je n'aie rejoint mon bureau. De la bave acide coulait de ses trois gueules.

— Tu m'as manqué aussi, dis-je en caressant la tête du milieu. J'ai l'impression que tu as fait du bon boulot, ici.

— C'est qui le meilleur chien de sécurité ? C'est qui ? roucoula Kami en fourrant son nez contre une des têtes de la chienne. Eh oui. C'est toi.

Briar entra dans la pièce, un sachet de noix dans les mains. Ses cheveux roux et ébouriffés avaient désespérément besoin d'une bonne coupe. Quand elle posa les yeux sur moi, elle laissa tomber le sachet au sol et courut vers moi pour m'étreindre.

— Je suis si heureuse de te voir.

Trio récupéra les noix plus vite que Briar.

— Ça en valait la peine, dit-elle en souriant. Je suppose que c'est toi, l'urgence.

— Pas tout à fait. J'expliquerai tout dès que tout le monde sera là.

Neera fut la prochaine à entrer, accompagnée d'Ione. Grandes et élancées, avec leurs cheveux châtain coiffés en chignon, elles ressemblaient plus à des jumelles qu'à de simples sœurs. Une lueur qui trahissait leur soulagement brilla dans leurs yeux quand elles me virent.

— Stevie nous avait dit que tu étais de retour. Je suis contente que tu ailles bien, dit Neera en me donnant une tape sur l'épaule.

— J'ai entendu parler des démons sepa, ajouta Ione. J'étais déçue d'avoir raté ça.

— Tu ne dirais pas ça si tu avais été là, remarqua Kami. Ils étaient répugnants.

— Kamikaze, les dieux soient loués, lança Minka en se précipitant dans la pièce. Où étais-tu ?

— À la bibliothèque, répondit Kami.

Minka se renfrogna.

— Tu m'as causé tout ce souci alors que tu étais à la bibliothèque ?

Elle marqua une pause, puis ajouta :

— Depuis quand tu lis ?

— C'est pour ça qu'on a organisé cette réunion, intervins-je.

Briar fronça les sourcils.

— Parce que Kami a décidé de se mettre à la lecture ?

— Une seconde. On attend encore Stevie, dit Minka.

Elle éparpilla des papiers sur son bureau.

— Tenez. Remplissez ces rapports d'incident en attendant.

Kami et moi échangeâmes un regard pendant que Minka nous tendait un formulaire chacune.

Stevie entra dans la pièce et Kami poussa un soupir soulagé. Elle jeta le formulaire sur son bureau.

— Nous sommes au complet, annonça-t-elle. On peut commencer.

Minka s'assit derrière son bureau et déboucha un stylo.

— Je vais prendre des notes.

— Et si tu commençais par écouter ? suggérai-je. Si tu veux prendre des notes plus tard, n'hésite pas.

Minka posa son stylo et nous accorda toute son attention.

— Il y a certaines informations que vous méritez d'entendre de ma bouche, commençai-je.

J'avais encore du mal à leur dire la vérité. Peut-être qu'avec le temps et l'habitude, ça deviendrait plus facile.

Je l'espérais.

Les femmes me dévisagèrent dans un silence stupéfait, toutes sauf Kami, qui était occupée à jeter des friandises aux trois gueules de Trio. Elle avait l'air de suivre un rythme précis en alternant entre les trois têtes.

— Tu es la fille de Casek, répéta Minka pour la troisième fois.

— Tu sais, le répéter n'en rendra pas la chose plus vraisemblable, remarqua Neera.

— Et les deux princes sont au courant ? s'enquit Briar. Ça ne t'inquiète pas ?

— Beaucoup de choses m'inquiètent, admis-je. L'île flottante de déchets dans l'océan que même la Grande Éruption n'a pas réussi à détruire. Ma chatte qui insiste pour pisser dans la baignoire quand elle est en colère contre moi. Le fait que le colorant alimentaire rouge me tache systématiquement les dents.

Je haussai les épaules.

— La priorité, c'est la pierre, dit Kami.

Je hochai la tête.

— Et en ce moment, les sbires de Maeron sont en route vers le nord pour trouver la dernière.

— Dans ce cas, on doit arriver là-bas avant eux, dit Stevie.

Minka lui fit signe de se taire.

— Laisse-la finir.

— Ils sont en route pour Cumbria, Northumberland et Durham. Je ne sais pas s'ils ont découvert d'autres infos depuis, mais je ne pense pas.

— Je ne me suis jamais aventurée aussi loin au nord, dit Neera.

Minka adopta une expression suffisante.

— Moi, si.

— Tant mieux, tu pourras nous servir de guide, lança Kami.

Minka eut un mouvement de recul.

— Oh non. Je ne peux pas venir avec vous. Quelqu'un doit rester ici. Ce sera suspect, si tous les chevaliers de la bannière disparaissent en même temps.

Elle n'avait pas tort. D'un autre côté, on aurait peut-être besoin d'autant de chevaliers compétents que possible pour trouver la pierre avant Maeron. Ce n'est pas parce que Minka préférait rester assise derrière un bureau qu'elle n'avait aucune compétence qui pourrait nous être utile.

— Si tu ne viens pas avec nous, tu devras t'occuper de la ménagerie, la prévins-je.

Elle se figea.

— De tous les animaux ?

J'écartai les mains.

— Je ne vois pas d'autre option. Tu as une meilleure idée, toi ?

— Je connais quelqu'un qui peut nous aider, intervint Briar. Un mage nommé Oscar vit dans mon immeuble. Il gère un refuge pour animaux.

Minka fronça les sourcils.

— Il gère un refuge pour animaux depuis son appartement ?

Elle hocha la tête.

— Il ne propose pas de services de garde d'animaux d'habitude, mais il accepterait de le faire pour me rendre service.

— J'ai déjà vu ton appartement, dit Neera. Si le sien est de la même taille, je ne vois pas comment il pourra accueillir des animaux supplémentaires s'il gère déjà un refuge.

— Il a des pouvoirs d'invocation, expliqua Briar. Il envoie les animaux du refuge dans une autre dimension pour qu'ils soient en sécurité le temps qu'il leur trouve un foyer.

— Ça paraît dangereux, remarqua Minka. Et s'il était surpris en train d'utiliser la magie et que les animaux restaient piégés là-bas ?

— Il fait ça depuis des années, répondit Briar. Il n'utilise sa magie que chez lui et il y a peu de chances qu'il se fasse prendre.

— Je suis sûre que la ménagerie sera très bien là-bas.

Ils avaient l'habitude d'être transportés dans une autre dimension.

— Tu n'as pas peur qu'ils aient du mal à s'adapter dans un environnement inconnu ? m'interrogea Ione. On ne sait rien de ce plan alternatif. Et s'il y avait des monstres là-bas ?

— Tout dépend s'il y a juste accès ou s'il l'a créé lui-même, répondis-je.

Ione rit.

— Le créer ? Je ne crois même pas que ce soit possible. C'est un mage, pas un dieu.

Je ravalai la boule dans ma gorge. Il était temps de lâcher une autre bombe.

— Si j'en suis capable, alors d'autres doivent l'être aussi.

Toutes les têtes se tournèrent vers moi.

— Tu peux répéter ça ? demanda Minka.

Kami lui lança un regard en coin.

— Pourquoi ? Pour que tu puisses le répéter trois fois de suite ?

Neera croisa les bras et me lança un regard.

— Si on doit mettre nos vies en jeu, tu vas devoir tout nous dire, London. Pas juste ce que tu penses qu'on doit savoir. Tout.

Ione hocha fermement la tête.

— Neera a raison. Tu nous traites comme des enfants.

— Elle ne vous traite pas comme des enfants, intervint Kami. Elle vous traite comme des membres de sa famille qu'elle veut protéger, et vous devriez vous estimer chanceuses.

Minka écarta les bras.

— Inutile de se disputer. On est toutes dans le même camp.

Neera me tendit un marqueur.

— Parle-nous de la pierre. Et ne néglige aucun détail.

Je regardai le marqueur rose fluo en plissant les yeux.

— On n'a pas une couleur un peu plus solennelle ? J'ai l'impression que du noir serait plus approprié.

— Ils ont tous séché et on n'a pas le budget pour en racheter avant le prochain trimestre, expliqua Minka.

— Va pour le rose fluo, alors.

Je me plaçai devant le tableau blanc et dessinai le Temple de Friseal.

— On va en Égypte ? s'enquit Ione.

Kami lui fit signe de se taire.

Ione cligna des paupières.

— Quoi ? Ça ressemble à une pyramide.

— Pyramide. Tour. Ziggurat. C'est pareil, répondis-je. Tout ce qui compte, c'est que cinq de ces pierres existent et que quatre d'entre elles ont été récupérées. Maeron cherche la cinquième, que j'ai nommée la Pierre d'Invocation.

Je leur expliquai que les pierres influençaient les personnes ayant les bonnes capacités.

— Par chance, aucune de nous n'a de capacité d'invocation, mis à part London, dit Minka.

— Qu'est-ce qui s'est passé quand tu étais proche de la Pierre de Transcendance ? s'enquit Stevie.

Je débouchai le marqueur.

— J'ai réussi à me multiplier, à créer plusieurs versions de moi-même.

Ione éclata de rire.

— Quoi ? Comme des clones ?

— Pas tout à fait. Ils faisaient tous partie de moi, comme des doubles avec les mêmes capacités.

— Mais si l'un d'eux mourait… ? demanda Minka.

— Je ne mourais pas, répondis-je.

Je ne le pensais pas, en tout cas. Pour ce que j'en savais, aucun de mes doubles n'avait été tué. Ils s'étaient juste… dissipés.

Ione se pencha et posa le menton sur ses poings.

— Qu'est-ce que tu peux faire d'autre ?

— Le sujet de cette discussion est la Pierre d'Invocation, lui rappelai-je.

— Non, le sujet de cette discussion est la meilleure manière de récupérer la pierre sans mourir, corrigea Neera.

— Si c'est une course, on ne devrait pas être en train de courir vers un train ? demanda Briar.

Les yeux de Stevie s'illuminèrent.

— Tu peux générer un portail pour nous téléporter là-bas, London ?

Je secouai la tête.

— Je n'ai pas toutes les capacités d'invocation. J'aurais bien aimé, par contre. J'aurais voyagé bien plus facilement, ces derniers temps.

Même si ça m'aurait privé de tout ce temps passé avec Callan.

— On n'a aucune chance d'arriver avant les hommes de Maeron s'ils sont déjà partis, fit remarquer Neera.

Je me tournai vers elle.

— Il se trouve que je connais quelqu'un.

— On connaît beaucoup de gens, rétorqua Kami. Qu'est-ce qu'il a de si spécial, celui-là ?

— Viens avec moi et tu verras.

***

Joseph Yardley me dévisageait comme si j'avais trois têtes et qu'une corne de narval était sortie de mon front.

— Vous voulez que je téléporte tous ces gens ?

J'avais amené les chevaliers à l'endroit où les membres des Supporters de Ra se regroupaient pour organiser leurs réunions secrètes. Même sans avoir le mot de passe secret requis pour rentrer, les videurs nous avaient laissées passer dès qu'ils avaient vu nos armes.

— Pas toutes en même temps, précisai-je au Mage Vert. On ne va pas au même endroit. On s'est séparées en trois équipes.

J'indiquai chaque groupe.

— Cumbria, Durham et Northumberland.

Yardley émit un petit gloussement, comme si je venais de lui raconter une blague nulle. Ça se transforma bientôt en un rire franc, qui le plia en deux.

L'agacement se peignit sur le visage de Kami.

— Si vous en êtes incapable, dites-le.

— J'en suis incapable, répondit-il entre deux éclats de rire.

— Vous connaissez quelqu'un qui pourrait faire ça ? m'enquis-je.

Son sourire s'évanouit et il se redressa.

— Vous êtes sérieuse.

— Si je vous dis que le destin du monde entier en dépend, vous allez vous remettre à rire ?

Une lueur d'intérêt étincela dans ses yeux.

— C'est au sujet d'une pierre ?

Inutile de lui cacher la vérité, au point où on en était. Si je voulais que Yardley soit de mon côté, je devais lui donner une raison de me faire confiance.

— Oui.

— Je suppose que vous n'en ferez pas don à la cause quand vous l'aurez récupérée.

— Je ne pense pas que ces pierres puissent ramener le soleil, répondis-je. Je suis désolée.

Kami posa la main sur sa hanche.

— À moins que vous vouliez que les vampires s'emparent d'une pierre capable de vous contrôler...

Il se tourna vers moi.

— C'est une Pierre d'Invocateur ?

— Je l'ai nommée la Pierre d'Invocation, mais oui. C'est ce qu'on croit.

— Si cette pierre est aussi puissante que la Pierre Élémentaire... commença-t-il avant de pincer les lèvres. Il y a d'autres invocateurs dans ce groupe. Peut-être qu'ensemble, nous pourrons générer assez d'énergie pour vous amener là-bas.

— Ils vont venir à la réunion ?

Il hocha la tête.

— Les membres devraient commencer à arriver d'une minute à l'autre.

— J'espérais que vous diriez ça.

Yardley nous dirigea vers une grande table au fond de la pièce, où nous pourrions discuter du plan plus en détail.

— Mes capacités ne fonctionnent que dans cette dimension, expliqua-t-il. Je n'ai pas accès à d'autres plans d'existence. Si vous voulez vous téléporter à Birmingham, très bien. Si c'est dans une dimension inconnue que vous souhaitiez aller, vous devriez trouver un mage plus compétent.

Kami grimaça.

— Qui voudrait se téléporter à Birmingham ?

Stevie me donna un coup de coude.

— Son talent est donc à l'opposé du tien.

— En quelque sorte.

— Et pour le voyage retour ? s'enquit Neera. On n'a pas envie de se retrouver coincées dans le nord avec les hommes de Maeron.

Yardley secoua la tête.

— On n'a pas le genre d'énergie requise pour maintenir un portail ouvert indéfiniment, et on ne peut pas non plus vous en ouvrir un dans lequel vous pourriez sauter plus tard. Quand vous serez là-bas, vous allez devoir trouver un moyen de rentrer toutes seules.

— À supposer qu'on… commença Kami.

Je croisai son regard et secouai la tête. J'essayai de lui transmettre : *Ne pensons pas à ça,* à travers les expressions de mon visage.

Elle ne termina pas sa phrase.

Les membres entrèrent dans la pièce un par un et Yardley claqua des doigts pour attirer leur attention. Toutes les personnes présentes se tournèrent aussitôt vers lui.

— J'aimerais bien que vous soyez aussi réactives quand je vous appelle, grommela Minka.

— Toi, tu nous demandes de tailler nos crayons, murmura Kami. Il leur demande de passer à l'action.

— Je ne vois pas la différence.

Kami lui jeta un coup d'œil.

— Et c'est bien ça, le problème.

Yardley fit un geste vers nous.

— Nos sœurs d'armes sont ici pour demander notre aide pour une mission très importante. J'aimerais demander à tous les invocateurs de se rassembler à droite de la pièce. Tous les autres peuvent rentrer chez eux.

Des murmures traversèrent la foule.

— C'est une opération privée, continua Yardley. Et nous devons rester concentrés. Nous n'y arriverons pas s'il y a trop de distractions autour de nous.

— Et les brownies, alors ? lança quelqu'un.

— Vous pouvez emporter un brownie chacun, répondit-il.

Kami regarda par-dessus son épaule, focalisée sur les assiettes remplies de pâtisseries.

— Je peux avoir un brownie pour la route ?

Je soupirai.

— Qui d'autre veut un brownie avant qu'on commence ?

Toutes les mains se levèrent.

Kami courut vers la table pour passer en revue les options.

— Oooh, ceux-là sont au caramel.

Je regardai Yardley.

— Je vous ai mentionné que le destin du monde entier était en jeu, hein ?

— Je crois, oui, répondit-il en prenant une expression solennelle. Quand vous serez là-bas, si vous avez besoin de renforts, n'hésitez pas à m'appeler. Vous avez mon numéro.

Kami mordit dans un brownie et gémit de plaisir.

— Personne ne quitte cette pièce sans en avoir goûté un.

Stevie recula sa chaise et se leva.

— Si je dois mourir, autant que ce soit avec un brownie dans l'estomac.

Yardley reporta son attention sur le groupe d'invocateurs.

— Autant ouvrir la réunion pour commencer au plus vite. Est-ce que vous êtes tous prêts à enfreindre la loi. Que ceux qui sont partants se manifestent.

Les invocateurs levèrent la main.

— Oui.

Chapitre 10

— J'ai la nausée, dit Kami en se tenant le ventre.

J'aurais sûrement dû avoir de la peine pour elle, mais ce n'était pas le cas.

— Je t'avais dit de ne pas manger ce deuxième brownie avant d'être téléportée.

Je scrutai les environs. Yardley avait téléporté mon équipe à Northumberland, en nous mettant en garde qu'il n'arriverait sûrement pas à nous envoyer à un endroit précis. Je ne pouvais pas lui en donner un, de toute façon, alors ça me convenait.

— On est dehors, au moins, dit Briar. Je craignais qu'il nous téléporte dans la salle de bain de quelqu'un.

— J'espérais qu'il le fasse, moi, répondit Kami en reniflant ses dessous de bras. J'ai besoin d'une douche.

Briar rejeta la tête en arrière. Elle était en train d'admirer une guérite en pierre.

— La Pierre d'Invocation est peut-être dans l'un de ces murs.

Je ne pouvais pas exclure cette possibilité, après ce qui s'était passé avec la Pierre de Transcendance. Elle était incrustée dans le mur d'un manoir depuis des siècles avant sa découverte, qui était principalement due à l'état négligé dans lequel le propriétaire avait laissé le bâtiment.

Kami secoua la tête.

— On ne sera sûrement pas aussi chanceuses.

Une femme s'avança vers nous, tête baissée. Elle portait un foulard sur la tête, mais des mèches de cheveux auburn s'échappaient sur les côtés. Son manteau bordeaux était élimé et elle avait une lampe torche à la main, qu'elle avait abaissée vers le sol.

Je lui fis signe de la main pour attirer son attention.

— Excusez-moi, madame. Vous pouvez me dire où on est ?

La femme leva la tête et tressaillit. On aurait dit qu'elle hésitait entre s'arrêter ou partir en courant. Je comprenais.

— On n'est pas des vampires, lui assurai-je.

La femme nous balaya avec le rayon de sa lampe comme pour confirmer mes dires.

— C'est ce que je vois.

Elle scruta la structure derrière nous.

— C'est la guérite de ce qui était autrefois un château. Il a disparu depuis des siècles, alors vous ne risquez pas de le voir.

Je jetai un coup d'œil à la guérite par-dessus mon épaule.

— Je parlais de la ville.

Elle eut l'air surprise par ma question.

— Vous êtes à Morpeth.

Eh bien, nous étions dans le bon comté, au moins. Beau travail, Yardley.

Je fis un geste vers Kami et Briar.

— On est des chevaliers de Britannia City et on cherche des informations.

La femme nous regarda d'un air spéculateur.

— Quel genre d'infos ?

— On est à la recherche d'un artefact ancien qui pourrait se trouver quelque part dans cette zone…

— Ah, bien sûr. Vous devriez aller voir l'oracle, dans ce cas.

— Je n'ai pas besoin d'une prophétie. Je cherche une pierre avec des marques.

— Vous devriez quand même aller voir l'oracle.

Je soupirai.

— Mince, elle est obstinée, murmura Kami. Je me demande à qui elle me fait penser.

Je m'obligeai à sourire à la femme butée.

— Très bien. On va aller voir l'oracle. Où est-elle ?

— Eux.

— Où est « eux » ? dit Kami avant de me regarder. Ce n'est pas très correct, grammaticalement.

— Où sont-ils ? demandai-je.

La femme nous désigna une direction du doigt.

— Vous devez partir par là, et vous vous arrêterez dès que vous aurez atteint la boutique de Noël et Brasserie en plein air de Wyevale.

Je la regardai, attendant la suite.

— Et ?

— Et c'est là que vous les trouverez.

— À la boutique de Noël ?

La femme hocha la tête.

— Et Brasserie en plein air. C'est ça. Demandez Abby. Dites-lui que Gwyneth vous envoie.

La femme se remit en route, tête baissée et sa lampe tournée vers le trottoir.

Kami sourit.

— Une Brasserie en plein air, ça me dit bien.

— Tu ne te sentais pas nauséeuse, il y a deux minutes ?

— Je vais bien, maintenant.

Briar ricana.

— Vous vous chamaillez comme Ione et Neera, toutes les deux. Vous pourriez être sœurs.

Kami se mit en route.

— London a une vraie sœur, maintenant. Elle n'a pas besoin que je sois sa famille, dorénavant.

J'écarquillai les yeux.

— Tu es sérieuse ? m'exclamai-je en lui emboîtant le pas. C'est vraiment ce que tu penses ?

Kami haussa les épaules.

— Tu adores Davina. Tu l'as dit toi-même, avant même de savoir que c'était ta sœur.

— OK, mais Davina n'est pas au courant, pour mon secret. Et même si c'était le cas, ça n'aurait aucun impact sur notre relation, à toi et moi.

Kami garda les yeux rivés devant elle.

— Ça finira par arriver. Pourquoi avoir une fausse famille quand tu as la possibilité d'en avoir une vraie ?

Je lançai un regard désemparé à Briar.

— Kami, toi et moi, on partage un passé que personne ne pourra effacer. Tu es ma meilleure amie. Tu le seras toujours, quoi qu'il se passe dans ma vie.

Kami s'arrêta et se tourna vers moi.

— Moi, je n'ai pas l'option de rejoindre une autre famille. Aucune sœur secrète, aucun père inconnu. Les chevaliers sont tout ce que j'ai. Toi, tu es tout ce que j'ai.

Je lui pris les épaules.

— Et rien ne changera ça. Tu es ma famille. Pas besoin d'avoir le même sang pour ça.

— Et moi, alors ? s'enquit Briar. Je fais partie de la famille ?

Kami la rapprocha de nous et passa un bras autour de ses épaules.

— J'ai erré un peu partout, à la dérive, pendant des années avant de devenir un chevalier. La bannière m'a offert tout ce qui me manquait dans la vie. Un foyer, un but et une famille.

— Et sans toi, je ne l'aurais jamais rejointe, ajoutai-je.

— Allez, câlin de groupe, déclara Briar.

Kami me sourit.

— London n'aime pas beaucoup les câlins.

— Je vais faire une exception pour cette fois, si ça peut te rassurer, répondis-je en maintenant mes mains le long de mes flancs.

Kami m'observa.

— Tu sais que ce n'est pas comme ça que fonctionnent les câlins de groupe, hein ? En général, il faut bouger ses bras pour câliner quelqu'un.

— Oh, je croyais que c'était vous qui alliez me faire un câlin.

J'ouvris les bras et Kami et Briar s'y blottirent. Je les tapotai toutes deux sur le dos. Briar me serra comme si j'étais un tube de dentifrice presque vide.

— Tu me serres trop fort, croassa Kami.

Elle s'extirpa de l'étreinte de Briar.

— Bon sang. Moi qui croyais que seule ta forme animale avait autant de force.

— On peut y aller, maintenant ? demandai-je. Tout le monde est rassuré ?

— J'aimerais m'assurer aussi que tu vas me laisser boire un verre à la brasserie en plein air, répondit Kami.

Je l'ignorai et me mis en route. Morpeth était une bourgade pittoresque qui semblait avoir conservé en grande partie son caractère, depuis que la Nuit Éternelle était tombée. Elle faisait partie des chanceuses.

Nous trouvâmes la Boutique de Noël et Brasserie en plein air de Wyevale à côté d'une friperie.

Briar soupira de plaisir.

— J'adore Noël.

L'intérieur de la boutique empestait le sapin et les clous de girofle. Les étagères étaient remplies de bougies parfumées, de décorations pour sapin et d'autres ornements divers. Le mur du fond donnait directement sur la brasserie en plein air.

Kami étudia la ribambelle d'objets rouges et verts dans la boutique.

— De la bière et Noël ? Qui a eu l'idée de mélanger les deux ?

— Je pense que c'est pour que les enfants et les adultes aient de quoi s'occuper en même temps, répondit Briar en indiquant la pancarte à notre droite.

« La grotte de Santa[1] », était-il écrit dessus.

— Je l'ai toujours appelé le Père Noël, remarqua-t-elle.

— Ça faisait sûrement trop de lettres pour la pancarte, répondit Kami.

Je suivis son regard.

— Je ne suis jamais allée dans une grotte.

Kami haussa les épaules.

— Tu as vécu dans des tunnels, ce n'est pas si différent.

Une femme menue s'approcha avec un sourire. Elle portait une robe rouge avec un tablier.

— En quoi puis-je vous aider, mesdames ? La brasserie en plein air ne rouvre pas avant une demi-heure, mais nous avons un tas de choses qui peuvent vous intéresser dans la boutique en attendant.

Elle indiqua la hache sanglée à mon dos.

---

1 Père Noël

— Je crains que nous n'autorisions pas les armes ici. Si vous voulez faire du shopping, vous allez devoir les ranger derrière le comptoir jusqu'à ce que vous ayez terminé.

— Nous ne sommes pas ici pour faire du shopping. Vous êtes Abby ? demandai-je.

Elle cligna des paupières.

— Oui.

— C'est Gwyneth qui nous envoie.

— Je vois.

Elle lança un regard furtif dans le magasin.

— Je n'ai pas de rendez-vous, alors on peut faire ça maintenant. Vous pouvez entrer.

— Entrer où ?

Abby montra la grotte.

Briar écarquilla les yeux.

— Le Père Noël est notre oracle ?

Abby lui fit signe de parler moins fort.

— On ne prononce pas le mot qui commence par un « o » à voix haute dans la boutique, dit-elle en nous poussant vers la grotte. Allez-y. Une famille doit arriver dans une demi-heure, alors vous n'avez pas beaucoup de temps.

Kami entra en premier, suivie par Briar. Je baissai la tête et entrai. La première chose que je remarquai fut le changement de température. Il faisait un froid glacial et je croisai instinctivement les bras pour me réchauffer.

Les parois étaient conçues pour ressembler à une caverne. De petites lampes étaient fixées au plafond, sous la forme de stalactites. Une chaise semblable à un trône était poussée contre le mur, avec un tabouret de chaque côté.

Je parcourus la grotte des yeux.

— Comment il peut faire aussi froid, ici ? Ça pénètre même mon armure magique.

Kami se frotta les bras.

— Je crois que la question la plus importante, c'est pourquoi il fait aussi froid ?

— Parce qu'on est censées être au Pôle Nord, je pense, répondit Briar.

Je sursautai en entendant un tintement de clochettes.

— Faux, tonna une voix.

Une paroi rocheuse coulissa, révélant un homme trapu portant un costume rouge et une épaisse ceinture noire. Sa barbe blanche recouvrait la majeure partie de son visage, tel un nuage de coton.

— Si vous deviez porter cette tenue toute la journée, vous aussi vous voudriez qu'il fasse plus frais.

— C'est la faute de Marjorie, lança une autre voix.

Une jeune femme apparut, vêtue d'un costume vert, d'une ceinture rouge et d'un chapeau pointu vert. Ses chaussures rouges étaient la partie la plus ridicule de sa tenue. Elles se recourbaient au bout et étaient ornées de clochettes argentées.

— Ce n'est pas ma faute si j'ai des bouffées de chaleur, dit une troisième voix.

Une femme aux cheveux bruns entra dans la grotte derrière les deux autres. Son ensemble était assorti à celui de l'autre femme, mais la disposition des couleurs était inversée.

— Quand il fait trop chaud, je n'arrive plus à me concentrer. Si je n'arrive pas à me concentrer, je ne peux pas faire mon boulot.

Les mains sur les hanches, elle nous observa.

— Qui êtes-vous ? Je n'ai personne sur notre planning, à cette heure.

— Je suis London et voici mes collègues. Nous sommes des Chevaliers de Boadicée.

— Boadicée, répéta le Père Noël. Voilà un nom que je n'avais plus entendu depuis longtemps.

— Je suppose que vous n'êtes pas ici pour voir le Père Noël, dit la jeune femme.

— Non. Nous cherchons l'oracle.

— Hécate soit louée, lâcha le Père Noël.

Il arracha sa barbe, révélant un visage effilé.

Briar hoqueta.

— Le Père Noël est une femme. Je savais bien qu'un homme n'aurait jamais pu accomplir autant de tâches en une seule nuit.

Le Père Noël gloussa.

— Je m'appelle Miriam. L'elfe aux bouffées de chaleur, c'est Marjorie, et celle au corps de rêve, c'est Meghan.

Cette dernière nous salua d'un geste amical.

— J'aimerais bien que tu arrêtes de m'objectiver, Miriam.

— Et j'aimerais bien avoir encore un corps de rêve, rétorqua-t-elle en haussant les épaules. C'est à ça qu'on voit que le Père Noël n'existe pas.

— Asseyez-vous, suggéra Marjorie. Qu'est-ce qui vous amène dans notre grotte ?

Je cherchai une chaise et repérai deux énormes poufs par terre, un rouge et un vert. Kami et Briar se tassèrent sur le rouge et je tentai de m'installer gracieusement sur le vert, sans succès. Je m'affaissai dedans et craignis de rester coincée là toute ma vie. Pour ne rien arranger, le manche de Bébé s'enfonçait dans mon dos.

— On cherche une pierre ancienne, dis-je, tentant de paraître à l'aise malgré la posture inconfortable que j'avais adoptée.

— Est-ce que j'ai l'air aussi mal à l'aise qu'elle ? s'enquit Marjorie en remuant sur son tabouret. Je vous ai répété cent fois que j'avais besoin d'une chaise avec un dossier.

— Quand tu deviendras une vieillarde, tu auras droit au trône avec dossier, répliqua Miriam.

Marjorie leva les yeux au ciel.

— Il y a peu de chances pour que ça arrive. Tu as sûrement du sang de vampire qui te rend immortelle.

— Je suis une sorcière. Si j'avais du sang de vampire, je serais morte, lâcha Miriam avant de reporter son attention sur nous trois. Qui est aux commandes ?

Je levai la main.

— Nous cherchons un artefact ancien avec un pouvoir d'invocation, qui provenait du Temple de Friseal.

Miriam fronça les sourcils.

— Le temple de Friseal, vous dites ? Je croyais que c'était une tour.

— Et moi, un ziggurat, intervint Marjorie.

— Tu vois ? murmura Kami. Il n'y a pas que nous.

— Qui est Friseal ? s'enquit Meghan.

Miriam tenta de claquer des doigts, avant de se rendre compte que sa moufle noire l'en empêchait. Elle la retira avec ses dents et claqua des doigts.

— Meghan, donne-lui ce dont elle a besoin.

— Oh, bien sûr.

Meghan se laissa glisser du tabouret et récupéra un stylo et un morceau de papier dans une armoire cachée encastrée dans le mur de la grotte.

— Faites votre liste, s'il vous plaît.

— Je n'ai qu'une seule question, répondis-je.

— Vous devez quand même la lister, insista Meghan en me fourrant les objets dans les mains.

Je griffonnai ma « liste » et lui rendis le tout. Elle traversa la grotte et remit le papier et le stylo à Miriam.

— Qu'est-ce que vous en pensez ? s'enquit Kami.

— Je pense que j'ai trois sorcières sous les yeux et je me demande pourquoi vous avez besoin de notre aide, répondit Marjorie.

— Il n'y a qu'une sorcière parmi nous, protesta Kami.

— Deux d'entre vous sont de vraies sorcières, répondit Miriam, avant d'agiter son stylo vers moi. Je ne sais pas trop ce que vous êtes, vous. Vous dégagez une drôle d'énergie, que je n'arrive pas à identifier.

Briar rit.

— Je ne suis pas une sorcière non plus. Je suis une métamorphe.

Miriam posa ses mains sur les accoudoirs du trône et se pencha pour scruter Briar.

— Qui vous a dit ça ?

Briar se hissa sur les coudes pour mieux voir les sorcières.

— Personne n'a eu besoin de me le dire. Je peux me transformer, donc...

— Je me transforme, donc je suis ? ricana Miriam. Ça ne marche pas comme ça, ma chérie. Faites-moi confiance, vous êtes tout autant une sorcière que celle-là.

Elle pointa Kami du doigt.

— En quoi vous transformez-vous, ma petite ? demanda Meghan.

Son ton était plus doux et aimable que celui des deux autres. Quelque chose me disait que si nous revenions dans quelques décennies, Meghan ressemblerait plus à ses collègues. La vie avait tendance à user même les personnes les plus patientes.

Briar grimaça. Je savais qu'elle détestait cette question.

— Une bête, répondit Kami à sa place. Une bête énorme et terrifiante.

— Cette bête a-t-elle un nom ? l'interrogea Marjorie.

— Je l'appelle juste la bête, mais je suppose que je pourrais lui donner un nom.

Elle me regarda d'un air interrogateur.

— Comment s'appelle la mère de Grendel, dans Beowulf ?

— Par la déesse, lança Miriam, exaspérée. Ce que Marjorie veut savoir, c'est le type d'animal de votre bête, quand vous vous transformez. Un loup ?

— Oh, non, répondit-elle en baissant les yeux au sol. Personne ne le sait. Je suis juste une créature énorme et effrayante.

Miriam hocha la tête, l'air satisfaite.

— Vous voyez, je vous l'avais dit. Une sorcière.

— Pourquoi ça voudrait dire que c'est une sorcière ? s'étonna Kami.

Miriam lissa la barbe blanche qu'elle avait posée sur ses genoux. Elle avait l'air de caresser un chat duveteux.

— Comment pouvez-vous être au courant pour Friseal, sans saisir les concepts de base des capacités surnaturelles ? Vous avez hérité de cette capacité qui vous permet de vous transformer. C'est votre magie.

— Mais je ne me transforme qu'en une bête, protesta Briar. Je ne devrais pas pouvoir me transformer en tout ce que je veux ?

Miriam se lécha les lèvres et examina Kami.

— Quel est votre pouvoir, mon cœur ?

— Le contrôle mental.

— Vous ne pouvez pas faire de télépathie ?

Kami secoua la tête.

— Ou de la télékinésie ?

— Non.

Miriam regarda Briar.

— Elle détient des pouvoirs de l'esprit, et pourtant elle ne peut pas en maîtriser plus d'un. Pourquoi vous attendez-vous à vous transformer en d'autres créatures ?

— Et les vampires ? s'enquit Kami. Certains peuvent se transformer en papillons, mais ce ne sont pas des sorciers. Sinon, ils seraient des dhampirs, comme…

Elle se tut et je vis un muscle se contracter sur sa joue.

— Comme les enfants engendrés entre des vampires et d'autres espèces.

— Quand le Temple de Friseal a été détruit, les pouvoirs ont fusionné et se sont combinés. Il reste des traces de toutes les espèces en nous tous, expliqua-t-elle avant de poser les yeux sur moi. Chez certains plus que chez d'autres.

Intéressant.

— Alors vous pensez que les vampires détiennent une forme de magie ?

— Ceux qui peuvent se transformer en papillons, oui, acquiesça Miriam. Pour une raison inconnue, cette capacité leur est restée et a été transmise de génération en génération. C'est ma théorie, en tout cas. D'autres seront peut-être en désaccord.

— Ça remet un peu en question tout le purisme proclamé des vampires. Ça démontre à quel point c'est ridicule, remarqua Briar.

Miriam posa la feuille de papier et le stylo sur l'accoudoir de son trône.

— J'ai toujours trouvé ça ridicule.

— Que pensez-vous de la magie du chaos ? l'interrogeai-je.

Miriam me regarda avec un intérêt renouvelé.

— Je ne pense pas qu'elle existe en tant que catégorie de magie à part entière. Je pense que c'est comme ce que je viens de décrire. Un mélange de toutes les magies qui ont été transmises par nos ancêtres. Avant le temple…

— La tour, corrigea Marjorie.

— Le ziggurat, intervint Meghan.

— Avant que la structure soit bâtie par Friseal et ses fidèles, tous les pouvoirs étaient distincts, comme les pierres elles-mêmes. Si vous étiez une sorcière élémentaire, vous déteniez toutes les capacités élémentaires. Au fil du temps, ces capacités se sont diluées. Ajoutez à ça la destruction des pierres, et voilà.

Elle tendit les mains, paumes vers le plafond.

— Le résultat de tout ça, c'est nous.

Briar se mordilla la lèvre.

— Je suis une sorcière, dit-elle, avant de se tourner vers Kami. Depuis tout ce temps, je croyais ne pas être comme vous, alors que si.

Kami passa un bras autour de ses épaules.

— Tu étais l'une des nôtres quoi qu'il en soit. On se moque de ton espèce. Tu es Briar Niall, et tu es un Chevalier de Boadicée.

— Tout ça, c'est très bien, intervint Miriam, mais nous avons un rendez-vous bientôt, alors il faudrait vraiment qu'on en vienne au fait.

Je montrai le papier.

— Je vous ai donné ma question. On est prêtes.

Miriam frappa dans ses mains et elles disparurent.

Je regardai à côté de moi. Briar et Kami s'étaient volatilisées aussi.

J'étais seule dans la grotte. Les lumières clignotèrent et perdirent en intensité.

— Il y a quelqu'un ?

— Qui est là ? demanda quelqu'un en retour.

Je ne reconnus pas la voix.

— London.

— Ah ah ! Elle est bien bonne. Tu es censée être une incarnation physique de la ville qu'on a vaincue ?

Je scrutai les ténèbres de la grotte.

— Qui êtes-vous ?

Une silhouette se détacha du mur lisse et obscur de la caverne.

— Tu es ici pour me faire payer pour mes péchés ? Parce que, si oui, je ne suis pas intéressée.

C'était une vampire, grande et sculpturale. Avec son expression arrogante et ses traits saisissants, je l'aurais reconnue n'importe où.

— Reine Britannia ?

Elle croisa les bras et me regarda de haut.

— Qui la demande ?

— Je croyais que c'était une vision, dis-je, plus pour moi-même.

Je n'aurais pas dû pouvoir interagir avec une vision.

— C'en est une, assura-t-elle en tournant autour de moi avec un mélange de curiosité et d'avidité. Ce doit être moi qui ai une vision, parce que tu m'en mets plein la vue.

J'étrécis les yeux. Que se passait-il ?

— Je cherche une pierre et cette vision est censée m'aider à la trouver.

La reine étendit les bras.

— N'hésite pas à me fouiller. La dernière fois qu'une personne m'a touchée remonte à longtemps. Ça pourrait même me plaire.

Je cillai. Ça ressemblait à un rêve fiévreux étrange. Je commençais à me demander si j'étais vraiment à Morpeth. J'étais peut-être encore en ville, avec Yardley, et quelque chose avait peut-être dérapé avec le portail.

— Vous êtes morte.

Elle fit claquer sa langue.

— Quelle impolitesse ! Je pense que l'expression que tu cherches est « je crois que vous êtes déjà prise ».

Quel était le rapport entre la reine et la Pierre d'Invocation ? Qu'est-ce que c'était que cet oracle ?

— Je crois qu'il y a eu une erreur.

— J'espère bien que non, parce que je suis affamée, répondit-elle en passant sa langue sur sa lèvre supérieure. Et tu as l'air délicieuse.

La reine vampire bondit vers moi et enfonça ses crocs dans ma chair. Je laissai échapper un cri à glacer le sang et toute la grotte devint noire.

Quand je rouvris les yeux, j'étais encore sur le pouf, une main pressée contre mon cou. Briar s'agenouilla à côté de moi.

— London, tu vas bien ?

Il me fallut une seconde pour me ressaisir.

— Je crois.

— Alors ? demanda Kami. Où est la pierre ?

— Je n'en ai aucune idée. C'était une vision bizarre. Ça n'avait aucun sens.

— Nos visions ont toujours du sens, protesta Miriam. On peut vous le garantir à cent pour cent.

— Dans ce cas, je veux récupérer mon argent.

— Vous n'avez rien payé, me rappela Miriam.

Briar eut l'air déconfite.

— On va continuer de chercher, alors. C'était juste notre premier arrêt. Ça se trouve, l'un des autres groupes l'a déjà trouvée, on n'en sait rien.

Kami ricana.

— C'est peu probable. Le nom de London est pratiquement inscrit sur cette pierre. Si quelqu'un doit la trouver, ce sera nous.

J'étais contente que quelqu'un ait confiance en moi, parce que je ne me sentais pas aussi optimiste.

— Vous pouvez remettre votre barbe, Père Noël. On a terminé. C'était une perte de temps totale.

Je m'efforçai de sortir du pouf et tendis la main pour qu'on m'aide. Briar m'aida à me relever.

— Ne soyez pas si dédaigneux envers nous, lança Marjorie. On vous a conduit jusqu'à nous pour une raison.

— Ouais, elle s'appelle Gwyneth, rétorquai-je. Elle ratisse sûrement les environs à la recherche d'imbéciles comme nous.

— Croyez ce que vous voudrez, mais je ne mettrais pas trop vite ce que j'ai appris ici aux oubliettes, si j'étais vous, dit Meghan.

— J'ai appris que je détestais l'odeur des clous de girofle, lui répondit Kami. Alors je suppose que ce n'était pas une perte de temps totale.

Nous sortîmes de la grotte. Quelques clients se baladaient dans le magasin, y compris une famille de cinq. Les trois enfants attrapaient des objets fragiles sur les étagères avec bien trop d'enthousiasme.

— Qui vient dans la grotte du Père Noël à une date aussi éloignée de Noël ? murmura Briar.

La mère dut l'entendre, parce qu'elle se tourna vers nous.

— Des gens qui ont besoin de donner à leurs enfants la force d'avancer quand les journées sont moroses et tristes, répondit-elle.

Elle désigna un petit garçon d'environ six ans d'un signe de tête.

— Il est sur la liste des tributs. Il n'a pas encore été convoqué, mais il est dessus. Ça le hante, il en fait des cauchemars.

Je tournai les yeux vers la grotte. Je me demandais pourquoi trois sorcières gaspilleraient leurs talents dans un endroit comme celui-là, mais je comprenais, maintenant. Le Père Noël et ses elfes étaient un peu comme les chevaliers, dans le sens où nous œuvrions aussi dans l'intérêt de tous. Nous utilisions nos pouvoirs pour apaiser les souffrances des autres. Je sentis une pointe de culpabilité pour le mépris dont j'avais fait preuve envers le trio. Si elles pensaient que j'avais quelque chose à apprendre de cette vision, j'étais prête à les croire.

— Je suis désolée, dit Briar. Je ne voulais pas vous manquer de respect.

La mère hocha la tête et rejoignit sa famille.

Je me tournai vers la porte et vis Kami renifler une bougie rose fuchsia.

— Je devais m'ôter l'odeur des clous de girofle du nez, expliqua-t-elle en la tendant vers moi. Elle sent la mûre. Tu veux renifler ?

— Non merci. On ferait mieux d'y aller.

— Pas de bière ? demanda-t-elle en reposant la bougie sur l'étagère avec réticence. Très bien. Pas de bière.

Nous sortîmes de la boutique et nous en profitâmes pour respirer l'air frais, enfin libérées de l'odeur des clous de girofle.

— Revenez nous voir très vite, lança Abby en nous faisant signe depuis la porte. Nous sommes ouverts trois cent soixante-quatre jours par an.

Kami rit.

— Je suppose que vous en êtes en vacances pour Noël.

— Non. Pour le Nouvel An, répondit Abby avant de fermer la porte.

— On va où, maintenant ? s'enquit Briar.

Je scrutai la rue principale.

— Aucune idée, mais je doute que la pierre soit à Morpeth.

— Qu'est-ce qui te rend si certaine ? demanda Kami.

— Ces trois sorcières connaissent le Temple de Friseal. Je pense qu'elles auraient senti sa présence.

Kami me lança un regard en coin.

— Tu penses que leur radar est si affûté que ça ?

— Il ne s'étend peut-être pas au-delà des frontières de la ville, mais, oui, je pense qu'il est aussi puissant que ça.

Kami fourra ses mains dans ses poches.

— Dans ce cas, je suppose qu'on n'a plus qu'à passer à la ville suivante.

— Qu'est-ce qu'il y a de mal à ça ? s'étonna Briar.

— C'est mignon, ici. J'aime bien l'architecture. Il y a même une tour d'horloge.

— Tu pourras toujours revenir, suggérai-je. Profiter de ces jours de congés que tu as accumulés et que tu n'utilises jamais.

— Je suppose, répondit Kami en me jetant un coup d'œil. Qu'est-ce que tu as vu dans la vision ?

Je secouai la tête.

— Tellement de choses tournent dans ma tête, il y avait beaucoup trop de distractions. Je pense qu'elles ont occulté le message.

Mon téléphone vibra dans ma poche.

— Tes fesses vibrent, remarqua Kami.

— Au moins, ça nous confirme que les satellites fonctionnent.

Je sortis mon téléphone, m'attendant à voir le nom de l'un des chevaliers s'afficher sur l'écran.

— Callan ?

— Eh, tu es où ?

— Au Northumberland.

— Tu es sérieuse ? Comment tu es arrivée là-bas aussi vite ?

— Ne pose pas de questions dont tu n'as pas envie de connaître les réponses. On cherche la pierre. Ton frère a envoyé trois équipes dans trois comtés différents, et nous aussi.

— Et où es-tu exactement, dans ce comté ?

— À Morpeth, pour l'instant.

— Tu sais où se trouve la vieille guérite ? s'enquit-il.

Je fronçai les sourcils.

— Oui.

— Attends là. Je vais t'envoyer quelqu'un.

— Pourquoi ? Tu sais quelque chose ? Tu as parlé à Maeron ?

— Je crois qu'il m'évite, en ce moment.

— Mince alors, je me demande pourquoi.

— Je connais l'endroit parfait où t'installer dans le Northumberland. Tu ne pourras pas effectuer tes recherches efficacement si tu es fatiguée et affamée.

Je me détendis.

— Tu n'es pas obligé de faire ça.

— Je te rejoins dès que je peux.

— Et tu es encore moins obligé de faire ça.

C'était une chose que je me dresse contre Maeron, mais je n'avais pas envie d'être à la source d'un conflit entre frères.

— Je vous demande pardon, Mademoiselle Hayes. Êtes-vous en train d'essayer de dicter au Jugement écossais ce qu'il a à faire ?

— Je n'oserais jamais, répondis-je avant de raccrocher. À la guérite, mesdames. Il semblerait qu'on ait droit à un accueil royal.

Chapitre 11

Kami, Briar et moi patientâmes devant la guérite en nous efforçant de ne pas avoir l'air trop suspectes, ce qui était un peu dur compte tenu du nombre d'armes qu'on avait sur nous. Une voiture noire se gara le long du trottoir et la vitre côté conducteur se baissa.

— L'une de vous doit être mademoiselle Hayes, je présume.

On aurait dit que le chauffeur avait la cinquantaine, malgré son visage de chérubin et ses cils qui pourraient rendre n'importe quelle biche jalouse.

— Qui la demande ? m'enquis-je.

— Je m'appelle Morris. Le prince m'a demandé de vous récupérer.

Kami pointa son arbalète et intervint.

— Quel prince ? La réponse déterminera si je dois vous tirer ce carreau entre les deux yeux.

Morris demeura imperturbable.

— Callan, mademoiselle. Le prince Callan. Je suis le gardien du château d'Alnwick. Il m'a dit que vous auriez besoin d'un endroit où vous installer pendant votre quête.

Il arbora une expression curieuse.

— Vous êtes des chevaliers, n'est-ce pas ?

Kami abaissa son arbalète.

— Vous nous proposez des chambres dans un château ?

Briar me regarda, les yeux écarquillés.

— Quand tu as parlé d'un accueil royal, je croyais que tu exagérais.

Je haussai les épaules.

— Moi aussi.

— Je ne suis pas sûre que ce soit une bonne idée de nous installer dans un endroit qui appartient au prince Maeron, remarqua Kami. Et s'il débarquait avec ses sbires ?

Morris sourit, exhibant une rangée de crocs étonnamment courts.

— Ce château n'appartient qu'au prince Callan. C'était un cadeau du roi Casek pour son seizième anniversaire.

Kami me lança un regard contrarié.

— J'ai eu un morceau de pain aux noix pour mon seizième anniversaire. C'est pareil, hein ?

— Tu n'aimes même pas les noix, fis-je remarquer.

— Je sais. Tu te souviens que j'ai dû les recracher ? J'ai eu l'impression de manger des cerveaux miniatures.

Elle grimaça à ce souvenir.

J'entendis un cliquetis de portières qui se déverrouillent et Morris lança :

— Il y a largement assez de place pour vous trois à l'arrière.

Kami haussa un sourcil.

— Est-ce qu'on peut faire confiance à ce type ?

Je hochai la tête.

— Je suis prête à parier que Callan possède son propre château, dont il n'a jamais parlé.

Morris sortit de la voiture pour ouvrir la portière de derrière.

— Voulez-vous que je range vos armes dans le coffre ?

Kami serra son arbalète contre sa poitrine.

— Non merci. C'est comme un doudou, répondit-elle en plongeant dans la voiture. Par contre, je n'ai rien contre un matelas bien doux et un oreiller moelleux, quand on sera arrivés. Oooh, vous croyez qu'il y aura une grosse baignoire de style gothique ? Vous savez, celle avec les pieds griffus ? J'ai toujours voulu prendre un bain à bulles dans l'une de ces choses.

Briar se glissa à côté d'elle.

— Tu te souviens qu'on est ici pour trouver une pierre ancienne qui pourrait semer le chaos dans tout l'univers, hein ?

— Et je serai bien mieux équipée pour faire ça après un bon bain voluptueux.

— Je vais m'asseoir à l'avant avec vous, si ça ne vous dérange pas, dis-je.

Il s'inclina légèrement.

— Je serais ravi de votre compagnie, Mademoiselle Hayes.

Le trajet jusqu'à Alnwick prit quarante minutes. Je me rendis compte qu'on était arrivés quand je repérai la silhouette du château imposant devant nous.

Kami passa la tête entre les sièges avant pour mieux voir.

— C'est immense.

— La bâtisse date de l'époque des Normands, expliqua Morris. Il a appartenu au Duc de Northumberland jusqu'à la tombée de la Nuit Éternelle. Après ça, il est resté vide jusqu'à ce qu'on en fasse cadeau au prince. Il a investi beaucoup d'argent dans les réparations.

— Pourquoi il me paraît si familier ? s'enquit Briar.

— Il figure dans beaucoup de séries télévisées et de films datant d'avant la Grande Éruption, répondit Morris.

— Cool.

— Où est la gare la plus proche ? demandai-je.

Je me demandais si le contingent de Northumberland de Maeron était posté tout près.

Morris fit avancer la voiture entre deux statues jumelles, représentant des lions.

— La gare d'Almouth est à environ six kilomètres d'ici. À une époque, elle reliait Britannia City et Édimbourg, mais elle s'arrête avant la frontière, maintenant.

— Il y a tellement de place, par ici, dit Briar. Ça me rappelle la maison de mes grands-parents.

— Il y avait un très joli jardin, à une époque, mais il a disparu après la Grande Éruption. Le prince avait la possibilité d'embaucher du personnel pratiquant la magie pour faire renaître le jardin, mais il ne voulait pas utiliser les fonds publics pour son bien personnel.

— Tout le monde aurait pu en profiter, non ? s'enquit Briar.

Morris lui jeta un coup d'œil par-dessus son épaule.

— Pas sans entrer par effraction.

— Il pourrait ouvrir le château entier au public, suggéra Kami. Problème résolu.

Morris gara la voiture devant l'entrée principale.

— Imogen l'a interdit. Elle ne voulait pas que les employés s'habituent à un certain fonctionnement au cas où le prince Callan quitterait le château après son retour au siège de la Maison Duncan.

Il coupa le moteur et ouvrit la portière.

— J'ai l'impression qu'on devrait avoir des valises, dit Kami.

— Si vous avez besoin de quoi que ce soit, un membre du personnel se fera un plaisir de vous le procurer, la rassura Morris.

Il ferma la portière et entra dans le château.

Kami enroula son bras autour du mien.

— Sans le danger qui plane au-dessus de nos têtes, j'aurais l'impression d'être en vacances.

Une vampire nous accueillit à l'intérieur. Elle était de taille moyenne, avec une silhouette élancée. Ses cheveux bruns aux reflets roux qui tombaient tels un rideau et ses yeux plissés la faisaient ressembler à un pékinois en colère.

— Voici, Polly, la gouvernante, dit Morris. Si vous voulez bien m'excuser, je vais aller demander au cuisinier de préparer un repas pour nos invités.

— Ravie de vous rencontrer, Polly. Je suis London. Le prince Callan a eu la gentillesse de nous proposer de nous héberger durant notre visite au Northumberland.

Kami et Briar étaient trop occupées à admirer les environs pour se présenter.

— Cet escalier... commença Kami. Je n'ai jamais rien vu de pareil.

— J'ai l'impression qu'on est dans un musée, ajouta Briar.

J'étais d'accord. Si on regardait bien, que ce soient les panneaux de marbre aux murs ou les gravures du plafond, rien n'indiquait que ce château puisse être un lieu de défense. Il avait l'air conçu pour exposer ses charmes architecturaux.

Polly nous examina.

— Morris dit que vous êtes des chevaliers lancés dans un genre de quête.

— Morris devrait être un peu plus discret, répondit Kami.

La gouvernante rit.

— Je vous aime bien. Comment vous vous appelez ?

— Kamikaze Marwin.

— Mais quel genre de prénom est « Kamikaze » ?

— Et Polly, c'est quel genre de prénom, alors ? rétorqua Kami.

— Vous allez devoir poser la question à ma mère, mais ça vous coûtera une visite chez une voyante talentueuse.

Elle regarda Kami de haut en bas.

— Vous savez ce que signifie Kamikaze, en japonais ? s'enquit Kami.

— Pas vraiment.

— Ça veut dire vent divin.

Polly gloussa.

— Et alors ? Votre mère croyait que les dieux vous avaient livrée à elle sur un nuage ?

— Non, ma mère a souffert de terribles flatulences tout le long de sa grossesse et elle m'en voulait encore à ma naissance.

Cette fois, Polly rejeta la tête en arrière et éclata de rire.

— Et vous, London ? Laissez-moi deviner. Vous avez été conçue à Britannia City, mais votre mère ne voulait pas vous donner le nom d'un vampire.

— Je suis bien née là-bas, et je suis sûre qu'elle n'avait aucune envie de m'appeler « Britannia ». Mais elle a choisi ce nom parce qu'elle adore l'Histoire.

Polly fit semblant de ronfler.

— Ma mère pensait qu'à une époque, Londres était l'une des plus belles villes du monde. Elle rêvait d'un avenir plus radieux pour moi.

Polly grogna.

— Si elle voulait être aussi sentimentale que ça, elle aurait pu se contenter de vous appeler Hope[1].

Je souris.

— C'est mon deuxième prénom.

Kami tourna la tête vers moi.

— Je ne savais pas. Comment ça se fait que je ne savais pas ?

Je haussai les épaules.

---

1 Espoir

— Je ne savais pas que ton nom faisait référence à des flatulences. On est quittes, maintenant.

Briar leva la main.

— Et moi, alors ?

— Quoi, toi ? demanda Kami.

Briar rabaissa la main.

— Personne n'a envie de connaître l'origine de mon nom ?

— Ça veut dire buisson épineux, répondit Polly. C'était aussi le nom de La Belle au bois dormant, dans certaines versions. Si je devais deviner, je dirais que votre mère était une fervente lectrice de contes de fées.

Briar plissa la bouche.

— Je suppose que mon histoire n'est pas aussi intéressante que celle des autres, alors.

Polly étrécit les yeux et les garda rivés sur Briar.

— Votre odeur est anormale.

Briar leva les bras et renifla.

— J'aurais bien besoin d'une douche, c'est sûr. J'ai beaucoup voyagé…

— Je ne parle pas de vos glandes sudorales, mademoiselle. Je parle de votre essence même.

Briar me lança un regard en biais, comme pour m'appeler à l'aide.

— Depuis quand les vampires ont un sens de l'odorat aussi affûté ? demanda Kami.

— On ne l'a pas tous, mais j'ai eu cette chance, répondit Polly.

Elle croisa les mains devant elle et afficha un sourire de fierté.

— Ma mère me faisait renifler la nourriture et les boissons, qui allaient bientôt périmer, pour s'assurer de les servir à temps.

Je songeai à ce que j'avais appris et me demandai si Polly avait du sang de loup dans son arbre généalogique.

Polly se rapprocha et renifla à nouveau, poussant Briar à faire un pas en arrière.

— Vous sentez sûrement la bête en elle, suggéra Kami.

Polly ricana.

— Il n'y a aucune bête en cette jeune fille.

— Croyez-moi, il y en a une. Et vous n'avez pas envie d'être là quand ça fait son apparition.

— Elle, corrigea Briar. Quand elle fait son apparition.

Polly pencha la tête et l'étudia avec curiosité.

— Quel genre de bête ? Vous n'avez pas l'odeur d'une louve. En général, elles sentent plus comme de la fourrure humide.

— Elles sentent le chien mouillé, dit Kami en étouffant un rire.

Je posai une main sur l'épaule de Briar.

— Elle est notre bête unique en son genre, et elle est très spéciale.

Briar carra les épaules.

— Je suis une sorcière métamorphe.

Polly hocha la tête.

— Très bien, dans ce cas, venez avec moi, sorcière métamorphe. Je vais vous montrer vos quartiers.

— Est-ce qu'il y aurait une baignoire sur pieds quelque part dans ce château, par hasard ? demanda Kami en suivant Polly en haut de l'escalier imposant.

— Vous avez de la chance. On en a une.

Kami se tourna vers moi, les yeux écarquillés.

— Prem's.

— D'accord, mais ne reste pas trop longtemps. Briar et moi aurions bien besoin d'un bon bain, nous aussi.

Nos quartiers étaient tout aussi impressionnants que le reste des pièces. Ma chambre avait sa propre cheminée, un lit à baldaquin, et était décorée de portraits de gens à l'air sévères que je n'avais encore jamais vus. Ils avaient l'air humains plutôt que vampires, et je me demandai si Callan avait fait beaucoup d'efforts pour redécorer. Peut-être pas, sachant qu'il n'avait pas l'air de passer beaucoup de temps ici.

Polly nous donna des serviettes et un savon solide, puis Kami s'empressa d'aller profiter des splendeurs que la baignoire avait à offrir.

Je fis la sieste jusqu'à ce que Briar me réveille parce que c'était à mon tour d'aller dans la baignoire. Tout en me déshabillant, je remarquai quelques taches argentées sur mes bras. Je m'immergeai dans l'eau et relâchai un peu de magie. L'effet des bulles combiné au fait que je venais de libérer ma magie, tout ça donna naissance à une combinaison si relaxante qu'elle m'envoya presque dans le coma. Je plongeai la tête sous l'eau et savourai le silence. Ça faisait du bien de se vider la tête. Je me redressai en position assise et essuyai les bulles sur mes mains. Un coup à la porte me fit sursauter.

— Tu as déjà eu ta chance, Kami. C'est mon tour, maintenant.

La porte s'entrouvrit.

— Ce n'est pas Kami.

Je me tournai et vis la carrure large de Callan dans l'encadrement.

— Je ne voulais pas t'interrompre, continua-t-il. Je voulais juste te voir.

Je posai le menton au bord de la baignoire.

— Tu as failli en voir plus que tu t'y attendais.

— Je ne m'en serais pas plaint. Tu veux que je m'en aille ? Maintenant que j'ai vu que tu allais bien, je peux attendre.

Nous échangeâmes un long regard. J'étais complètement nue et seule dans une pièce avec le Démon de la Maison Duncan. Je ne savais pas si je devrais être scandalisée ou ravie.

— Merci de nous avoir proposé cette alternative, dis-je.

Il entra dans la pièce et ferma la porte.

— Je n'avais rien à voir avec le bain à bulles, mais j'apprécie l'odeur… tout comme la vue.

— C'est infusé avec des fruits de rosiers sauvages, expliquai-je.

Je me redressai un peu dans le bain, jusqu'à ce que la courbe de mes seins soit visible au-dessus de la surface. Des bulles rose pâle étaient accrochées à ma peau.

— On ne dirait pas un parfum floral. C'est subtil, remarqua-t-il en approchant pour renifler l'air. C'est plus boisée, comme odeur.

— Parce que ça n'a pas été conçu avec des fleurs.

— J'aime bien.

Il était dangereusement près de la baignoire.

Je levai la tête vers lui.

— Tu as déjà entendu parler de l'espace personnel ?

Sa bouche tressaillit.

— C'est mal si je suis jaloux des bulles ?

Je me penchai jusqu'à ce que mon menton effleure la surface de l'eau.

— Tu vas te retrouver avec une barbe de bulles, si tu descends plus, me prévint-il.

— Qu'est-ce que tu fais là, Callan ?

J'avais essayé d'insuffler un peu d'agacement dans ma voix, mais ce fut un échec total. La vérité, c'était que j'étais contente de le voir, et d'après mon point de vue actuel, il était très content de me voir, lui aussi.

— Je voulais te dire que Maeron sait que tu es ici. Apparemment, il a un espion.

Je me redressai vivement et de l'eau déborda par-dessus la baignoire.

— Ici, au château ?

— C'est probable. Je vais mener une enquête…

Ses yeux n'étaient plus rivés sur mon visage et se mirent à vaguer. Je lus le désir dans ses yeux.

— Une enquête très minutieuse.

Je m'empressai de croiser les bras sur ma poitrine exposée.

— Serviette, s'il te plaît.

Il fit un signe de tête vers la table, à portée de la baignoire.

— Elle est pliée juste là.

— Je sais, mais il faudrait que je bouge pour l'attraper.

Son sourire s'élargit.

— Je sais.

Je le regardai en plissant les yeux.

— Tu es censé être un gentleman, tu te souviens ?

Il battit des cils d'un air innocent.

— Ah oui ? Je ne me souviens pas avoir entendu quelqu'un me qualifier de Gentleman de la Maison Duncan.

Je le fusillai du regard.

— Gros malin. Maeron va envoyer ses gorilles après moi ?

— Je l'ai prévenu que s'il faisait ça, il aurait affaire à moi.

Il récupéra la serviette et la leva assez haut pour m'obliger à sortir de la baignoire pour l'atteindre.

— Nos pistes ne sont pas plus avancées que les siennes.

— Non, mais il veut encore les autres pierres.

— Tu lui as demandé de rendre la Pierre d'Immortalité ?

— Oui. Il a refusé, bien sûr.

— Tu as prévenu le roi ? Ça pourrait le motiver à agir de manière honorable.

— J'ai préféré attendre. Mon frère se fourvoie, mais je te promets qu'il n'est pas quelqu'un de mauvais.

— Tu pourras promettre autant que tu voudras, ce n'est pas l'opinion que j'ai de lui, répliquai-je avant de tendre la main. Donne-moi cette serviette, maintenant, ou je devrais employer la magie pour la récupérer, ce qui est illégal, comme on le sait tous les deux.

— Je ne voudrais pas t'encourager à enfreindre la loi.

Il lâcha la serviette et je la rattrapai avant qu'elle ne touche l'eau.

— Si ça ne te dérange pas, j'aimerais finir mon bain en paix.

Il parcourut mon corps nu des yeux. Il était devenu un peu visible sous la couche de bulles en train de se dissiper.

— Ça ne me dérangerait pas de t'aider à… finir, mais je sais que tu préfères finir le travail toute seule.

Il me fit un clin d'œil et se retourna pour partir.

Mon visage devint écarlate.

— C'était un plaisir de te revoir, Gros Malin de la Maison Duncan !

Je jetai la serviette par terre et plongeai à nouveau la tête sous l'eau pour me rafraîchir les idées.

Une fois les chevaliers propres et repus, nous quittâmes le château pour chercher des endroits où pourrait se trouver la pierre.

— Je pense qu'on devrait commencer par les champs, suggéra Briar.

Kami s'arrêta pour placer une dague dans sa botte.

— Pourquoi ?

— Parce que si la pierre était en ville, son influence serait plus apparente. Si elle était enterrée quelque part dans un champ, ses effets seraient plus subtils.

Elle n'avait pas tort.

— OK, tu as gagné. On va commencer par les pâturages.

— Ce n'est pas qu'une excuse pour vagabonder, hein ? s'enquit Kami.

— Non, pas du tout. Et puis, London le saura, si on est sur le bon chemin. Elle a des pouvoirs d'invocation, elle sentira quelque chose. N'est-ce pas ?

Je poussai un soupir.

— En théorie, mais comment en être certaines ?

— Elle pourrait être dans la rivière ? demanda Kami.

Je jetai un coup d'œil vers la rivière Aln.

— Peut-être. Elle pourrait aussi être à Cumbria ou Durham.

Kami pinça les lèvres.

— On n'en a aucune idée. Compris.

— Avec la Pierre de l'Esprit, je sentais une connexion. Une fois que j'étais à portée d'elle, l'énergie m'a guidée jusqu'à la pierre. Avec un peu de chance, ce sera pareil cette fois.

— Ça veut dire qu'on doit travailler en silence ? dit Kami. Parce que tu sais que je ne suis pas douée pour ça. On devrait peut-être demander à ton petit ami si on peut lui emprunter une voiture. Si on baisse les vitres, tu devrais réussir à percevoir quelque chose même à cinquante kilomètres-heure.

— Cinquante kilomètres-heure ? raillai-je. Avec qui au volant ? Ta grand-mère ?

— C'est une excellente idée de prendre une voiture, intervint Briar. On couvrira bien plus de terrain comme ça, et on pourra se cacher si on voit les hommes de Maeron. Ils ne s'attendront jamais à ce qu'on conduise un véhicule de vampire.

— Très bien.

Je repartis vers l'entrée du château, mais j'allais faire cette requête à Morris, pas à Callan. Je n'avais plus revu le prince depuis notre petit rendez-vous autour de la baignoire, et il valait sûrement mieux que ça reste comme ça. Il était une distraction et je ne pouvais me permettre d'y succomber.

Morris mit une voiture noire à notre disposition et nous nous entassâmes dedans. Étant la conductrice la plus expérimentée d'entre nous, Briar prit le volant.

Nous roulâmes à travers la campagne, vitres baissées et en écoutant une musique, dont je ne connaissais pas les paroles, à plein volume. Tous mes sens étaient en alerte. Si la pierre était ici, j'étais déterminée à capter son énergie.

Quand nous approchâmes d'une nouvelle prairie, quelque chose tinta au fond de moi. J'avais l'impression d'être un détecteur de métaux.

— Arrête-toi là, dis-je.

Briar quitta la route principale et se gara sur le bas-côté.

— Tu la sens ?

— Je ne sais pas ce que je sens, mais ça vaut la peine d'être exploré.

Nous sortîmes de la voiture et verrouillâmes les portes.

— Par où, Madame Radar ? demanda Kami.

Je pointai du doigt le champ droit devant moi. Sur l'île de Skye, j'avais perçu des pulsations d'énergie qui m'avaient guidée jusqu'à la crique dissimulée derrière une cascade, où j'avais trouvé la pierre qui servait de dent à un géant. C'était différent, cette fois, mais c'était peut-être parce que la magie était différente.

Nous traversâmes le pâturage. Il n'y avait aucun signe de vie. Pas de moutons. Pas de chèvres. Rien. Je n'aimais pas ça.

Briar souriait d'un air imperturbable.

— Regardez, c'est un tourniquet. Je n'en avais plus revu depuis l'époque où je rendais visite à mes grands-parents, quand j'étais petite. Laissez-moi vous montrer comment le passer…

Kami se contenta de sauter par-dessus la clôture, avant d'épousseter ses mains.

— Comme ça ?

— Non.

Briar manœuvra le portail mécanique pour passer à travers, une expression amère déformant ses traits.

— Comme ça.

Je la suivis. Inutile de risquer une écharde quand il y avait une solution plus civilisée pour entrer dans le champ adjacent.

— Vous croyez qu'il y a des vaches ? s'enquit Kami. J'aimerais beaucoup en voir une.

— C'est sur sa liste des trucs à faire avant de mourir, expliquai-je à Briar. Pour ma part, j'en ai vu au Devon, et ça m'a suffi.

Kami se renfrogna.

— Ne me le rappelle pas. C'est tellement injuste. Si j'étais venue avec toi, j'aurais pu barrer ça de ma liste.

— Tu aurais aussi pu mourir, lui fis-je remarquer. Il y a eu pas mal de dangers, pendant ce voyage.

— Ouais, mais tu as aussi séduit un prince vampire. N'oublie pas ça.

— Je n'ai séduit personne. Au contraire, c'est lui qui a tenté de me séduire.

Briar fronça les sourcils.

— Pour un chevalier, j'ai soudain l'impression de mener une vie très recluse.

Kami grimaça.

— Par les feux de l'enfer. C'est quoi, cette odeur ?

Je pris une inspiration. L'air empestait le fumier.

— C'est peut-être ton jour de chance, remarquai-je.

Il n'y avait aucun éclairage dans la zone, nous avançâmes donc avec prudence. Un seul faux pas et nous nous retrouverions avec une cheville foulée.

— Je ne savais pas que les animaux sentaient aussi mauvais, dit Kami.

Je lui lançai un regard en biais.

— Tu croyais qu'ils chiaient des arcs-en-ciel et des fleurs ?

Kami prit brusquement ma main dans la sienne.

— Par les dieux tout puissants, je n'arrive pas à le croire.

— Quoi ?

Elle pointa du doigt un point au loin, et je regardai la direction qu'elle indiquait. Au milieu du champ, une silhouette solitaire mâchonnait de l'herbe. Sa robe brune était à peine visible dans le crépuscule, mais sa forme était indéniable.

Kami se tourna vers moi et sourit.

— Ne perdons pas de temps, il faut qu'on se bouge si on ne veut pas « *meuh*-rir » d'ennui ici.

Elle accéléra le pas et partit vers la vache. Elle parvint à s'approcher de la créature, jusqu'à ce que seulement soixante centimètres les séparent, quand j'entendis un cliquetis.

— Écartez-vous de la vache et levez les mains en l'air, ordonna une voix.

Je pivotai lentement et vis une femme aux cheveux gris qui portait des lunettes et pointait un fusil droit sur nous. Elle ne devait pas faire plus d'un mètre cinquante.

Je levai les mains.

— On n'est pas ici pour la vache, c'est promis.

Elle nous scruta par-dessus le canon.

— Vous n'êtes ni des ogres ni des démons. Qu'est-ce que vous êtes ?

Kami garda les mains en l'air.

— Des chevaliers.

La femme pouffa sans desserrer les doigts autour du fusil.

— Vous ne ressemblez à aucun des chevaliers que j'aie pu voir.

— Et vous en avez vus combien, au juste ? demanda Kami d'un ton défiant.

— C'est pour ça que vous êtes armées jusqu'aux dents ?

— Oui, on est en mission, répondit Briar.

— Tiens donc ? Vous aidez les gens dans le besoin, ce genre de trucs ?

— En gros, acquiesçai-je.

— En échange d'argent, précisa Kami.

Je lui donnai un coup de pied dans la cheville. Ce n'était pas le moment d'être cupide.

— Dans ce cas-là, vous voulez bien nous aider ?

— Difficile à dire, tant que vous pointez votre arme sur nous, répondis-je.

La femme abaissa son fusil.

— Nous possédons déjà si peu de choses, et des ogres nous terrorisent depuis des mois. Ils dévorent notre bétail et pillent nos réserves. Par chance, ils n'ont pas encore réussi à manger nos vaches. Quelqu'un reste toujours pour les surveiller, quand elles paissent. C'est pour ça que je suis là.

Kami poussa un soupir de soulagement.

— On va vous aider.

Je lui lançai un bref regard.

— Plus tard. Pour l'instant, on est déjà prises par une autre tâche.

Kami grimaça.

— Tu n'as pas écouté ? Des vaches sont en danger, London.

L'énergie étrange que j'avais ressentie s'intensifia.

— Alerte ogre, lança Briar.

La vieille femme leva son fusil.

— Indiquez-moi dans quelle direction je dois tirer.

Je vis une silhouette aux épaules arrondies grimper la colline sur notre gauche. Deux autres la suivaient de près.

Trois ogres.

Ils ressemblaient à une rangée de poupées russes, chaque ogre étant une version plus petite de celui d'à côté.

— Eh bien. Ça nous fait un ami chacun, remarqua Kami en s'emparant du lasso accroché à sa hanche. Madame, vous devriez peut-être faire quelques pas en arrière et économiser vos munitions pour un autre jour.

Je regardai Kami.

— Qu'est-ce que tu comptes faire ? Les regrouper avec ton lasso ?

Kami le caressa des doigts.

— Minka a enchanté cette corde pour moi avant notre départ.

Deux autres ogres apparurent en haut de la colline. Hélas, avec leurs deux mètres et deux mètres quarante de hauteur, ils étaient encore plus grands que les autres.

— Ils pourraient au moins avoir la décence d'arriver dans l'ordre, avec les plus grands en premier, se plaignit Kami.

Elle fit tournoyer son lasso dans les airs et poussa un cri digne d'une *cow-girl* du Far West américain.

Briar et moi échangeâmes un regard.

Je haussai les épaules.

— Je suppose qu'on n'a plus qu'à passer à l'offensive.

— J'aurais préféré attendre qu'ils fassent vraiment quelque chose avant de les attaquer, remarqua Briar.

Kami continua de faire tourner son lasso.

— Pourquoi est-ce que tu crois que j'ai opté pour la corde plutôt que l'arbalète, à ton avis ?

— Ils sont ici pour la vache, hurla la vieille femme. Si vous attendez qu'ils passent à l'action, nous perdrons aussi Bessie.

Kami écarquilla les yeux.

— On ne peut pas les laisser faire ça. Ils ne peuvent pas perdre Bessie.

Briar sortit un flingue.

— Où tu as trouvé ça ? m'étonnai-je.

— Ne t'en fais pas.

Elle visa et tira sur le plus gros ogre.

— Ce sont des fléchettes tranquillisantes, précisa-t-elle.

La peau de l'ogre était plus épaisse qu'elle en avait l'air. La fléchette rebondit et tomba au sol. L'ogre la regarda, son large visage plissé de confusion. Il leva les yeux et remarqua le flingue dans la main de Briar.

Oups.

Les ogres chargèrent, ce qui poussa notre plan offensif à devenir rapidement défensif.

— Ils sont plus rapides qu'ils en ont l'air, dit Kami.

Elle lança la boucle du lasso vers l'ogre du milieu et tira.

— On s'attendrait à ce que toute leur taille massive les ralentisse.

J'étais curieuse de savoir ce que la corde enchantée ferait à l'ogre, mais j'étais trop occupée à repousser le deuxième plus gros, qui semblait avoir décidé que je ferais un joli écusson pour sa voiture.

Il me souleva par la taille et me plaqua au sol. J'accédai à ma magie et créai un coussin d'air entre mes pieds et le sol pour amortir ma chute.

Du coin de l'œil, je vis Briar tirer des fléchettes sur les deux ogres plus petits. Ils se rentrèrent dedans comme deux vieux types bourrés qui rentraient du pub après la fermeture.

L'ogre qui m'avait attaquée revint à la charge.

— On peut être deux à jouer à ce jeu, murmurai-je.

Je me reliai à ma magie et fis apparaître une autre version de moi-même.

— Qu'est-ce que c'est que ça ? s'écria la vieille femme. C'est quoi, cette magie ?

Briar arrêta de tirer pour me regarder.

— Je crois que j'ai reçu un coup sur la tête. Je vois double.

Kami regarda ma copie carbone.

— Non. Vous avez sous les yeux l'un des pouvoirs de London.

J'invoquai une autre version de moi-même pour aider la première à éliminer le deuxième plus gros ogre. Ça me laissait les mains libres pour me charger du plus massif.

— Ils ne sont pas réceptifs au contrôle mental, nous informa Kami. Je pense que leur cerveau n'est pas assez développé.

D'habitude, ça me facilitait la tâche, quand j'avais affaire à des animaux. Je pouvais même prendre le contrôle de l'esprit des poissons rouges à la perfection, si je voulais.

Le sol se mit à trembler.

Kami regarda le champ sous nos pieds.

— Un tremblement de terre ?

Non. Des pas.

Apparemment, un dernier ogre fermait la marche, et il était costaud.

Quand le baraqué arriva au sommet de la colline, j'étais prête. Les trois versions de moi-même aussi. Nous utilisâmes la magie élémentaire en tandem pour l'immobiliser, lui balançant un souffle d'air des trois côtés. Quand il fut piégé dans notre triangle de vent, Kami passa la boucle de son lasso autour de sa tête… ou essaya, en tout cas.

— Sa tête est trop grosse, dit-elle. Je dois desserrer le nœud et élargir la boucle.

Je restai concentrée pour ne pas perdre le contrôle sur l'air.

— Briar, tu peux essayer le flingue ?

— Je suis à court de fléchettes, et elles ne fonctionneraient pas sur lui, de toute façon.

Kami se débattait avec le nœud.

— Les capacités motrices ne sont pas mon point fort.

L'ogre se débattait contre l'air magique et je me sentais perdre prise.

— Dépêche-toi, Kami !

L'ogre frappa Kami d'un coup de pied, ce qui la projeta au sol. Elle traversa le champ après plusieurs roulades, et atterrit à côté de la vache.

Le gros ogre reporta son attention sur moi. Oh oh.

— Tout ça est un malentendu, tentai-je.

Il grogna.

— Mon amie n'essayait pas de vous tuer.

Il approcha d'un pas lourd et balança son bras gauche dans ma direction. J'esquivai sa main et me déplaçai gracieusement hors de portée.

— Est-ce que je libère la bête ? demanda Briar.

— Non.

Briar dans sa forme monstrueuse garantissait une violence extrême, et j'essayais toujours d'éviter les blessures graves.

Les narines de l'ogre se dilatèrent. Pire encore, ses compagnons étaient en train de reprendre connaissance. Je commençais à regretter d'avoir suivi mon instinct.

La vieille femme leva son fusil.

— Tout le village mourra de faim s'ils n'arrêtent pas de revenir.

Kami courut nous rejoindre.

— Tu ne peux pas les envoyer dans un endroit spécial, si tu vois ce que je veux dire ?

— Non, je ne peux pas.

À la seconde où ces mots quittèrent ma bouche, une idée se forma dans ma tête.

— Mais j'ai un autre plan.

Les ogres qui jonchaient le sol commencèrent à se lever.

Briar me donna un coup de coude.

— Quoi que ce soit, dépêche-toi. Je suis à court de fléchettes.

Je changeai de registre et me connectai à ma magie de terre. Soudain, l'odeur de terre et d'herbe parut plus entêtante.

Kami visa avec son arbalète.

— Allez, London.

Je passais tellement de temps à minimiser mes capacités que je n'avais jamais tenté de les utiliser à leur plus haut potentiel. Ça me semblait être un bon moment pour expérimenter.

— Mettez-vous derrière moi, aboyai-je.

Les ogres s'élancèrent. Je levai Bébé au-dessus de ma tête et abattis la hache de toutes mes forces. Le sol s'ouvrit devant nos pieds. Les ogres titubèrent et s'écroulèrent l'un contre l'autre. Je me concentrai sur la faille et tirai.

La terre s'ouvrit assez pour les engloutir.

Kami se pencha et scruta la fosse.

— Oh, regarde. Timmy est tombé dans le puits.

Je restai concentrée et laissai ma magie pousser contre la terre. Le sol grogna et remua. Je ne refermai pas la faille en entier, juste assez pour piéger les ogres sans les faire suffoquer.

Ça faisait du bien de dépenser autant de magie. Ça me semblait naturel.

— Ça pourrait être pire, les gars, leur lança Kami. Vous pourriez être dans le Tartare.

Je relâchai mon emprise sur le sol et regardai la vieille femme.

— Ils ne sont pas près de se libérer. À vous de voir ce que vous voulez faire d'eux.

La vieille femme regarda au fin fond de l'abysse.

— Qu'est-ce que j'en sais ? Je vais devoir organiser une réunion d'urgence avec le conseil municipal. On laissera peut-être les autorités vampires s'en charger. Histoire que toutes ces taxes servent à quelque chose.

— Comme vous voulez, dit Kami.

Nous dépassâmes la faille toutes les trois et repartîmes vers la voiture.

Kami lança un dernier regard à la vache.

— Comment on appelle une vache qui a été secouée très fort après un tremblement de terre ?

Je me frappai le front d'une main.

— Arrête.

Elle se tourna vers Briar et lui sourit.

— Un milk-shake.

Chapitre 12

Je passai le reste de la journée la tête dépassant de la fenêtre de la voiture, tentant de percevoir la moindre pulsation d'énergie magique.

— Je crois que tu as raté ta vocation en tant que compagnon canin, remarqua Kami depuis le siège arrière.

— Et toi, tu as raté la tienne en tant qu'humoriste, rétorquai-je.

Plusieurs heures plus tard, nous rejoignîmes le château d'Alnwick, affamées et pas plus avancées sur l'emplacement de la pierre. Je fus déçue d'apprendre que Callan était parti peu de temps après nous et n'était pas revenu. Ni Polly ni Morris ne savaient où il était allé.

— Je ne crois pas que vous ayez bien compris mon rôle, ici, dit Polly quand je la bombardai de questions au sujet de la disparition de Callan. Je ne suis pas sa nounou. Il est mon employeur.

— London veut savoir si elle doit demander une couverture supplémentaire pour ce soir ou si son petit ami sera là pour lui tenir chaud, lança Kami en mordant dans le petit pain imbibé de sauce *gravy*[1] que Polly lui avait apporté.

---

1 Aussi appelée sauce brune, la sauce *gravy* est réalisée à partir de jusde viande

Nous étions assises à la table de la cuisine, où le cuisinier avait préparé une soupe de légumes en attendant notre retour. Polly avait tenté de nous persuader de manger dans la salle de banquet officielle, mais nous avions insisté pour rester dans la cuisine. Pas la peine de faire de chichis.

Polly resta debout. Apparemment, rejoindre les invités autour de la table était une limite qu'elle refusait de franchir.

— Parlez-moi un peu plus de votre quête. Est-ce qu'elle implique des dragons ? Je sais qu'ils peuvent être gênants, mais il se trouve que j'aime bien les dragons.

— Moi aussi, répondis-je en plantant ma fourchette dans une carotte.

Polly arbora une expression détachée, comme si son esprit était parti loin.

— Quand j'étais petite fille, je passais des heures au lac Bolam pour essayer de devenir amie avec les dragons. Je cachais même les restes du dîner dans mes jupons pour avoir quelque chose à leur offrir plus tard.

Je souris.

— Ça avait l'air amusant.

Polly pinça les lèvres en une ligne fine.

— Pas toujours. Je devais être prudente et toujours prendre une arme avec moi.

Briar cessa de mâcher.

— Certains dragons vous attaquaient ?

— Pas à moins qu'il y ait un nid, mais je savais comment les éviter. Non, c'étaient les autres monstres qui m'inquiétaient. Ce lac abrite autant de créatures dangereuses que de dragons, voyez-vous. Ma grand-mère disait toujours que c'était à cause de l'eau. Un genre de déséquilibre chimique attire les monstres.

Je posai ma fourchette.

— Vous pouvez définir le mot « monstre » ?

— Des créatures étranges, répondit Polly. Elles semblaient différentes des autres monstres venus avec la Grande Éruption. C'est l'une des raisons pour lesquelles nous avons fini par déménager. Je me suis fait attaquer par un faucon avec une tête humaine. J'ai fait des cauchemars pendant un an, après ça. C'était la goutte de trop pour ma famille.

— Vous pouvez nous décrire certains autres monstres ? demandai-je.

Polly tressaillit.

— Oh, vous m'obligez à revivre des souvenirs déplaisants. De nombreuses têtes, trop de bras ou jambes... ces créatures avaient tout ce que vous pouvez imaginer.

— Est-ce que quelqu'un a signalé ces problèmes à la Maison Lewis ? m'enquis-je.

Elle me fixa d'un regard vide.

— Pourquoi on ferait ça ?

— Vous êtes des vampires et vous vivez sur leur territoire. Pourquoi pas ?

Polly grogna.

— Sans vouloir offenser Sa Majesté, qui est un jeune homme charmant, la Maison Lewis ne s'intéresse pas vraiment à ce qui se passe entre la capitale et le Mur d'Hadrien. Il n'y a rien de très glamour de ce côté.

— Où est le lac Bolam ?

— À environ cinquante kilomètres au sud d'ici.

— Oh oh. Je reconnais ce regard, dit Kami.

Briar plissa le nez.

— Tu veux combattre des monstres, maintenant ? On ne devrait pas plutôt chercher la pierre ?

— On cherche la Pierre d'Invocation, lui rappelai-je. Peut-être que le lac n'attire pas les monstres. Peut-être qu'il les crée.

Briar écarquilla les yeux.

— La pierre serait quelque part au fond du lac ?

— C'est possible.

Ça expliquerait cette infestation de monstres. La pierre invoquait des créatures qui vivaient dans d'autres dimensions, et elles émergeaient du lac pour pénétrer dans ce monde. Certaines repartaient peut-être d'où elles venaient, tandis que d'autres restaient pour terroriser les communautés locales, parfois jusqu'à se faire tuer.

— On a besoin de Stevie, lança Briar. Je ne te sers à rien, dans un lac.

Kami la regarda.

— Tu sais nager, non ?

— Bien sûr, mais Stevie est notre sorcière d'eau.

— On n'a pas le temps d'attendre Stevie. C'est pas comme si Yardley pouvait la téléporter jusqu'à nous, dit Kami avant de pointer sa fourchette vers moi. Et puis, on a notre sorcière d'eau, nous aussi.

Briar lécha la sauce restée au coin de sa bouche.

— Tu es sûre de pouvoir gérer ?

— Je ne suis sûre de rien, mais on doit essayer. Si Maeron arrive là-bas en premier…

Je ne pus me résoudre à terminer cette phrase. Entre de mauvaises mains, la Pierre d'Invocation pourrait avoir des effets dévastateurs. Ce n'était pas parce que Callan ne pensait pas que son frère puisse être diabolique qu'il n'était pas dangereux.

Kami s'affaissa contre le dossier de sa chaise.

— Je suppose que ça veut dire qu'on ne va pas dormir cette nuit.

— Le repos, c'est surfait, répondis-je en poussant ma chaise.

Briar appuya sa joue contre la paume de sa main.

— Pour toi, peut-être. Certaines d'entre nous ne sont pas alimentées par l'énergie magique.

— Oh, ça me rappelle un truc. Morris a refait le plein d'essence pour vous, annonça Polly.

— Vous voyez ? C'est le destin.

Je me levai et étirai mes bras au-dessus de ma tête.

— Quand Callan reviendra, vous voulez bien lui dire où on est parties ? Mais n'en parlez à personne d'autre. Personne.

Polly fit mine de clore ses lèvres avec une fermeture.

Kami s'empressa de fourrer son restant de soupe dans sa bouche avant de se lever.

— Si c'était mon dernier repas, il était très bon.

Polly sourit.

— Je transmettrai vos compliments au cuisinier.

Briar se leva avec réticence.

— Je peux aller aux toilettes avant, au moins ?

— Moi d'abord, répliqua Kami.

Elle sortit en courant de la cuisine, Briar sur les talons.

— Bonne chance, me dit Polly. J'aimerais bien pouvoir retourner au lac sans crainte, un jour.

Et j'aurais bien aimé retourner à la capitale sans crainte. Si on arrivait à nos fins, nous aurions peut-être toutes les deux ce que nous voulions.

Le trajet jusqu'au lac Bolam se passa sans accroc. Je proposai de conduire pour laisser les autres faire la sieste sur la banquette arrière, mais cette idée ne les enthousiasmait pas vraiment.

— Je t'ai déjà vue conduire, dit Kami.

Je lui lançai un regard appuyé.

— Callan m'a laissée conduire.

— Parce que ça faisait partie de sa parade nuptiale. J'ai couché avec toi pendant des années. Je n'ai pas la même motivation.

— Tu as dormi à côté de moi, la corrigeai-je.

— Peu importe, lança Kami en se glissant derrière le volant. Je suis assez réveillée. Baisse ta vitre et concentre-toi sur la pierre.

Briar bâilla.

— Bien. Ça me fera plus de place pour m'étendre à l'arrière.

Nous quittâmes Alnwick et partîmes vers le sud.

Kami scrutait l'autre côté du pare-brise.

— Il fait tellement plus sombre qu'en ville, ici. Je ne sais pas comment les gens arrivent à vivre ici. Pourquoi ils ne demandent pas plus de lumière ?

— Tu as entendu Polly. C'est une zone oubliée.

— Négligée, plutôt. On s'attendrait à ce que Callan en touche deux mots au roi.

— Il ne s'en rend sûrement pas compte. Je ne pense pas qu'il passe beaucoup de temps ici. Et puis, c'est un vampire. Les ténèbres sont une seconde nature, pour lui.

— Et tous les autres sont trop terrifiés pour se plaindre. Logique.

Elle me lança un regard en coin.

— Tu pourrais peut-être mentionner ça à ta nouvelle famille ?

Je m'esclaffai.

— Le roi ne sait pas qui je suis.

Et même si c'était le cas, ma posture ne me permettait pas vraiment de négocier. J'aurais de la chance s'il me laissait en vie.

Un drôle de son guttural attira mon attention vers le siège arrière.

— Je ne savais pas que Briar ronflait.

— Comme la bête au fond d'elle.

— Elle n'est pas en elle, tu te souviens ? C'est juste la forme que prend sa magie.

Kami grogna.

— C'est bizarre, hein ? Il y a tellement de choses dans ce monde qu'on ne comprend pas.

— Je pense que ça a toujours été comme ça. Avant la Grande Éruption, je parie que les humains croyaient comprendre bien plus de trucs qu'en réalité.

— Eh bien, ils ont payé le prix de leur ignorance, c'est sûr.

— Et c'est pareil pour nous.

Kami tourna les yeux vers moi.

— Ouais, je suppose.

Mon corps se mit à bourdonner. Au début, c'était une sensation discrète et sporadique, mais ça s'intensifia quand nous dépassâmes la pancarte annonçant le lac Bolam. Je fus à la fois soulagée et terrifiée.

— Je crois que la pierre est bien là.

Kami resserra les doigts sur le volant.

— Tu n'as pas l'air très sûre de toi.

— Je ressens quelque chose de familier.

Je fermai les yeux et tentai de localiser la source de ces pulsations d'énergie.

— Pourquoi je ne perçois rien ? demanda Kami.

— Sûrement parce que tu n'as pas de magie d'invocation dans tes gènes. Je parie que tu aurais senti la Pierre de l'Esprit.

Briar passa la tête entre les sièges.

— On est arrivées ?

— Oui, répondis-je.

— Et la pierre est là aussi, ajouta Kami.

— Peut-être. Ne crions pas victoire trop vite.

Kami gara la voiture. Nous sortîmes et sanglâmes nos armes.

Il faisait trop sombre pour voir le lac, mais je sentis l'eau. Plus on approchait, plus j'étais certaine que la pierre était là. L'eau et la pierre étaient deux sensations bien distinctes. Le lac me faisait l'effet d'un léger bourdonnement en arrière-plan, tandis que le signal de la pierre était aigu et insistant.

Kami approcha du bord du lac.

— Où sont tous les monstres ? Je m'attendais à ce qu'on doive se battre pour se frayer un chemin jusqu'ici.

J'ajustai la position de mes dagues.

— Ne prends pas ce ton, comme si tu étais déçue.

— Vous ne trouverez plus aucun monstre ici, lança une voix.

Nous nous tournâmes et vîmes un homme à la barbe blanche, vêtu d'une veste en tweed et d'un pantalon beige, avec une canne à la main. Un border collie se trouvait à côté de lui, en train de haleter et de remuer la queue.

— Ça vous dérange si je caresse votre chien ?

Apocalypse imminente ou pas, je ne pouvais jamais résister à l'appel d'un chien amical.

— Il s'appelle Chutney.

Ce dernier lécha aussitôt ma main tendue.

— Qu'est-il arrivé aux monstres ? demandai-je tout en caressant le chien derrière les oreilles.

— Nous nous sommes rassemblés et avons demandé à l'autorité vampirique locale de faire installer des barrières de protections magiques. L'un de nos voisins a perdu des jumeaux à cause de l'une de ces créatures des profondeurs, et ça a causé une indignation générale.

Il scruta l'eau avec une expression proche de la rancœur.

— Nous avons levé la moitié des fonds nous-même et avons convaincu les autorités de payer l'autre moitié. Ce genre de mesures de protection ne sont pas données.

Dommage que ce ne soit pas arrivé avant que la famille de Polly déménage.

— Que fait cette barrière protectrice ? l'interrogeai-je.

— Il faudrait demander ça au mage qui l'a créée. Tout ce que je sais, c'est que les monstres viennent moins souvent qu'avant. Certains, les plus costauds, arrivent à traverser de temps en temps, mais la situation s'est vraiment améliorée.

Je tournai les yeux vers l'eau. La surface plate du lac ressemblait à un miroir sombre.

— Les gens viennent nager ici, maintenant que c'est protégé ?

— Oui, quand il y a un événement spécial et que des mesures de sécurité ont été mises en place. Des lampadaires sont installés et des sauveteurs surveillent la zone. Je ne recommande pas de nager ici tout seul.

— On va quand même piquer une tête dans le lac, l'informai-je. Chutney et vous ne devriez peut-être pas traîner dans le coin, au cas où nous attirerions des visiteurs indésirables.

L'homme tira sur sa barbe.

— Pourquoi ai-je le sentiment que vous n'êtes pas ici pour un pique-nique, mesdames ?

— Nous sommes des chevaliers de Britannia City, répondit Kami.

— Vraiment ? Qu'est-ce que vous faites aussi loin au nord ? On n'a pas souvent des visiteurs de la capitale.

— Nous cherchons un artefact magique et avons des raisons de croire qu'il est dans le lac, répondis-je. Si nous le trouvons, ça résoudra peut-être votre problème de monstre.

Il haussa un sourcil.

— C'est une bonne nouvelle. Chutney et moi allons nous écarter de votre passage pour vous laisser travailler.

Il s'éloigna en s'appuyant sur sa canne, Chutney sur les talons.

Briar les regarda partir.

— Trio me manque.

Trio et la ménagerie me manquaient, à moi aussi, mais ce n'était pas le moment de s'apitoyer sur son sort. Je retirai mes bottes.

— On va se diviser pour mieux régner. Kami, tu pars à gauche. Briar, va à droite.

Je me chargerais d'explorer les eaux troubles du milieu.

Je nageai jusqu'au centre du lac, avant de plonger vers le fond. L'eau était relativement transparente, sûrement parce que ce lac était artificiel. D'après Polly, il avait été créé en 1972 pour servir d'espace de loisir.

Ce plan d'eau n'était pas très large. Il devait faire environ un kilomètre et demi de circonférence. Mais ça faisait quand même beaucoup de terrain à couvrir, à trois. Je me concentrai pour ressentir cet appel, cette impression d'être attirée par la pierre. Je tentai de la laisser me guider vers elle.

Après avoir nagé pendant ce qui me paraissait des heures, je vis Kami apparaître devant moi et faire un geste vers le haut. Je battis des jambes et nous remontâmes à la surface en même temps.

— Tu l'as trouvée ? demandai-je.

— J'ai trouvé un fossile. C'est cool, hein ?

— Un fossile ?

— Ça ressemble à un coquillage.

— Décris-le-moi.

— Qu'est-ce qu'il y a à décrire ? demanda-t-elle, sa tête oscillant dans l'eau. C'est une spirale. Ça ressemble à un tourbillon, comme une empreinte de doigt.

Elle agita les doigts.

— Une ammonite ?

— Qu'est-ce que j'en sais ? C'est toi, la plus cultivée.

Je fouillai dans mes souvenirs de l'Atheneum.

J'avais forcément vu les inscriptions sur cette pierre, même si je n'en avais pas pleinement conscience à l'époque. Je m'efforçai de me souvenir, sans succès.

Un autre détail refit surface, qui rendit mes efforts pour me souvenir des inscriptions complètement inutiles.

— Je crois que tu l'as trouvée, dis-je.

Le visage de Kami s'illumina.

— C'est vrai ?

L'espoir cognait dans ma poitrine.

— Je crois. Ce lac est artificiel.

Une lueur de compréhension s'alluma dans ses yeux.

— Il ne devrait pas y avoir d'ammonites.

— Montre-moi.

Elle plongea sous la surface et je la suivis. Briar avait dû comprendre ce sur quoi notre discussion portait, parce qu'elle apparut à côté de moi, en nageant. Nous nous approchions de plus en plus du fond.

Les pulsations d'énergie s'intensifièrent.

Nous atteignîmes le fond et Kami indiqua une ammonite du doigt.

Celle-là, murmura une voix dans ma tête.

Viens dans les bras de maman.

Kami fit de son mieux pour la déloger, mais la pierre était encastrée dans la terre. Briar la fit s'écarter et tenta à son tour. La pierre remua un peu.

Le sol trembla.

J'hésitai à laisser Briar tenter de l'arracher sous sa forme de bête, mais ses pattes seraient trop grosses pour tenir les bords de la pierre.

Chaque minute qu'on perdait était une minute de plus permettant à l'équipe de Maeron de nous rattraper.

Je leur fis signe de s'écarter. Je ne perdis pas de temps à tenter de la déloger par la force brute. J'étais avantagée dans beaucoup de domaines, mais celui-là n'en faisait pas partie. Je me concentrai sur le sol autour de la pierre et me servis de ma magie pour pousser la terre.

Kami et Briar remontèrent à la surface pour reprendre leur respiration pendant que je continuais de remuer la pierre. Ma magie élémentaire prenait de l'ampleur. L'eau autour de moi, la terre qui remuait, l'air dans mes poumons. Il ne me manquerait plus que du métal et du feu pour qu'on soit au complet.

La pierre bougea encore. Un mouvement léger, mais significatif. Je continuai de manipuler le sol tout autour d'elle.

Je ressentis un afflux de pouvoir quand la terre expulsa la pierre. Elle plana au-dessus du fond du lac. Je la récupérai et me propulsai vers la surface. J'étais tous sourires, jusqu'à ce que je voie l'expression sur le visage de mes amies. Je suivis leur regard troublé vers le bord de l'eau, où un groupe de monstres nous attendait. L'extraction de la pierre avait brisé la barrière de protection, ou l'avait affaiblie, en tout cas.

Je lançai un regard noir à la pierre.

— Tu aurais au moins pu avoir la décence de nous donner une longueur d'avance, d'au moins trente secondes.

— Quel est le plan ? demanda Kami. On ne peut pas rester là à patauger éternellement.

Briar lui lança un regard perplexe.

— Qu'est-ce qui te fait croire qu'ils ne savent pas nager ?

Kami pinça les lèvres.

— Mon optimisme à toute épreuve ?

— Voyez le bon côté des choses, intervins-je. Il n'y a pas de kelpies.

C'était des rats aquatiques, en gros. Ils étaient tout aussi répandus, mais cette vermine était plus grosse et mortelle.

Les créatures nous bloquaient l'accès à la voiture. Nous allions devoir les contourner ou passer au travers. Nous nous éloignâmes des monstres à la nage, dans l'espoir d'atteindre une autre rive.

Les monstres parurent nous perdre de vue quand nous sortîmes du lac.

— Je vais passer en premier et dégager le passage, proposa Briar. Vous deux, allez à la voiture avec la pierre.

— Et mes chaussures, alors ? protesta Kami. Mes bottes préférées sont restées là-bas.

Je secouai la tête.

— Tu trouveras d'autres bottes.

— Pas comme celles-là, grommela-t-elle.

Briar passa devant. De la fourrure poussa sur son corps et sa forme de monstre jaillit, surplombant toutes les créatures.

Kami prépara son arbalète.

J'étais si concentrée sur les monstres devant nous que je faillis ne pas remarquer les démons juste à côté, en train de sortir du sol comme des taupes. En fait, la ressemblance ne s'arrêtait pas là, ils en avaient aussi l'apparence, avec leur fourrure brune et rêche et leurs yeux globuleux. En fait, pour être plus précis, ils avaient chacun une douzaine d'yeux globuleux. Beurk.

Je sortis Bébé de son fourreau et plaçai la pierre dedans à la place. Je posai la hache sur mon épaule et me tournai face aux démons.

— Mauvaise nouvelle, les amis. Je suis la meilleure joueuse d'Écrase-Taupes de tout Britannia City.

En tout cas, je serais la championne si une telle compétition existait.

Je me jetai sur eux, agitant ma hache avec une précision qui m'aurait impressionnée, si j'avais eu le temps de l'admirer. À chaque coup que j'assénai, de la bouillie de démon éclaboussait mon armure. J'espérais qu'elle ne contenait pas de substance chimique mortelle.

— C'est pas juste, lança Kami par-dessus son épaule. Ça a l'air plus drôle, ton jeu.

Je regardai vers elle et vis qu'elle était en train de combattre un monstre qui ressemblait à un yéti blanc et ailé. D'où il venait, celui-là ?

Après avoir éliminé le dernier démon, je scrutai la zone à la recherche d'autres monstres. Ma peau me démangeait énormément. Il y en avait forcément plus. Briar était dressée devant une pile de cadavres et du sang dégoulinait de ses babines. Même à cette distance, ses crocs aiguisés scintillaient. Le yéti ailé de Kami était face contre terre et ne bougeait plus.

Quelque chose clochait.

— Montez dans la voiture, hurlai-je.

Kami courut récupérer ses bottes et me jeta les miennes. Je parvins à enfiler la deuxième botte juste au moment où un cri transperçait l'air. Un aigle à visage humain sortit des ténèbres et fonça vers moi. Je lançai ma hache. Le monstre tenta de dévier sa trajectoire à la dernière seconde. La lame lui trancha une aile et la créature dégringola au sol.

Je courus récupérer Bébé au moment où un autre monstre faisait son apparition. Par les feux de l'enfer. La créature faisait dix mètres de haut et nue des épaules jusqu'aux hanches. Six bras, quatre jambes, une peau verte et des serpents à la place des cheveux. Malgré ses seins fermes, elle ne remporterait aucun concours de beauté dans ce plan.

— Vous auriez pu opter pour un troisième téton, dis-je. Je connais des gens qui kifferaient ça.

Une fléchette jaillit de son sein gauche et manqua mon épaule de peu. Qu'est-ce que c'était que ça ?

La fléchette se planta dans la créature qui rôdait derrière moi. Le petit démon qui ressemblait à un alligator s'écroula et mourut aussitôt.

Merde. Des seins qui lançaient des fléchettes empoisonnées ?

Je pivotai vers ma nouvelle adversaire et recourus à la magie. Elle avait trop de membres différents. Ma hache ne suffirait pas.

Mon corps bourdonnait d'énergie magique. La pierre semblait avoir débloqué une grande partie de mon potentiel, et mon organisme risquait de surchauffer. Je remarquai la nuance argentée qui parsemait ma peau. Au moins, j'avais un moyen de l'évacuer.

De la poussière se souleva autour de nous. Je toussai, fermai les yeux et me détournai. Quand je tournai à nouveau la tête, la femme serpent avait disparu.

Je parcourus les environs des yeux, mais il n'y avait plus aucun signe d'elle.

Kami arriva en courant, presque essoufflée.

— Où elle est partie ?

— Je ne sais pas. Je crois que je l'ai envoyée quelque part par accident.

En temps normal, je ne pouvais pas ouvrir de portail sans rituel, mais, en présence de la Pierre d'Invocation, tout était permis. Je croisais les doigts pour ne pas l'avoir envoyée dans la maison de vacances. Contrairement à moi, la dame serpent avait une main pour chaque pierre cachée là-bas.

Une créature à un œil émergea du lac. Le cyclope ne me parut pas si grand, jusqu'à ce que je me rende compte qu'il ne nageait pas, mais marchait dans l'eau. Il avait pied au fond du lac.

— Je m'occupe du pirate, s'exclama Kami.

— Le pirate ? répétai-je quand elle passa devant moi en courant.

Elle se posta au bord de l'eau et leva son arbalète.

— Il porte un cache-œil, non ?

— Non. Contente-toi de viser l'œil que tu peux voir.

Je me retournai pour voir comment allait Briar. Elle était toujours sous sa forme de bête, occupée à arracher les membres d'une autre créature aux multiples bras.

Je resserrai les doigts autour du manche de la hache.

— Quoi qu'on fasse, on doit les empêcher de prendre la pierre.

Kami visa avec son arbalète et tira un autre carreau.

— Comment ? On n'est que trois et de nouveaux monstres arrivent sans arrêt.

Elle avait raison. C'était une erreur de nous séparer en trois groupes pour chercher la pierre. On croyait économiser du temps en couvrant plus de terrain, mais nous avions divisé nos forces, et ça leur permettrait de prendre le dessus sur nous.

Un fracas retentissant me fit porter les mains à mes oreilles. Je levai la tête et vis un chaudron en fer filer à toute allure dans le ciel comme un OVNI ensorcelé. Une femme aux cheveux blancs s'était agrippée au rebord du chaudron. Elle portait un manteau dont les pans étaient terminés par des crânes. Ma poitrine se contracta.

C'était Bertha, la sorcière du tonnerre.

Quand j'avais huit ans, ma mère m'avait raconté l'histoire d'une vieille femme surnaturelle appelée Bertha, qui dévorait ses victimes. Cette description était trop perturbante pour moi, et je lui avais demandé de ne plus jamais me la raconter. Ma mère avait souri et m'avait répondu de ne pas m'en faire, parce que, contrairement aux monstres qui étaient apparus durant la Grande Éruption, Bertha était un mythe.

Merci d'avoir fait voler en éclats cette certitude, Pierre d'Invocation.

Bertha sauta du bord du chaudron et atterrit à environ deux mètres cinquante de moi, avec une grâce surprenante. Les crânes sur son manteau s'entrechoquèrent les uns contre les autres.

Je fis un geste vers le manteau.

— Ça donne une toute nouvelle signification à l'expression « être en tête-à-tête », c'est tout de suite moins romantique.

Bertha ne sourit pas.

— Je ne sais pas où je suis, ni pourquoi tu m'as invoquée, mais je te préviens tout de suite que je n'en suis pas ravie. J'étais en train de déguster un délicieux repas. Ce n'est plus pareil, quand on doit le réchauffer.

— Je ne vous ai pas invoquée. Ni moi ni personne.

Elle me scruta d'un air soupçonneux.

— Qui es-tu ?

— Quelqu'un qui n'a pas envie de vous combattre. Retournez d'où vous venez et je n'aurais pas à vous faire de mal.

La sorcière caqueta.

— J'adore les femmes qui ont de l'assurance.

Elle tendit les mains et les crânes jaillirent du manteau. Ils retombèrent au sol, puis s'allongèrent jusqu'à devenir des squelettes complets. À la place des yeux, ils avaient des flammes dans les orbites, qui brûlaient d'un feu blanc incandescent.

OK, ça ne correspondait pas à l'histoire que m'avait racontée ma mère.

Je me connectai à ma magie. Si je pouvais utiliser ma capacité de transcendance pour créer d'autres versions de moi-même, nous aurions une chance.

Les squelettes bondirent tous en même temps.

Je donnai des coups de poing et d'épée sans réussir à les amocher le moins du monde. Du coin de l'œil, je vis une douzaine d'autres démons taupes sortir du sol.

Je n'avais pas le temps d'invoquer de la magie plus complexe. J'appelai ma magie la plus accessible et la laissai se déchaîner. Il y eut des bourrasques. La terre trembla. Je n'avais pas l'opportunité de m'arrêter assez longtemps pour formuler un plan cohérent. J'étais obligée de rester sur la défensive.

Un autre yéti ailé passa près de moi et tacla Kami au sol. Je ne voyais plus Briar.

J'envisageai de laisser ma magie exploser comme lorsque j'avais fait face aux loups-garous sur le toit avec Roméo, mais je ne pouvais pas contrôler ce pouvoir. Je risquais d'emporter mes amies en même temps que les monstres.

Les squelettes étaient trop nombreux. J'étais coincée dans une prison faite d'os. Ils m'arrachèrent mon fourreau et la pierre en tomba. Chaque os que ma hache tranchait était reconstruit presque aussitôt, les squelettes se réassemblaient très vite. Je ne voyais plus Bertha, je ne l'entendais plus caqueter et je m'inquiétais pour mes amies.

Un objet dur me heurta l'arrière du crâne et du sang emplit ma bouche. Je reçus un autre coup sur l'arête du nez. Les squelettes utilisaient leurs membres comme des armes. À chaque fois que je puisais dans ma magie, une autre décharge de douleur m'interrompait.

Je tombai au sol et ils grimpèrent sur moi comme des charognards prêts à arracher la viande sur mes membres. Je donnai des coups de pied et griffai le sol. La douleur irradiait d'un nombre incalculable d'endroits. Je vis la pierre, tout juste hors de portée. Je me tordis et tendis le pied pour tenter de m'en emparer. À la place, je l'éloignai encore plus. La pierre roula.

Les squelettes disparurent.

Je regardai autour de moi. Aucun signe du moindre monstre. Ni de Bertha. Kami était au sol quelques mètres plus loin, face contre terre. De légers grognements me parvinrent aux oreilles. Elle était en vie.

Même si j'avais envie de pousser un soupir de soulagement, je ne pouvais pas, et pas seulement parce que j'avais trop mal aux côtes. Tous les poils de mon corps s'étaient hérissés. Les monstres avaient disparu, mais, malgré ça, nous n'étions pas sorties d'affaire.

Je roulai sur le côté et grimaçai de douleur. Une rangée de silhouettes avançait vers nous.

Plutôt deux, même.

Kami releva son menton du sol.

— La cavalerie ?

Je compris avant même de voir leur bannière, qui m'était familière.

— Non, croassai-je.

Ces vampires et ces mages appartenaient à la Maison Duncan.

Le roi Glendon avait découvert l'emplacement de la pierre, que ce soit grâce à Maeron ou à une autre méthode. Ça n'avait pas d'importance. Son équipe était ici, sur le territoire de la Maison Lewis.

Je rampai vers la pierre sur le ventre. Même mon armure magique coûteuse n'avait pas suffi à me protéger des nombreux coups que j'avais pris. Je pris conscience d'une sensation humide au niveau de ma hanche et me rendis compte que la couleur bleue du tissu sombre avait été remplacée par une tache de sang. Je m'occuperais mes blessures et m'en inquiéterais plus tard. Pour l'instant, je devais récupérer cette pierre.

J'entendis de lourdes bottes s'approcher de moi. Je n'étais plus qu'à quelques centimètres de la pierre. Je tendis la main et une botte s'écrasa sur mon bras. Il y eut un crissement d'os et je poussai un cri. Une main ramassa la pierre.

— Sa Majesté vous remercie pour vos services, dit une voix.

Cette fois-ci, aucune répartie cinglante n'allait sortir. J'étais paralysée par la douleur. Je restai au sol, une migraine me martelant la tête et les os brisés. J'entendis un cri de souffrance résonner et compris qu'il venait de moi.

Kami se traîna vers moi, rampant à quatre pattes. Son visage était couvert de sang. Je n'aurais su dire si c'était le sien ou celui de quelqu'un d'autre.

— Briar ? croassai-je.

— Elle respire encore.

Ce n'était pas une réponse très encourageante.

— Ils ont pris la pierre, murmura Kami.

— Je sais.

Cette simple remarque me priva de ce qu'il me restait d'énergie. Je fermai les yeux et succombai à la douleur.

Chapitre 13

Je traversai un pré et sentis un mélange d'herbe et de fleurs. Tout autour de moi, le ciel était baigné des couleurs délicates du lever de soleil. Même si mon cerveau avait conscience que c'était impossible, mon corps continuait d'avancer, comme si c'était la chose la plus naturelle au monde.

Une silhouette se tenait au bord du pré, le dos tourné. Ses cheveux retombaient dans son dos et des éclats de lumière brillante la traversaient, lui donnant l'air pixelisée.

Maman ?

Des pétales légers effleuraient mes chevilles tandis que je m'approchais de la silhouette. Plus j'approchais, plus mon sourire s'élargissait.

Enfin, elle se retourna et mon sourire s'évanouit. Même si je reconnaissais cette femme, ce n'était pas ma mère. Je ne l'avais jamais rencontrée, j'avais juste vu son image gravée dans le marbre ou peinte sur des toiles.

Et plus récemment, je l'avais vue dans une vision.

La reine Britannia.

Elle me regarda de haut en bas, en faisant preuve du genre de condescendance qu'on attendait de la part de la reine vampire. Elle n'eut pas l'air de me trouver à son goût, parce qu'elle esquissa un rictus.

Je te retourne le compliment, espèce de narcissique cinglée.

— Tu t'attendais à quelqu'un d'autre, dit-elle.

C'était plus une déclaration qu'une question. Selon moi, la reine était du genre à ne faire que des déclarations. Les questions étaient indignes d'elle.

— Je vous ai prise pour ma mère.

— Ah. Alors tu n'es pas ici pour me tuer, au moins. Elle est dans une autre dimension ?

— Elle est morte.

L'expression dure de la reine ne s'adoucit pas.

— Je vois.

— C'est quoi, cet endroit ?

Et pourquoi est-ce que je rêvais de Britannia ? Pourquoi pas de ma mère ?

Elle écarta les bras.

— Bienvenue dans mon petit enfer personnel, ma chère.

— Je ne comprends pas.

— Je vois ça.

Elle pencha la tête et m'examina.

— Tu es une sorcière.

Même dans un rêve, j'avais peur de révéler ma vraie nature à un vampire.

— Oui.

Elle soupira.

— Je suppose que ça devra suffire.

— Suffire pour quoi ?

Elle m'ignora.

— Ça m'aiderait si j'en savais un peu plus sur toi. Nous allons devoir utiliser tes points forts.

Elle me parcourut des yeux.

— À supposer que tu en aies.

— J'en ai bien assez.

Une étincelle d'intérêt s'alluma dans ses yeux.

— Dis-moi juste une chose : est-ce que ce salopard de Glendon est mort ?

— Non, mais j'aimerais bien.

— Dans ce cas, on est sur la même longueur d'onde. Un très bon début. La première chose que je compte faire à mon retour, c'est lui arracher les...

Elle s'interrompit et me regarda.

— Comment t'es-tu retrouvée ici ?

— Je ne suis pas là.

C'était un rêve, pas la réalité. Je me pinçai le bras.

— Réveille-toi, London.

— Tu es bien réveillée et je suis bien vivante. Je te serais reconnaissante de me sortir d'ici. J'ai des terres à conquérir et des comptes à régler.

La terre trembla sous mes pieds.

Au loin, quelqu'un m'appela.

La reine regarda le sol d'un air contrarié.

— C'est pas juste.

Une faille s'ouvrit sous mes pieds et m'engloutit. J'entendis quelqu'un prendre brusquement une inspiration et pressai une main sur ma poitrine.

C'était moi.

J'ouvris les yeux et me réajustai aux ténèbres. Plus de pré. Ni de lever de soleil. Ni de reine. J'étais dans une chambre. Je regardai les draps blancs et soyeux.

Le château d'Alnwick.

Je me redressai en position assise au moment où la porte s'ouvrait en grinçant. Kami passa sa tête dans l'entrebâillement. Son visage s'illumina quand elle me vit.

— Tu es réveillée.

Elle se pencha en arrière et hurla :

— Elle est réveillée !

Kami fit irruption dans la chambre, rapidement suivie par Briar et les autres Chevaliers de Boadicée. Elles se rassemblèrent autour de mon lit, m'obligeant à remonter les draps.

— J'ai l'impression d'être un insecte sous un microscope.

— Tu t'es fait écraser comme un insecte, en même temps, répondit Kami. Heureusement que Callan a trouvé la guérisseuse locale.

— Callan ? murmurai-je.

— Il nous a retrouvées, expliqua Briar. Polly lui a dit où on était et il est venu à notre secours.

— J'ai l'impression qu'il est arrivé un peu tard, remarqua Neera.

Briar me tapota la jambe sous le drap.

— Je suis si soulagée que tu sois réveillée. Je m'inquiétais.

— Je suis restée inconsciente combien de temps ?

Kami pinça les lèvres, comme si elle hésitait à répondre.

— Deux jours.

Deux jours. Pas étonnant que le reste de l'équipe soit arrivé. Elles avaient eu amplement le temps de faire le trajet.

— J'ai fait un rêve très étrange.

— Si ça implique un épouvantail et un homme de fer blanc, c'est déjà un livre et un film[1], répondit Kami.

Je secouai la tête.

---

1 *En référence au Magicien d'Oz.*

— J'étais dans un pré ensoleillé.

— Ça ressemble au paradis, remarqua Neera.

— Je croyais que je rêvais de ma mère. Une femme était là avec moi.

— C'était un ange ? s'enquit Briar.

Je ris.

— Loin de là. C'était un vampire.

— Eh bien, ça craint. Ou ça mord, plutôt, dit Kami en se grattant la joue. Qu'est-ce qui s'est passé dans le rêve ?

Je tentai de me souvenir des détails.

— C'était la reine Britannia. Elle avait l'air contrariée.

Kami ricana.

— Ça lui ressemble assez.

Stevie me serra doucement la main.

— Ça ne me surprend pas. La dernière chose que tu as vue, c'était un groupe de vampires.

Cette prise de conscience me frappa de plein fouet et je me redressai d'un bond.

— Glendon a la Pierre d'Invocation.

Kami plissa les lèvres.

— Elles sont au courant, London.

— C'est si grave que ça ? s'enquit Ione. Si tu en as trois et que Maeron en a une aussi, on est toujours en tête.

— La question n'est pas de savoir qui est en tête, expliquai-je. Ces pierres sont des armes puissantes.

Je scrutai les visages inquisiteurs dans la pièce. Il fallait qu'elles comprennent l'importance de récupérer les pierres.

— Maeron a aussi pris la Pierre d'Immortalité. On a besoin des deux.

— Mais la Maison Lewis l'a en sa possession depuis des siècles, fit remarquer Neera. C'est si grave s'ils la gardent ?

— Qu'est-ce que tu feras quand tu auras les deux autres pierres ? m'interrogea Stevie.

Ione croisa les bras.

— Si elles sont si dangereuses, on devrait les détruire.

Briar fronça les sourcils.

— C'est possible, au moins ?

— Je ne sais pas.

J'étais si concentrée sur le fait de les trouver que je n'avais pas réfléchi à ce que j'en ferais.

— Je pense que oui, puisque toutes les autres ont été détruites.

— Par des dieux, rappela Neera. Pas par un joyeux groupe de gentils chevaliers.

Ione posa un genou au bord du lit.

— Mais détruire les pierres ne fera pas disparaître les capacités qui leur sont liées, n'est-ce pas ? Les vampires ne vont pas cesser d'être immortels parce que tu as détruit la Pierre d'Immortalité.

J'acceptai le verre d'eau que Stevie me tendit et en bus une gorgée.

— Non, mais ça empêchera les deux camps de les utiliser pour contrôler les autres espèces. Réfléchissez-y. Maintenant que Glendon a la Pierre d'Invocation en sa possession, il peut semer le chaos parmi les sorcières et les mages grâce à son pouvoir. Et en plus, il peut utiliser des invocateurs pour offrir des allers simples vers d'autres dimensions à ses ennemis.

— Les mages invocateurs ne peuvent pas déjà faire ça ? s'enquit Neera.

— Si, bien sûr…

Je me tus. Kami me lança un regard interrogateur.

— Quoi ?

Polly entra dans la pièce avec des serviettes propres et un savon neuf.

— Assez d'excitation pour l'instant. Laissez un peu le temps de respirer à cette pauvre femme.

Les chevaliers s'écartèrent lentement du lit.

— La soupe est prête, pour toutes celles que ça intéresserait, ajouta-t-elle en me faisant un clin d'œil.

Mes visiteurs se virent soudain pousser des ailes. Ils foncèrent hors de la pièce avant que j'aie eu le temps d'ajouter autre chose.

Polly attendit que le dernier chevalier soit sorti avant de reprendre la parole.

— J'espère que ça ne vous dérange pas, mais il se trouve que j'ai entendu votre conversation avec vos amies.

Je me figeai.

— Au sujet des pierres ?

— Avant. Le rêve avec le pré.

Je me détendis un peu.

— Le subconscient est un endroit étrange.

Elle hocha la tête.

— C'est un monde à part entière, je suis d'accord, mais je ne pense pas que vous rêviez.

Je souris.

— Bien sûr que si. J'ai vu un lever de soleil et un pré.

Et une reine morte.

Polly posa les serviettes sur la commode et se tourna vers moi.

— Je vous ai parlé de mes expériences avec les monstres du lac.

— Oui, et merci pour ça.

Sans Polly, on n'aurait peut-être jamais trouvé la pierre avant Glendon… même si ça n'avait plus d'importance, maintenant.

— J'ai aussi entendu d'autres histoires, dont certaines incluent des réalités alternatives et des portails.

Elle tourna vivement les yeux vers la porte de la chambre.

— Je peux vous parler librement ?

— Bien sûr, répondis-je en me redressant.

— Je crois que vous étiez là-bas avec elle.

— Où ?

— Dans l'un de ces plans alternatifs, avec…

Elle baissa la voix.

— La reine Britannia.

— La reine est morte, Polly. Elle a été assassinée il y a vingt ans.

— Et si ce n'était pas vrai ?

— Sa mort a été confirmée par les deux Maisons.

Je songeai au prétendu complot visant à assassiner la reine. Et si au lieu de la tuer, Glendon avait demandé à ses invocateurs de l'envoyer dans une autre dimension ? Mais pourquoi Glendon ne l'aurait-il pas tuée ? Ils étaient en guerre. Elle était l'obstacle principal sur sa route.

Je commençais à avoir la migraine. Je bus encore un peu d'eau.

Polly se tortillait sur place.

— Et si quelqu'un lui avait sauvé la vie en l'envoyant à travers un portail, dans un endroit que Glendon ne pourrait pas atteindre ?

— Pourquoi ne pas l'en avoir fait sortir quand la voix était libre, dans ce cas ? Comme vous l'avez dit, c'est arrivé il y a vingt ans.

Elle haussa les épaules.

— Peut-être qu'il ne peut pas. Peut-être qu'il n'en a pas la capacité. Ou bien il est mort pendant la bataille.

Je repensai au rêve. La reine m'avait demandé mon aide.

Je te serais reconnaissante si tu me sortais d'ici.

Mais comment aurais-je pu me téléporter sans m'en rendre compte ?

— Elle a appelé ça son petit enfer personnel, dis-je.

L'œil de Polly tressaillit.

— Par le diable, je crois qu'elle est vraiment en vie.

Même si je pouvais la faire sortir, je ne saurais pas comment retourner là-bas. Et en avais-je envie ? D'après ce que j'avais entendu dire, c'était un vampire cruel et avide de pouvoir. Nous essayions de détrôner les vampires, pas de ramener leur leader le plus agressif.

Je fronçai les sourcils.

— C'était forcément un rêve. J'étais inconsciente, au lac, et la pierre avait déjà été emportée.

Mais ses effets avaient peut-être été tardifs. C'était une relique ancestrale et puissante, et j'avais tissé une forte connexion avec elle. Il n'y aurait rien eu d'étonnant à ce qu'elle se soit emballée un peu.

Polly me tapota le bras.

— Oubliez tout ça. De la soupe bien chaude vous attend. Après ce que vous avez traversé, je pense que c'est la priorité. Vous avez besoin de récupérer des forces.

— Vous êtes très gentille.

Elle me lança un regard appuyé.

— N'ayez pas l'air si surprise. Les vampires et la gentillesse ne sont pas des oxymores. Sa Majesté aurait déjà dû vous l'apprendre.

Elle sortit de la pièce sans un regard en arrière. À ce moment précis, mon estomac gargouilla. J'écartai le drap et descendis du lit. Si je voulais reprendre cette pierre à Glendon, j'aurais besoin de toutes mes forces.

J'engloutis la soupe et rejoignis ma chambre, où Callan était perché au bord du lit. Il se leva quand j'entrai.

— Je suis content de voir que tu peux marcher.

— J'ai cru comprendre que je te devais des remerciements.

Il m'observa de haut en bas.

— Comment ça va ?

— Bien, répondis-je, m'approchant du lit en boitillant. Je suis presque totalement guérie.

— Si tu étais un peu moins magique, tu serais morte.

— Si j'étais moins magique, je serais morte depuis des années.

Il inspecta mon visage.

— Ça fera mal si je t'embrasse ?

— Essaie et tu le découvriras.

Ça ne fit pas mal. Pas du tout.

Il rompit le baiser et recula.

— Alors ?

Je fronçai les sourcils.

— Je ne suis pas sûre. Il vaudrait mieux réessayer.

Il sourit et m'embrassa à nouveau.

Il caressa mes joues de ses pouces et je recourbai les doigts autour des siens.

— Tu sais que ton père a la pierre, hein ?

Il hocha la tête d'un air grave.

— C'était forcément à cause de Maeron, cet idiot.

— On doit la récupérer.

— Je me doutais que tu dirais ça. J'ai pensé à un plan.

Il tapota le bord du lit et je m'assis à côté de lui pour l'écouter.

J'avais beau essayer de me concentrer sur les pierres, l'image de Britannia dans le pré me hantait. Je n'arrêtais pas de penser à cette possibilité, au fait que la reine vampire puisse être en réalité piégée dans une autre dimension depuis vingt ans.

Callan se racla la gorge.

— Tu ne m'écoutes pas.

Je me redressai vivement.

— Bien sûr que si.

— Alors qu'est-ce que je viens de dire ?

— Que ton père était un connard de première et qu'on devait récupérer cette pierre. Plus ou moins.

Ses lèvres s'étirèrent en un sourire.

— Plus ou moins.

Je ne pouvais pas lui cacher des trucs. Plus maintenant.

— Je dois te parler d'un truc.

— Oh oh. Ça a l'air inquiétant. Je croyais qu'on avait joué cartes sur table.

— Cette fois, c'est une nouvelle carte.

Je pris une grande inspiration et lui racontai le rêve.

— Dis quelque chose, l'encourageai-je après un silence prolongé.

Il passa une main dans ses cheveux épais.

— Britannia est peut-être encore en vie.

— C'est ce que je viens de dire. À toi de répondre autre chose.

— C'est impossible.

— C'est ce que je croyais aussi. Maintenant, je n'en suis plus si sûre.

Il arborait une expression lugubre.

— Et si c'est le cas ? Qu'est-ce qu'on fait ? On relâche la bête ? On ne peut pas combattre sur deux fronts. On doit reprendre cette pierre à mon père.

— Tu oublies Maeron. On se bat déjà sur deux fronts.

Il secoua la tête.

— Mon frère finira par céder. Quelle que soit l'impression qu'il donne, il aime sa famille.

— C'est ce que tu n'arrêtes pas de me dire.

Il m'adressa un sourire désabusé.

— Quoi qu'on décide de faire, on doit le faire tout de suite.

J'étais d'accord.

— On n'a pas le temps de récupérer des passeports. Tu crois pouvoir convaincre la Maison Lewis de laisser notre groupe traverser la frontière jusqu'en Écosse ?

— On parle d'un groupe de quelle taille ? Si on est trop visible, ça reviendra à déclarer la guerre à la Maison Duncan.

Je rivai mon regard au sien.

— Je pense qu'on l'est déjà.

Il crispa la mâchoire.

— Ça fait déjà deux jours, rappelai-je. Il a peut-être déjà caché la pierre, qu'est-ce qu'on en sait ?

— Alors qu'est-ce que tu proposes ? Qu'on s'introduise dans le château pour la lui arracher des mains, froides et rabougries ?

— S'il le faut.

— Avec quelle armée ? Casek n'enfreindra jamais le traité. Je ne suis pas sûr qu'il comprenne vraiment l'importance des pierres.

— Je pense que tu le sous-estimes.

Callan haussa les sourcils.

— Tu veux que je lui raconte tout ?

— Je pense qu'il le faut.

— Personne ne veut une guerre, London.

— Et si on gère ça bien, il n'y en aura pas.

Il se gratta la nuque.

— Mon père sera prêt à nous affronter. Il saura qu'on arrive à la seconde où on traversera la frontière. Ça lui laissera largement le temps de se préparer à notre arrivée.

— Dans ce cas, on ne devrait peut-être pas tous traverser la frontière. Pas d'une manière qu'il peut voir.

— Tout le monde ne peut pas se rendre invisible, London, soupira-t-il. Quoi qu'il arrive, mon père s'attend à ce qu'on vienne récupérer la pierre. Il sera prêt et aura mis en place un tas de mesures défensives.

— Alors on va devoir s'assurer de préparer une offensive plus forte.

Je sautai sur mes pieds.

— Je dois passer quelques coups de fil. Le réseau est comment, ici ?

— Irrégulier.

— Je peux m'en accommoder.

Je tentai de passer devant lui, mais il me prit le bras.

— Je connais cette expression. Quel est ton plan ? Plus de secrets, tu te souviens ?

Mon cœur cognait dans ma poitrine quand je le regardai.

— Je vais te le dire, mais tu ne vas pas aimer ça.

Chapitre 14

Je ne savais pas vraiment comment retourner voir Britannia. Surtout que je n'avais aucune preuve. Je ne savais pas si j'avais réellement été avec elle. À la limite, ça aurait pu être des visions. Je voulais y croire et je me raccrochais à cette idée.

Mais si quelqu'un était capable de vaincre Glendon, c'était l'ancienne reine. Ça revenait un peu à relâcher un vélociraptor pour qu'il attaque un T-Rex. Ils finiraient peut-être par s'entretuer.

Je m'enfermai dans la chambre avec le matériel nécessaire et postai Kami devant la porte pour empêcher quiconque d'entrer. Je dessinai mon cercle de craie, allumai mes bougies et me mis au boulot. Au pire, je finirais dans la maison de vacances avec les trois autres pierres. Au mieux, je trouverais Britannia.

Qui ne risquait rien n'avait rien.

Je m'installai au centre du cercle et me concentrai sur la dimension où se trouvait le pré. Si entrer en contact avec la Pierre d'Invocation avait débloqué encore plus mon potentiel, j'arriverais peut-être à me rendre là-bas. Je tentai de me souvenir des moindres détails, n'importe quoi qui me permettrait d'établir une connexion avec cette dimension alternative et de la revendiquer comme m'appartenant.

Ma respiration se fit plus lourde. Mes paupières se fermèrent et j'eus l'impression que mon corps dégringolait dans le vide.

Quand je rouvris les paupières, la lueur du soleil me brûla les rétines et m'obligea à fermer les yeux. Je m'abritai avec une main au-dessus de mon front et plissai les paupières jusqu'à ce que ma vue se soit ajustée.

Je me tenais dans un pré familier, face à un lever de soleil aux couleurs pastel. Si mes visions étaient réelles, la reine vampire était ici.

Je traversai le pré en laissant mes mains effleurer le haut des fleurs. Difficile de croire que le monde ressemblait autrefois à ça. Qu'il était aussi brillant et joyeux. Coloré. Beau. Je continuai de plisser les paupières pour protéger mes yeux de l'éclat du soleil. Je n'étais pas habituée à autant de clarté.

Je pris une grande inspiration et tentai d'identifier le large éventail d'odeurs. Une senteur sucrée mélangée à des arômes musqués, comme si Callan avait été plongé dans une baignoire aux senteurs florales. Voilà une pensée bien distrayante.

Quelque chose me heurta par-derrière avec force et je basculai en avant. Je plaquai mes paumes contre la terre et sentis une légère pression sur mon épaule.

— Qu'est-ce qui se passe, bordel ? dit une voix. Pourquoi mes crocs n'arrivent pas à pénétrer ce foutu vêtement ?

Je n'attendis pas qu'elle retente sa chance. Je glissai sur le côté et tentai de la renverser. Elle s'accrocha à mon dos comme une pieuvre enroulée autour d'une pierre.

— Je pense que cette hache est dans le passage.

J'entendis un bruit de tissu qui se déchire quand elle arracha le fourreau.

— Qui se balade avec une hache ? Tu es un genre de bûcheron magique ?

Je projetai ma tête en arrière pour lui donner un coup de boule dans le nez. Un bruit de craquement de cartilage satisfaisant me parvint aux oreilles. Je m'empressai de m'éloigner et me relevai.

Du sang coulait du nez de la reine. Elle portait la même armure rouge sang que ses nombreuses statues arboraient. Ses yeux étincelaient de menace.

Elle fonça.

Britannia se battait comme un vampire resté piégé dans une dimension alternative pendant vingt ans et qui avait passé le plus clair de son temps à améliorer ses compétences au combat.

Je me contentais de donner des coups de poing et d'esquiver. J'évitai d'employer la magie. Je ne voulais pas la tuer. Je n'avais même pas envie de lui faire du mal. Pour que mon plan fonctionne, Britannia devait être en parfait état.

Elle tomba en arrière, mais se remit sur ses pieds avant que j'aie eu le temps de cligner des yeux. Comme Callan, elle se révélait d'une rapidité surnaturelle. Tous les vampires l'étaient, mais ceux comme Britannia étaient au sommet de la hiérarchie des vampires.

— Je ne suis pas ici pour vous combattre.

Elle cracha du sang.

— Tu n'es pas un assassin envoyé ici pour enfin m'achever ? J'apprécie le fait qu'ils aient envoyé une femme faire le boulot. Un homme aurait salopé le travail.

Elle se rapprocha de quelques pas.

— Qu'est-ce que tu as prévu de faire ? Me planter un pieu en bois dans le cœur ? J'ai toujours trouvé cette méthode un peu trop prosaïque.

— Je ne suis pas un assassin.

Elle posa ses mains sur ses hanches.

— Prouve-le-moi alors. Pose ton broyeur à bois.

Je posai la hache sur le sol, puis levai les mains et me redressai.

La reine m'examina avec attention.

— Qu'est-ce que tu manigances ?

Eh bien, les rumeurs étaient vraies, apparemment. Elle était vraiment paranoïaque.

— Je ne manigance rien. Personne ne sait que je suis ici.

Elle soupira.

— Bienvenue au club.

— Je suis venue parce que vous m'avez demandé de vous aider.

Une expression confuse se dessina sur son visage. Elle me scruta.

— C'est bien toi.

Elle éclata de rire. Un son grave et rauque qui semblait émaner du creux de son ventre.

— Et moi qui croyais que je t'avais inventée. J'ai imaginé de nombreux sauveurs, au fil des années. Tu ne serais pas la première.

— Avec un peu de chance, je serai la dernière.

Elle examina mon apparence.

— Tu n'es pas un vampire. Pour quelle raison voudrais-tu me secourir ? Je pourrais te tuer en un clin d'œil et te vider de ton sang jusqu'à la dernière goutte.

Je secouai la tête.

— Je ne crois pas, non.

— Je pourrais vraiment. J'ai très faim.

— Vous ne dévoreriez pas la personne qui est votre seule chance de vous échapper.

Elle retira son casque et le jeta au sol.

— Comment m'as-tu trouvée ?

— J'ai rendu visite à un oracle. J'ai l'impression que ça a forgé un pont entre nous.

— Tu es une invocatrice.

— Entre autres choses.

Mieux valait ne pas s'attarder sur les détails pour l'instant.

— Je parie que tu te demandes comment je me suis retrouvée ici.

— Cette pensée m'a traversé l'esprit.

Elle se laissa tomber au sol et s'assit, les genoux relevés.

— La vérité, c'est que je ne sais pas.

— Quelle est la dernière chose dont vous vous souvenez ?

— La bataille contre ce connard écossais arrogant.

Elle leva vivement la tête.

— On a gagné ? Je t'en supplie, ne me dis pas qu'il vit dans mon palais. Ça m'a pris une éternité pour terminer les rénovations.

— Il n'y vit pas.

Elle siffla.

— Les dieux soient loués.

La reine avait plus ou moins écopé d'une peine de prison de vingt ans en confinement total.

— Tu connais mon fils ?

— Maeron ?

Son visage s'illumina à la mention de son nom.

— Comment va mon gentil garçon ?

Je ravalai un rire.

— Maeron est… unique en son genre.

— Il ne s'est pas encore marié, hein ? Je détesterais rater toutes les étapes importantes de sa vie.

— Il est un peu tatillon en ce qui concerne le mariage.

— Tant mieux.

— Le roi s'est remarié.

— Hum. Laquelle de ces traînées a remporté le pactole ? Laisse-moi deviner. Ce papier peint blafard de la Maison Peyton ? Ils cherchaient désespérément à s'unir à une Maison plus grande.

— Imogen.

Il lui fallut un moment avant de reconnaître le nom.

— De la Maison Osmond, de l'autre côté de la Manche ?

Je hochai la tête, ce qui lui déclencha un autre éclat de rire rauque.

— Je n'aurais jamais deviné. Qu'est-ce que tu penses d'elle ?

Je haussai les épaules.

— Ça va. Elle a l'air d'être une bonne mère.

Britannia tiqua.

— Il y a eu un autre héritier ?

— Elle s'appelle Davina.

Et c'est ma sœur.

— Vous ne savez vraiment pas comment vous vous êtes retrouvée ici ?

— J'ai eu largement le temps d'y réfléchir, mais non. J'étais trop occupée à me battre pour me rendre compte de ce qui se passait. Je croyais avoir été assommée, mais je me suis retrouvée ici.

— Avant que je vous aide, nous allons devoir établir quelques règles de base.

Elle me lança un regard faussement innocent.

— Ooh, là, tu m'intrigues. Une sorcière qui impose des règles à un vampire.

— Pour commencer, pas touche à Davina. N'essayez pas de la blesser pour solidifier la place de Maeron en tant qu'unique héritier ni de blesser Imogen ou Casek.

Elle arqua un sourcil.

— L'intrigue s'épaissit. Tu es sa petite amie ?

— Sa sœur.

La confusion se peignit sur le visage du vampire.

— Tu es la fille d'Imogen ?

— Non.

Je l'observai et attendis. Au bout d'un moment, elle comprit le sous-entendu.

Elle soupira.

— Je suppose que je ne devrais pas être surprise. Quel âge as-tu ?

— Trente ans.

— Et pourtant, tu affirmes qu'il ne t'a pas envoyée ici ? Tu t'attends à ce que je te croie ?

— La vérité ne se bâtit pas en un jour, alors non.

— Je crois que c'était Rome, ma chère.

Elle m'examina.

— Tu as ses yeux. Je m'en rends compte, maintenant.

— Mon espèce n'a pas l'air de vous déranger.

— J'ai été emprisonnée pendant vingt ans, ma chère. On a tendance à revoir ses priorités, dans ces conditions.

Elle me regarda d'un air rusé.

— Je sais qui est ta mère, maintenant. La jolie prof qui était venue au palais. Je l'avais remarquée avant lui, mais j'avais vu la façon dont Casek la regardait et j'étais restée à l'écart.

Elle savait. La reine Britannia savait.

— Vous n'étiez pas jalouse que votre mari soit avec une autre femme ?

Elle ricana.

— Même si je préférais être le centre de l'univers, je ne pouvais pas vraiment lui en vouloir. J'aime aussi les hommes, mais je préfère de loin la compagnie des femmes. Mon boulot était d'engendrer un héritier, ce que j'ai fait, et je lui ai donné un fils, en plus. Mon devoir était accompli, dit-elle en s'époussetant les mains.

Je commençais à comprendre un peu mieux quelle relation le roi entretenait avec ma mère.

— Vous aviez quelqu'un de spécial dans votre vie ?

— Qui pourrait être plus spécial que moi ? Je me satisfais parfaitement de ma propre compagnie.

Elle regarda autour d'elle.

— Enfin, c'était le cas, avant. Je pense qu'il serait irraisonnable de s'attendre à ce que je ne me languisse pas de la compagnie des autres, après tout ce temps toute seule.

— Je suis d'accord.

— Est-ce qu'il est encore avec elle ? Ta mère ? Est-ce que ça dérange la pauvre Imogen ?

— Ma mère est morte il y a des années. Elle ne m'a jamais dit qui était mon père. Elle pensait qu'elle me protégeait en faisant ça.

Elle esquissa une moue boudeuse.

— On n'est jamais vraiment protégés. Je suis à peu près sûre que tu as appris cette leçon, maintenant, hein ?

— Oui.

Mais ça ne me faisait pas plaisir de l'admettre.

C'était une femme forte et assurée. Pas étonnant que Britannia ait représenté la plus grande des menaces pour Glendon. Il ne supportait pas l'idée qu'elle puisse le vaincre. Il aurait préféré la contrôler plutôt que la tuer. Il s'avérait qu'il n'était parvenu à faire ni l'un ni l'autre. Mais qu'en était-il de Casek ? Quel rôle mon père avait-il joué dans tout ça ? En avait-il joué un ?

La reine leva un peu le menton et m'observa.

— Je suis contente que ce soit toi. J'aurais détesté être secourue par un homme. Ça aurait été très humiliant.

Elle croisa les bras autour de ses genoux.

— Alors, par quoi on commence ?

Je relevai mes manches.

— Par l'histoire d'un mage nommé Friseal.

Je racontai toute l'histoire, y compris ma visite à l'Atheneum. Britannia garda le silence, comme si elle prenait le temps de digérer toutes ces infos.

— Alors, qu'est-ce que vous en pensez ?

La reine vampire triturait distraitement la tige d'une fleur.

— Je ne suis pas sûre.

— Vous n'êtes pas sûre de quoi ?

— Il vaudrait peut-être mieux que je ne revienne pas.

Je restai bouche bée.

— Pourquoi ? Votre plus grand ennemi est toujours en vie. Vous manquez à votre fils.

— Après tout ce que tu viens de me raconter, je me demande s'il y a encore une place pour moi dans ce monde. Je devrais peut-être en trouver un autre plus adapté à moi.

Je fronçai les sourcils.

— Mais vous étiez si enthousiaste à l'idée que je vienne vous sauver.

— Je ne rêve que de ça tous les jours depuis vingt ans, soupira-t-elle. Mais maintenant que j'ai cette nouvelle perspective, je ne sais plus. Casek a une reine. Mon fils est adulte. Je n'ai plus de terre sur laquelle régner. Je n'ai plus l'impression d'avoir ma place nulle part.

Ce n'était pas le moment de faire une crise existentielle. J'avais besoin d'elle et de sa puissance. Mais je ne pouvais pas lui forcer la main.

— Voilà ce que je vous propose : je vais retourner dans ma dimension, parce que j'ai du travail, mais je vais laisser la porte déverrouillée pour vous.

Elle fronça les sourcils.

— Tu peux faire ça ?

Je haussai les épaules.

— Ça risque d'être délicat, vu que je n'ai pas créé cet endroit, mais puisqu'il semblerait que je l'aie revendiqué…

— C'est un oui hésitant, donc.

Elle pencha la tête et m'examina.

— Je comprends pourquoi nous nous sentions à ce point menacés par ton espèce.

— Tous les dhampirs ne sont pas égaux, en termes de pouvoir. Bref, c'est ce qu'on en fait qui compte.

Une esquisse de sourire passa sur ses lèvres.

— Et tu as l'intention de sauver le monde avec les tiens ?

— Coûte que coûte.

Elle hocha la tête.

— Tu me fais penser à moi quand j'étais plus jeune.

— Comment ça ?

— Après la Grande Éruption, quand la nuit est tombée, j'ai vu une opportunité et je l'ai saisie à pleins crocs. Ce que les autres ont vu comme une prise de pouvoir à la Napoléon, je le considérais comme le début d'une nouvelle ère dans l'Histoire de notre monde. Le vieux monde était complètement pourri. J'ai longtemps cru que les vampires se débrouilleraient bien mieux que les humains, s'ils étaient aux commandes.

— Vous le croyez encore ?

— Comme tu peux l'imaginer, j'ai eu beaucoup de temps pour réfléchir à la question. Je ne pense pas que l'espèce importe tant que ça. Je crois que c'est le tempérament qui détermine si les personnes méritent d'être au pouvoir.

— À une époque, j'aurais été en désaccord avec vous.

Jusqu'à très récemment, en fait, mais ma rencontre avec Callan avait changé mon point de vue sur les vampires.

Elle me sourit.

— Et qu'est-ce que tu penses maintenant, dhampir ?

— Je pense que Glendon n'est pas le genre de vampire qui devrait être au pouvoir, répondis-je, avant d'hésiter. Je peux vous poser une autre question ? J'ai entendu tellement de trucs sur vous.

Tellement de choses qui ne semblaient pas correspondre au vampire assis à côté de moi.

— Les églises… pourquoi les avoir détruites ?

Britannia cueillit une fleur blanche et la fit tournoyer légèrement devant son nez.

— Tu n'aurais pas fait la même chose à ma place ? Les églises n'ont pas été des endroits très accueillants pour les vampires, au fil des siècles, ni pour les femmes, et j'étais les deux.

— Alors c'était une vengeance ?

— Non, pas une vengeance. Je voulais changer le monde, le modeler à ma façon, suivant ma propre vision des choses. C'était l'une des nombreuses étapes.

Je la regardai.

— Et maintenant ? Comment décririez-vous votre vision des choses ?

— Je ne sais pas, mais j'aimerais beaucoup revoir mon fils.

— Je suis sûre que lui aussi.

Elle jeta la fleur par terre.

— Je vais réfléchir à ta proposition.

Je me levai. J'avais dit ce que j'avais à dire. Il n'y avait rien de plus à ajouter.

— Merci, Votre Majesté.

Elle rit.

— Laisse tomber le titre. Je ne suis plus reine depuis vingt ans. Je suis Britannia Lewis, maintenant. Ce n'est pas aussi impressionnant, mais j'ai fini par beaucoup l'apprécier. J'irai même jusqu'à dire que je l'aime.

Je l'étudiai.

— Je dois admettre, ça ne s'est pas vraiment passé comme je l'avais imaginé.

Elle esquissa un faible sourire.

— Ça se passe rarement comme on le voudrait.

La déception me submergea. C'était dur, de rentrer dans ma dimension en sachant que je ne pouvais pas compter sur son soutien. Ces vingt ans de confinement l'avaient changée, visiblement. Comment aurait-il pu en être autrement ? Elle avait des compétences physiques, mais, si elle avait perdu son instinct de tueuse ou sa soif de pouvoir, mes efforts étaient vains. D'un autre côté, je lui avais laissé le choix de quitter sa tour d'ivoire ou non. Au moins, je l'avais libérée. C'était à elle de choisir quoi faire de cette liberté.

Chapitre 15

Kami me sauta dessus dès que j'ouvris la porte de la chambre du château d'Alnwick.

— Comment ça s'est passé ?

Mes yeux s'ajustèrent au changement de luminosité.

— Ça s'est passé.

Elle regarda derrière moi.

— Où elle est ?

— Elle réfléchit encore.

— Comment ça, elle réfléchit encore ? Je croyais qu'elle attendait désespérément qu'on la fasse sortir de sa cage.

— On a eu une discussion agréable. Elle veut un peu de temps pour réfléchir à mon offre.

Kami me dévisagea, bouche bée.

— Qu'est-ce qu'il y a, dans cette dimension ? Un harem d'hommes avec des abdos en béton et une réserve infinie de vin et de chocolat ?

— Des pâturages. Beaucoup de pâturages.

Elle me pinça la manche.

— Tu es en train de me dire que la reine Britannia, le vampire le plus féroce de toute l'histoire des vampires, est devenue une hippie ?

Je haussai les épaules.

— On a déjà vu plus bizarre. Mais je vais te dire un truc, elle n'a jamais été aussi en forme. Elle aurait pu me tuer avant que je ne prononce le moindre mot.

— Dans ce cas, je suis contente qu'elle soit devenue hippie. Mais seulement dans ce cas-là, dit-elle en levant un doigt.

— On va devoir mener à bien notre plan sans elle.

— C'était un pari risqué, de toute façon.

Callan entra dans la pièce et mon cœur rata un battement.

— Je suis d'accord.

Je croisai son regard.

— Tu as tout entendu ?

— Oui. Une partie de moi regrette de ne pas avoir pu voir ça de mes yeux. J'ai du mal à croire qu'elle n'a pas sauté sur l'occasion de revenir ici pour se venger.

— Elle n'est plus la même. Pour être honnête, je pense même qu'elle n'a jamais été la vampire redoutable que tout le monde a décrite.

— Tu ne crois pas qu'elle essayait de te berner ? suggéra-t-il.

— Dans quel but ? Je lui ai proposé un marché parce que je voulais libérer le vampire sans merci dont j'ai entendu parler, et pas celui que j'ai rencontré dans ce pré.

Il arbora une expression mélancolique.

— J'aimerais pouvoir croire que mon père est capable de changer, lui aussi.

Je souris.

— Ils pourraient peut-être échanger leurs places. On pourrait envoyer Glendon dans le pré et on ira le voir dans vingt ans.

Il soupira.

— Il faudrait d'abord évacuer Britannia ? Sans ça, ils seraient capables de se disputer et de s'entretuer pour avoir le contrôle de la moindre petite frontière, jusqu'aux limites résidentielles séparées par des rosiers.

— Elle veut voir Maeron. S'il y a bien une chose qui la motiverait à sortir de sa prison, c'est son désir de voir son fils.

Callan fronça les sourcils.

— Et si tu l'amenais là-bas ?

Je ris.

— Tu crois vraiment que Maeron me ferait assez confiance pour m'accompagner ? Il penserait que c'est un piège.

— Tu n'as pas tort. Alors qu'est-ce qu'on fait, maintenant ?

— On reste sur le plan initial. On a une super équipe, avec ou sans Britannia.

Il hocha la tête.

— C'est vrai. À ce propos, mon père est arrivé.

Je relevai vivement la tête.

— Le roi est là ?

— Il a insisté. Il est indigné et tient à être impliqué.

Je lançai un regard méfiant à la porte ouverte.

— C'est vrai que c'est le moment idéal.

Il pencha la tête.

— La façon dont tu le dis laisse entendre le contraire.

— Maintenant qu'il est ici, il faut bien que je fasse quelque chose.

Kami me toucha l'épaule.

— Tu n'es pas obligée.

Je tournai la tête vers elle.

— Tu m'as toujours conseillé de m'ouvrir plus et de montrer ma vraie nature. Si je dois me battre pour la Maison Lewis aux côtés de son roi, je dois d'abord avoir cette conversation.

— Tu es sûre que Maeron ne le lui a pas déjà dit ? s'enquit Kami.

— C'est une possibilité, mais je ne le saurai pas tant que je n'aurai rien dit.

Le visage de Callan se tendit.

— S'il touche à un seul de tes cheveux…

Je levai les yeux vers lui.

— Écoute, c'est tout autant une décision stratégique qu'émotionnelle. Casek a besoin de moi, en ce moment. Il ne veut pas que cette pierre se retrouve entre les mains de ton père, lui non plus. C'est le moment parfait pour tout lui avouer.

Il referma la main à l'arrière de ma tête et pressa son front contre le mien.

— Même en dehors du champ de bataille, tu restes une force de la nature, London Hayes.

Kami se frotta les bras.

— Oh, waouh. Vous voulez que je vous laisse seuls, tous les deux ? J'ai l'impression de faire du voyeurisme.

Nous nous séparâmes.

— Souhaitez-moi bonne chance, dis-je avant de sortir de la pièce.

Je trouvai le roi dans la salle de banquet, assis à la table de cinq mètres de long. Seul dans la pièce caverneuse, il semblait tout petit.

Il sentit une présence et leva la tête de la paperasse devant lui.

— London, quel plaisir de vous revoir.

— Vous êtes occupé ?

Il signa le papier au-dessus de la pile.

— Le travail d'un roi n'est jamais fini, j'en ai bien peur. Ça fait partie du métier. Pour ne rien arranger, je ne suis pas dans mon bureau. J'aime la routine et la régularité, même si ce château est plus confortable que dans mes souvenirs.

Il indiqua la chaise à côté de lui d'un geste de la main.

— Asseyez-vous, je vous en prie.

— Je préfère rester debout, si ça ne vous dérange pas, Votre Majesté.

Il m'examina.

— Quelque chose vous tracasse ?

— Oui.

— Je me dois de vous remercier de m'avoir alerté concernant la pierre. Je vous promets qu'on trouvera un moyen de la récupérer. On a déjà vaincu Glendon une fois et on peut recommencer.

— Je n'ai pas envie de déclencher une guerre.

— Moi non plus, raison pour laquelle je ne convoque pas mon armée. Cette mission restera aussi discrète que possible.

Je me raclai la gorge. C'était maintenant ou jamais.

— Je ne suis pas ici au sujet de la pierre, Votre Majesté.

Il posa son stylo.

— Qu'y a-t-il, dans ce cas ?

Je scrutai son visage à la recherche du moindre signe qui me confirmerait qu'il savait, mais je ne vis rien. Maeron ne lui avait pas dit. Le prince n'en avait parlé à personne. Je ne savais pas si c'était parce qu'il ne m'avait pas cru ou s'il n'avait pas envie d'y croire. Quoi qu'il en soit, le roi ignorait tout de notre lien familial.

Je pris une inspiration tremblante. Rien de ce que ma mère m'avait enseigné ne m'avait préparée à ce moment.

— Vous avez connu une sorcière qui s'appelait Rhea. À une époque, elle enseignait la magie aux enfants du palais.

Il me regarda.

— Oui, bien sûr.

Mon estomac se tordit.

— Je suis sa fille.

Il conserva une expression neutre.

— Je vois. Elle a donc épousé un homme nommé Hayes ?

— Non. C'est juste le nom qu'elle a pris pour m'élever.

— Est-ce qu'elle va bien, votre mère ?

Je l'entendis clairement. La note d'espoir. Cette inflexion qui m'indiquait qu'il l'aimait encore.

— Elle est morte, il y a longtemps.

Ses épaules s'affaissèrent.

— Je suis désolé. Une perte terrible. Et votre père ?

— Il semble aller bien, même s'il s'apprête à partir en guerre contre un monstre.

Je penchai la tête vers la table.

— Et même s'il a l'air d'accorder un peu trop d'importance à la bureaucratie.

Le roi laissa ses mains retomber le long de ses flancs et se renfonça sur sa chaise.

— Je ne comprends pas.

Je croisai les mains devant moi.

— Je suis votre fille, Votre Majesté.

La stupeur se peignit sur son visage.

— Ma fille ?

— Elle craignait pour ma vie, alors elle a décidé que la meilleure marche à suivre était de garder mon existence cachée. Elle m'a élevée en tant que sorcière. Elle m'a entraînée pour que je développe mes capacités, mais aussi pour que je sache les dissimuler.

Le roi se passa une main sur le visage.

— Elle n'a pas seulement caché tes capacités. Elle m'a caché ton existence.

— Je suis sûre que vous pouvez comprendre pourquoi.

Il avait l'air un peu hébété.

— Elle croyait vraiment que j'aurais tué notre enfant ?

— Qu'est-ce que vous auriez pu faire d'autre ? Je suis un dhampir. Le fait que j'existe est illégal.

— Et pourtant, tu viens me voir maintenant et tu me révèles ton identité. Pourquoi ?

— Parce que je ne suis pas ma mère et que je ne suis plus une enfant.

Je fis un pas vers lui.

— Et je n'ai pas peur de vous.

Il me regarda avec intensité.

— Tes yeux. Je les avais remarqués… mais je n'aurais jamais pu imaginer ça.

Il émit un petit rire.

— Même Imogen avait fait une remarque sur eux.

— Je ne suis pas au courant depuis longtemps. Je n'ai découvert la vérité que récemment. Ma mère refusait de me révéler votre identité. Elle m'a juste dit que vous étiez un vampire et que ça faisait de moi une espèce traquée.

Lentement, le roi se leva. Son regard resta rivé à mon visage.

— Je constate nos points communs, maintenant. Tu as mes yeux, mais tu as son visage.

— Avec tout le respect que je vous dois, Votre Majesté, mon visage n'appartient qu'à moi.

Il pencha la tête.

— Oui, bien sûr.

Je levai le menton, le mettant presque au défi.

— Vous allez me faire exécuter ?

Il parut stupéfait de la question.

— Je… je ne sais pas. Je ne vois pas comment je pourrais faire une chose pareille.

— Si vous ne pouvez pas m'infliger ce sort, alors vous ne devriez l'infliger à personne, tout court. Que je sois votre fille ne devrait pas importer.

Le roi fronça les sourcils.

— Les lois existent pour une bonne raison.

— Oui, et j'incarne cette raison. Ne vous méprenez pas, Votre Majesté. Je suis puissante, plus que vous l'imaginez, et j'ai l'intention d'utiliser ce pouvoir pour vaincre Glendon et récupérer la pierre. Mais vous ne pouvez pas jouer sur les deux tableaux. Vous ne pouvez pas me condamner pour mon pouvoir tout en en bénéficiant.

— Tu crois que je devrais abroger la loi.

— Oui.

Il examina mon visage.

— Je croyais qu'il ne me restait de nous que mes souvenirs, alors qu'il existait une preuve physique de notre amour dans le monde depuis tout ce temps.

— Depuis trente ans, pour être précis.

Il se frotta le menton.

— Je dois avouer que je ne sais pas trop comment réagir. Davina, elle, t'ouvrirait grand les bras et t'accueillerait dans la famille.

Il haussa les sourcils.

— Elle est au courant ?

— Pas encore. Je me suis dit que je devrais vous le dire en premier.

J'hésitai, puis repris :

— Mais Callan et Maeron savent.

Il renifla.

— Et ils ne m'ont rien dit.

— Vous pouvez comprendre leurs raisons.

— Celles de Callan, peut-être, mais pas Maeron.

— Je crois qu'il essayait encore de décider ce qu'il pourrait tirer de cette information.

— Ça, ça ressemble à mon fils, dit-il en agitant un doigt vers moi.

Mon cœur battait très fort.

— Je suis bien contente d'avoir eu l'occasion de vous dire la vérité.

— Le poids d'un tel secret doit être lourd à porter. Il a dû beaucoup te peser.

— Ça va. Les secrets, j'en ai l'habitude.

Même si je devais admettre que plus je les révélais, plus je me sentais légère.

Il continua de me regarder.

— Est-ce que je peux te demander comment elle est morte ?

— D'une infection. Quand on l'a découvert, les guérisseurs ne pouvaient plus rien faire pour elle. Si ça peut vous rassurer, elle n'a eu personne d'autre dans sa vie après vous. Je croyais que c'était à cause de notre secret, qu'elle ne pouvait pas se résoudre à faire confiance à quiconque. Mais maintenant, je pense que c'est aussi parce qu'elle n'a jamais cessé de vous aimer.

Des larmes brillèrent dans ses yeux.

— C'est la même chose pour moi. Et c'est une vie bien solitaire. Sans mes enfants, j'aurais été perdu.

Un léger sourire étira ses lèvres.

— Mes enfants, répéta-t-il, plus pour lui-même, cette fois. Davina est en route pour venir ici. Ça ne te dérange pas si je lui dis ? J'ai l'impression que c'est à moi de lui apprendre la nouvelle.

— Je me doutais que vous diriez ça. Oui, je pense que ça vaudrait mieux.

— Qu'est-ce qu'on fait, maintenant ?

— Je pense que vous êtes d'accord pour dire que la pierre est la priorité, mais je n'ai pas envie d'une guerre avec la Maison Duncan. Tout le monde en souffrira, si ça arrive.

— Tout le monde en souffrira s'il prend le contrôle de la pierre. Dès qu'il aurait compris comment envoyer tous ses rivaux dans d'autres dimensions, vous serez fichu.

Comme votre femme, faillis-je ajouter, mais je gardai la bouche close.

Le visage du roi se durcit.

— Il a toujours été un connard perfide. Comme je l'ai dit, je préférerais que notre groupe reste aussi restreint que possible. Je n'ai pas envie que mes sujets pensent qu'on est partis conquérir l'Écosse. Je n'ai aucune envie de régner sur ce royaume.

— Qu'est-ce que vous entendez, par « restreint » ?

— Un escadron d'élite.

— Pour ça, je peux vous aider.

Il sourit.

— Je m'en doutais.

Je me retournai pour partir et le laisser seul avec ses pensées.

— Elle serait très fière de toi, tu sais ? Vraiment fière.

Je ravalai la boule dans ma gorge et le regardai.

— Merci.

Les autres chevaliers étaient rassemblés dans la cuisine. Elles avaient schématisé l'agencement du château de Glendon avec des salières, des poivrières, une spatule et un assortiment d'autres ustensiles.

— Très professionnel, remarquai-je.

Kami leva la tête.

— Callan nous a aidées.

— On a besoin d'une diversion assez convaincante pour attirer l'attention de la ligne de défense la plus puissante de Glendon, dis-je. Il faut qu'il croie qu'on lui a envoyé l'artillerie lourde.

— J'irai, dans ce cas, dit Callan en apparaissant derrière moi. Il ne s'attendra pas à ce que son fils fasse partie de l'équipe B.

Davina entra en courant dans la cuisine, déjà pieds nus. Son regard passa d'un chevalier à l'autre. Quand il se posa sur moi, elle émit un rire ravi. Ce son était la joie incarnée.

— C'est vrai ?

— Oui.

Elle se précipita vers moi et enroula les bras autour de mon abdomen. Les câlins n'étaient pas naturels, pour moi. Je lui tapotai maladroitement le dos.

— Je voulais te le dire, assurai-je.

Elle pressa sa joue contre ma poitrine.

— Je me moque de ce que tu es, ou de cette loi stupide. Je ne laisserai personne te punir d'exister.

— Merci, Davina.

Je ne m'attendais pas à me sentir à ce point soulagée. Je l'étreignis une dernière fois avant de la lâcher.

— Qui a eu l'idée de te laisser venir ? s'enquit Callan en se glissant devant moi pour l'enlacer à son tour. On s'apprête à...

Davina croisa les bras.

— Je sais ce que vous vous apprêtez à faire. Pourquoi tu crois que je me suis dépêchée de venir retrouver Père ?

— Tu ne peux pas te joindre à nous, répondit Callan. Ta mère a été laissée aux commandes du Palais de Buckingham. Tu peux rester ici et surveiller Alnwick.

Davina étouffa un rire.

— Tu plaisantes. Vous vous embarquez dans une grande aventure. Tu ne crois quand même pas que je vais rester assise ici à ne rien faire.

— Ce n'est pas une aventure, Davina.

Tout mon corps se raidit quand j'entendis la voix de Maeron. Callan se plaça aussitôt entre nous.

— Qu'est-ce que tu fais ici, mon frère ? demanda-t-il.

Il bomba le torse.

— Ma famille s'apprête à partir au combat. Où est-ce que je pourrais être d'autre ?

Il remarqua soudain les chevaliers autour de la table.

— Eh bien, voyez-vous ça. Tout le gang est réuni.

Quelqu'un grogna. Sûrement Kami.

— Donne-nous la Pierre d'Immortalité et on y réfléchira, répondit Callan en tendant la main.

— Je te l'ai déjà dit, elle est en sécurité. Je l'ai juste prise pour empêcher la sorcière recrutée par Glendon de s'en emparer. Je savais qu'il finirait par envoyer quelqu'un tôt ou tard. Le temps était compté.

— Alors où est-elle ? Où l'as-tu cachée ? demandai-je.

Davina se fraya un chemin entre nous.

— Ne vous battez pas, s'il vous plaît. Il y a déjà assez de combats qui nous attendent.

Un éclat de colère passa dans les yeux de Maeron.

— Comment être sûrs que Callan ne va pas nous trahir à la première opportunité ? Glendon est son père.

Je laissai échapper un rire, qui avait tout d'un aboiement.

— Callan ? Si c'est une tentative pour détourner notre attention, Majesté, c'est un échec total. On sait tous qui est le vrai traître, ici.

Davina prit la main de Callan.

— Il est tout autant mon frère que toi. Je lui confierais ma vie.

Maeron leva les mains au ciel et sortit de la pièce.

Kami leva la main.

— Votre Majesté… Vos Majestés ?

Elle plissa le nez.

— Comment on dit, au pluriel ? Bref, pour être honnêtes, nous ne sommes pas très à l'aise avec le fait de partir au combat avec quelqu'un qui a tenté de nous tuer.

Davina pivota vers elle.

— Il va se ressaisir, c'est promis. Il est comme ça depuis que je suis toute petite.

Je la regardai.

— Caractériel et peu digne de confiance ?

— Un connard ? ajouta Kami.

Davina regarda l'espace vide où se trouvait Maeron quelques secondes plus tôt.

— À chaque fois qu'il se montre irascible, j'essaie de me souvenir de ce que je ressentirais, à sa place, si c'était ma mère qui était morte.

Inutile de mentionner que Britannia était encore vivante, pas à Davina ni à Casek, et encore moins à Maeron. Si l'ancienne reine décidait de continuer à faire la morte, mieux valait ne pas rouvrir de vieilles blessures.

— Quand est-ce qu'on part pour l'Écosse ? s'enquit Davina.

Callan grogna.

— Davina, arrête. Il n'y a pas de « on ».

La tête baissée comme un bélier, elle se jeta sur le vampire. Sa tête entra en collision avec la partie vulnérable de son abdomen et il s'effondra. Ses crocs étincelèrent quand elle le chevaucha et tira une dague de sa cachette. À la vitesse de l'éclair, elle lui prit le bras avant qu'il puisse le lever pour la déloger.

— Je ne te demande pas la permission. Je vais me joindre au combat, et c'est non négociable.

Callan laissa retomber sa tête par terre.

— Très bien.

Elle le dévisagea.

— C'est vrai ?

— Tu as dit que tu ne demandais pas la permission.

Elle remit son masque de princesse *badass*.

— Tout à fait.

Elle se releva et s'écarta de lui.

Callan se remit sur ses pieds.

— Tu peux te joindre à nous, à une seule condition. Tu pars avec la troisième vague.

Elle se tourna vers les chevaliers.

— C'est quoi, ça ?

Neera s'avança, comme la mère poule qu'elle était.

— C'est moi qui mène la troisième vague. Tu peux monter avec moi.

Elle fit un geste vers la dague de Davina.

— Mais si tu veux te battre, tu auras besoin de plus que cette petite lame.

Elle baissa les yeux sur les pieds nus de Davina et ajouta :

— Et ce serait pas mal de mettre des chaussures, aussi.

Je regardai Callan.

— Je suppose que tu as une armurerie quelque part par là.

— Morris va lui montrer. Viens. Je vais t'amener à lui.

— Tu as un katana ? s'enquit Davina tout en s'éloignant avec lui. J'ai toujours voulu en avoir un.

Callan me regarda par-dessus son épaule et me fit un clin d'œil.

Il faudrait plus qu'un katana et un naturel enjoué pour remporter cette bataille.

Beaucoup plus.

Chapitre 16

— Où est-ce que le roi Casek garde son armée ? demanda Kami avant de tendre les mains. Dans ses manches.

Les petits-enfants de Morris éclatèrent de rire.

— Sortez d'ici, maintenant, vous tous, ordonna Polly. Les adultes sont occupés.

Elle les poussa hors de la cuisine avec son balai.

— Je pense que tu as trouvé ta vocation, dis-je à Kami.

Elle haussa les épaules.

— J'aime bien les enfants, mais je ne pense pas être faite pour être mère. Peut-être dans un autre monde.

— Cet autre monde va peut-être arriver plus tôt que tu le penses.

Ione regarda la table, où notre stratégie était encore schématisée à l'aide d'ustensiles de cuisine.

— Le roi est certain de ne pas vouloir convoquer son armée ? Parce que ça commence à ressembler à une mission suicide.

— J'ai passé quelques coups de fil, dis-je.

— Et ? m'encouragea Stevie.

— Et ils ont dit qu'ils y réfléchiraient.

— Le roi ne peut pas leur ordonner d'intervenir ? demanda Briar.

— Il a choisi de ne pas gérer la situation de cette manière.

Et je devais admettre que je trouvais sa décision très respectable.

— Je vais faire appel à mes renforts. Certaines personnes me doivent des faveurs.

— J'aurais quand même préféré que tu fasses appel à une armée, marmonna Ione.

Morris entra dans la cuisine et s'inclina.

— Vous êtes attendues dans la salle de banquet.

Kami parcourut la pièce des yeux.

— Qui est attendu ?

— Vous toutes.

Nous quittâmes la table et nous dirigeâmes vers la salle de banquet.

Joseph Yardley était assis à la longue table avec son escorte. Je reconnus certains des mages et sorcières que j'avais rencontrés aux réunions des PSR.

— J'espère que ça ne vous dérangera pas que j'aie amené des renforts, dit-il. J'ai l'impression qu'on est tous dans le même bateau.

Je le scrutai.

— Ce que vous entendez par là, c'est qu'on va se battre ensemble et que vous n'essaierez pas de dérober la pierre pour servir vos propres intérêts et atteindre vos objectifs.

Le mage sourit.

— Vous me croyez vraiment aussi sournois ?

— Je crois que vous êtes assez obstiné pour ça.

— Alors, pourquoi me demander mon aide ?

— Parce qu'on a besoin de vous. C'est aussi simple que ça.

— Vous avez ma parole, Mademoiselle Hayes.

Je m'assis à côté de lui.

— Tant mieux, parce que j'ai un plan.

Le groupe passa les deux prochaines heures à discuter des prochaines étapes et à résoudre quelques divergences d'opinions au sujet de notre stratégie. Tout le monde était un expert, dans ce groupe. Mais tout le monde n'était pas forcément d'accord sur la meilleure façon de mettre à profit cette expertise. Nous passâmes la majeure partie de la discussion à nous demander où Glendon avait pu mettre la pierre.

— À mon avis, il va la garder sur lui, dit Callan. Sa paranoïa est à la fois une faiblesse et une force. Il n'y a personne à qui il ferait assez confiance pour lui confier la pierre. Il aurait trop peur que cette personne s'en serve contre lui, surtout si c'est un invocateur. Ils ne sont que ses employés. S'ils perçoivent la moindre possibilité de devenir plus puissants que lui, je ne suis pas sûr qu'ils restent loyaux.

— J'ai l'impression que c'est plutôt un avantage, pour nous, remarqua Ione.

Callan la regarda.

— Peut-être, mais il sera aussi entouré de ses guerriers les plus féroces.

Le roi Casek inclina la tête vers moi.

— Et moi aussi.

— N'oubliez pas que vous faites partie de l'équipe B, lui dis-je. Laissez Glendon croire que vous êtes venus chercher la pierre.

Il ne s'attendrait jamais à ce que le roi soit prêt à être relégué dans l'équipe secondaire. L'ego de Glendon était aussi avantageux pour nous.

Le roi pivota vers Callan.

— Et qu'est-ce qui nous attend en Écosse, d'après toi ?

Le vampire arbora une expression lugubre.

— Le combat de notre vie.

Le roi hocha la tête.

— Alors, faisons en sorte qu'il compte.

Les armes furent distribuées et les tâches assignées. Polly entra dans la pièce avec des bouteilles de sang pour les vampires et de la nourriture pour les autres.

Le roi but une longue gorgée, avant d'examiner la bouteille.

— C'est délicieux, Callan. Où as-tu trouvé ça ?

— Gardons cette conversation pour plus tard, répondit Callan.

Je ne manquai pas de remarquer le léger sourire qu'il arbora.

Tout le monde quitta le château en même temps pour rejoindre la frontière écossaise. Chaque équipe avait reçu des ordres bien précis et devait suivre ces règles dès qu'on l'aurait traversée.

— Yardley, allez-y, dis-je.

Callan s'approcha de moi.

— À moi de jouer.

Je posai les paumes à plat sur sa poitrine et me mis sur la pointe des pieds pour l'embrasser.

— Ne te mets pas en danger.

— Impossible.

Je l'embrassai à nouveau.

— Reste en vie, dans ce cas.

— Pareil pour toi.

Je m'écartai de lui avec réticence. Pendant ce temps, le Mage Vert rassemblait l'équipe B et les préparait à la téléportation. Il leva les mains. Rien ne se passa. Il fronça les sourcils.

— Il y a un problème, Yardley ? s'enquit le roi.

— Il y a un obstacle, Votre Majesté.

— Qu'est-ce que ça veut dire ? Vous avez besoin de vous vider la tête ?

— Non, répondit Yardley. Ça veut dire que le roi Glendon a placé des barrières protectrices qui nous empêchent de nous téléporter de l'autre côté de la frontière.

Le roi soupira.

— Eh bien, je suppose que je ne devrais pas être surpris. Après tout, il sait qu'on arrive.

— Le début de ce plan se déroule à merveille, remarqua Maeron. Qu'est-ce que vous suggérez, maintenant ? Qu'on rentre tous à la maison en espérant que tout se passera bien ?

— Ça te plairait, hein ? rétorqua Kami. Ça donnerait une chance à ton complice de garder la pierre.

Le roi plissa le front.

— Qu'est-ce qu'elle veut dire, Maeron ?

Il baissa la tête et se renfrogna.

— Rien.

— On a un tas de sorcières et de mages avec nous, intervint Davina. Ils devraient être capables de briser les barrières de protection.

Le groupe échangea des murmures.

— On peut essayer, Votre Majesté, dit Yardley. Mais ça prendra du temps.

Et perdre du temps n'était pas un luxe qu'on pouvait s'offrir. Inutile de cacher mes capacités, maintenant. J'approchai de la frontière et sortis ma dague.

— Que tout le monde se prépare, hurlai-je.

Je m'entaillai la paume avec la lame et laissai le sang couler sur le sol. Je sentis une résistance et fis couler quelques gouttes de plus. La magie se montrait réticente, mais finit par céder.

Davina me dévisagea, les yeux écarquillés.

— Tu l'as brisée ?

— Seulement en partie.

Mais ça suffirait.

Yardley disparut avec son équipe.

— Mon sang peut faire ça aussi ? demanda Davina.

Elle s'apprêtait à enfoncer ses crocs dans son poignet, mais je l'arrêtai.

— Ton sang n'aura pas le même effet.

— Je peux essayer, au moins ?

— Il y aura déjà bien assez de sang versé aujourd'hui. N'en perdons pas plus que nécessaire.

Elle sourit et baissa le bras.

— Tu as raison, ma sœur.

Neera nous rejoignit et passa un bras autour de Davina.

— L'équipe C est prête.

Je hochai la tête.

— La barrière est baissée. Allons-y.

L'équipe B s'était téléportée dans le château de Glendon. Leur boulot était de garder les défenseurs du roi occupés et de les fatiguer pour anticiper notre arrivée. Si tout se passait comme prévu, Glendon resterait concentré sur ses rivaux royaux et ignorerait les autres.

Les sorcières et les mages restés en arrière invoquèrent la magie élémentaire pour accélérer notre avancée. Grâce au vent dans notre dos et à la terre transformée en escalator plat, nous allâmes plus vite que ce que j'avais prévu dans mes calculs. Nous étions à moins de dix kilomètres du château quand un homme vêtu aux couleurs de la Maison Duncan sortit de nulle part et nous bloqua le passage.

— Vous êtes le comité d'accueil ? s'enquit Kami. Parce que je ne dirais pas non à un verre pour nous souhaiter la bienvenue.

Il pressa ses paumes l'une contre l'autre, les mains en prière, et je sentis des vagues de magie vibrer et envahir l'atmosphère.

— Un invocateur, hurla quelqu'un.

Je tirai ma hache et me préparai.

Des lueurs rouges et orange crépitèrent, formant un cercle qui luisait. Je fis un pas hésitant en arrière. Le cercle continua de se déployer jusqu'à atteindre une circonférence d'environ un mètre quatre-vingt. Une créature bondit à travers le portail rouge vif. Ses grosses pattes martelèrent le sol d'un bruit sourd. Un griffon.

Le mage me pointa du doigt.

Je n'avais pas le temps d'être sympa. J'étendis mon esprit et tentai de saisir celui du griffon. D'habitude, je préférais les approches plus délicates, mais chaque seconde comptait.

Le griffon résista. Je ripostai encore plus fort. J'avais l'impression d'essayer de chevaucher un taureau mécanique. Le griffon se débattit et tenta en vain de me déloger de sa tête.

Je l'emportai.

Je pris le contrôle du griffon et retournai la créature vers le mage. La peur dans ses yeux m'indiqua qu'il avait compris ce que je venais de faire.

— Comment ? murmura-t-il.

— C'est maintenant que tu me supplies de t'enseigner mes techniques ? Je ne crois pas.

— J'ai déjà entendu parler de capacités comme celles-là, mais je ne les avais encore jamais vues à l'œuvre de mes propres yeux.

— Tu vas avoir beaucoup de temps pour y réfléchir.

Le griffon souleva le mage dans les airs et vola vers le portail. Les lueurs s'éteignirent et le cercle se dissipa.

— Il n'y avait qu'un seul invocateur ? dit Kami. Quelle déception !

Aucun signe de quelqu'un d'autre. Je regardai mon téléphone pour voir si j'avais reçu un message de Callan.

Génial. J'en avais reçu un, il y avait de ça une heure. Foutus satellites.

Il n'y a que des défenseurs au château. On part vers le pavillon de chasse.

Où se situait le pavillon de chasse du roi ?

— Qu'est-ce qui se passe ? demanda Davina.

— Glendon n'est pas là. Callan pense qu'il a emmené la pierre dans son pavillon de chasse.

Davina arbora une expression rayonnante.

— Oh, Balmoral. J'ai entendu dire que c'était génial.

Balmoral. Ma mère m'avait déjà parlé du château de Balmoral, qui avait appartenu aux Windsor, la dernière famille royale humaine qui restait avant la Grande Éruption.

— Tous au nord, annonçai-je.

Hélas, les soldats de Glendon avaient d'autres projets.

Un torrent de vampires afflua vers nous, comme s'ils sortaient d'un robinet que quelqu'un avait ouvert.

— D'autres invocateurs, dit Kami.

L'équipe de Yardley pourrait se téléporter rapidement. Nous n'aurions pas cette chance.

— Des démons ! hurla Davina.

J'entendis une pointe d'excitation dans sa voix. Au moins, ça ravissait quelqu'un. Je la poussai quand même derrière moi.

— Neera, reste avec la princesse.

J'ignorai les cris de protestation de Davina et courus droit devant. Les démons m'étaient peu familiers, ce qui les rendait plus difficiles à combattre. Ils avaient des griffes aiguisées, aussi tranchantes que des lames de rasoir, un corps couvert de poils noirs crépus, des oreilles pointues et des yeux rouges luisants. Ces derniers étaient flippants, mais les rendaient aussi faciles à repérer dans le noir.

Je me demandais si les démons étaient censés être l'entrée ou le plat de résistance. Dès que j'en éliminais, d'autres débarquaient pour prendre la place des précédents. C'était comme s'il pleuvait des démons. Ça devait être l'œuvre des invocateurs.

Ma peau était si poisseuse et recouverte de sang que ma hache me glissa des mains. Quand je me penchai pour la récupérer, un autre démon sauta sur mon dos. Ses griffes éraflèrent mon armure magique, mais le tissu tint bon. Je tentai de faire un salto avant pour le jeter au sol, mais il enfonça ses griffes dans mon dos. Il devait être un élève très studieux à l'école de combat de la reine Britannia.

Je décidai de plutôt me laisser tomber en arrière. Ce mouvement brusque prit le démon par surprise et il rétracta ses griffes assez longtemps pour que je lui échappe. Je me précipitai vers Bébé. Je rampai à quatre pattes vers elle, mais le démon fut plus rapide. Il attrapa la poignée de la hache et la leva au-dessus de sa tête hideuse. Une balle siffla près de moi et toucha le démon entre les deux yeux. La créature eut l'air, pendant une seconde, aussi stupéfaite que moi. Puis elle s'écroula sur le sol, inerte. Bébé tomba par terre à ses côtés.

Je me retournai et vis Mack baisser son fusil. En arrière-plan, je comptai une douzaine de chevaliers de sa bannière, déjà pris dans le feu de l'action.

Ils étaient venus. Je ne savais pas pourquoi j'étais si surprise, puisque je les avais appelés en renfort, mais quand même. Ce n'était pas leur combat. Ce n'était pas leur boulot.

Mais ils étaient venus quand même.

Mack sourit.

— De rien, Hayes.

D'un mouvement brusque, il se détourna vers la gauche pour tirer sur un démon en approche.

Je récupérai Bébé par terre et courus.

J'eus l'impression d'affronter toutes les créatures que l'homme n'ait jamais connues, et même certaines dont j'ignorais totalement l'existence auparavant. Il y avait : des hydres terrestres, des singes volants, des serpents géants avec des défenses d'éléphant. Glendon avait dû ordonner à ses invocateurs de mettre le paquet. De faire tout leur possible pour nous empêcher d'atteindre Balmoral. Eh bien, ça fonctionnait. Si ça continuait comme ça, l'équipe B devrait devenir l'équipe A.

Kami me rejoignit en boitant. Ses cheveux blonds étaient maculés de sang et son arbalète cassée.

— On se fait botter les fesses.

— Il est mieux préparé que je m'y attendais.

— Et il utilise la pierre. Je ne pense pas que ses invocateurs auraient pu faire venir toutes ces créatures sans aide.

Un grognement féroce me fit reporter mon attention sur la gauche. Je levai la main, prête à repousser la créature. Mais avant que j'aie pu réagir, un loup débarqua à mes côtés et sauta sur le démon et le renversa. Du coin de l'œil, je vis deux autres loups en train d'arracher les têtes de l'hydre terrestre.

— D'où sortent tous ces loups, bordel ? s'étonna Kami.

Un homme traversa le terrain au pas de course, regardant de droite à gauche.

— Je cherche London Hayes.

Je levai la main.

— C'est moi.

Il me tendit la main et je la serrai.

— Paul Whitmore, de la meute de Cumbria. La meute de West End nous a dit que vous auriez peut-être besoin d'un coup de main.

Mon moral remonta d'un coup.

— Combien vous êtes ?

— J'ai trois dizaines de loups avec moi et une centaine de plus sont en route depuis les autres comtés du Nord.

Une petite mission secrète, tu parles.

— Et les mesures de protection ? demanda Kami.

— La barrière est tombée. On a pu traverser sans souci.

Kami me donna un coup de coude.

— Regarde-toi, Miss Modestie. Et toi qui croyais n'en avoir brisé qu'une partie.

— Merci, dis-je au loup.

Paul hocha la tête.

— On est tous dans le même bateau. Est-ce qu'il y a quelque chose qu'on a besoin de savoir ?

Je lui parlai du roi Glendon et de Balmoral.

Il remonta ses manches.

— On peut se charger de la situation, si vous voulez vous frayer un chemin jusque là-bas.

Il émit un sifflement sonore, avant de se transformer en loup pour rejoindre la mêlée.

Il était temps que je me transforme à mon tour. Je fis apparaître plusieurs versions de moi-même, une par une, avant de les envoyer au combat. C'était libérateur, de ne plus cacher ma magie. J'étais une combattante bien plus efficace quand je pouvais utiliser toutes les armes de mon arsenal.

Et j'en avais beaucoup.

Mon téléphone vibra et je le sortis de mon costume.

Un autre message de Callan.

On a besoin de vous ici. Maintenant.

Mon estomac se serra. Je devais trouver un moyen plus rapide d'aller là-bas. Je repérai Kami, qui semblait ravie d'observer à distance deux mages en train de se gifler mutuellement tour à tour. Elle me remarqua et m'adressa un sourire penaud.

— C'est pas parce que c'est du contrôle mental que ça doit être ennuyeux.

— Arrête de t'amuser et aide-moi à atteindre Balmoral. Callan a dit qu'il avait besoin d'aide.

Elle pointa du doigt vers le ciel.

— Tu devrais prendre un taxi.

— Les oiseaux ne peuvent pas soutenir mon poids.

— Je ne parle pas des oiseaux.

Je levai la tête et vis une horde de dragons passer au-dessus de nos têtes. Dans la pénombre, ils ressemblaient à d'énormes nuages difformes.

Je tendis mon esprit et tentai de trouver le plus malléable d'entre eux. Bingo. Je formai une connexion et attirai le dragon vers moi. Je ne sus que j'avais réussi que lorsque je vis une ombre se détacher de la horde noire mouvante. Des cris transpercèrent l'air autour de moi, mais je fis tout pour rester concentrée et attirer le dragon au sol.

— Il nous faut plus de loups, haleta Stevie, brisant la connexion que je venais d'établir. Je viens d'en regarder deux se faire emporter par des singes volants.

Le dragon plana dans les airs, se demandant ce qui venait de se passer.

Ne pars pas.

— Combien il y a de doubles de toi, London ? s'enquit Ione. Je crois en avoir compté six.

— Pas assez.

— Briar la bête vient d'éliminer à elle seule un serpent géant, m'informa-t-elle.

D'autres cris m'écorchèrent les oreilles. Une douzaine de singes volants émergèrent des ombres et fondirent sur nous. Je balayai l'air avec Bébé avant qu'ils aient pu enfoncer leurs griffes dans ma peau. Ils étaient trop proches pour qu'Ione puisse les atteindre avec ses flèches et trop hauts pour qu'elle se débarrasse à l'aide de sa magie de terre.

Je commençais à suffoquer. Ils firent une autre tentative pour me soulever du sol et leurs ailes me cognèrent la tête.

Un bruit de sabots résonna dans ma poitrine et mes cheveux se hérissèrent sur ma nuque. Encore des vampires. Je tranchai l'aile d'un singe, et c'est à ce moment-là que je repérai une silhouette en armure rouge vif, en train de transpercer la brume. La partie inférieure de son visage était visible sous son casque.

Non, ce n'était pas des vampires, mais un seul.

Un silence s'abattit tout autour de nous. Même les créatures venues d'un autre monde semblaient avoir compris que le vent s'apprêtait à tourner.

— Impossible, lâcha quelqu'un.

Britannia brandit son épée dans les airs et hurla :

— OK, mes chéris. Qui a envie de mourir aujourd'hui ?

Ce fut le chaos.

À chaque coup, à chaque membre tranché par la lame de son épée, son sourire demeurait intact. La reine vampire était dans son élément. Je ne connaissais ses compétences sur le champ de bataille qu'à travers des sources indirectes, mais j'étais convaincue qu'elle était devenue dix fois meilleure, depuis. Passer deux décennies seule en enfer avait ses avantages, de toute évidence. Fidèle à elle-même, Britannia ne les avait pas gaspillées.

Kami me dépassa en courant, avant de ralentir.

— Par les feux de l'enfer, c'est elle ?

— Oui.

— Elle est vraiment venue. Tu l'as fait, London.

Kami abattit une massue sur un vampire qui approchait, le touchant à la tempe. Il tituba et tomba sur le côté.

— Depuis quand tu te bats avec une massue ? m'étonnai-je.

— Depuis dix minutes. Son propriétaire est mort et elle était là, à me regarder d'un air pathétique.

Le vampire se releva et elle le frappa à nouveau.

Je soufflai une bourrasque en direction de trois ogres en approche et ils furent projetés plus loin.

— D'autres arrivent, dit Kami. C'est comme si des bocaux remplis de sbires n'arrêtaient pas de s'ouvrir et de se déverser en continu.

Je sifflai Stevie et elle approcha en trottinant. Elle dut esquiver un ogre qui vola au-dessus de sa tête avant de me rejoindre.

— Tu dois trouver le mage ou la sorcière qui ramène sans cesse de nouvelles troupes et l'arrêter.

Elle acquiesça et ponctua sa réponse d'un salut militaire.

— Je vais emmener Briar avec moi.

— Non. Prends Neera et Ione.

Briar était passée en mode bête et je ne voulais pas perdre cet avantage sur le champ de bataille.

— Et Davina ? s'enquit Stevie.

— Envoie-la-moi.

— Compris.

Elle traversa le terrain à toute allure, en direction des sœurs.

Un cri primitif résonna dans l'air. Britannia s'amusait comme une folle. Tant mieux. Si quelqu'un méritait un peu de bon temps, c'était bien la reine vampire solitaire.

Davina apparut à côté de moi, l'air étonnamment adorable pour une ado vampire au beau milieu d'une bataille. Même ses vêtements étaient intacts et dépourvus de la moindre tache. J'étais impressionnée.

— C'est bien qui je crois ? demanda-t-elle.

Elle avait les yeux rivés sur Britannia.

— Oui.

— Waouh, souffla-t-elle. Mère va faire un infarctus.

— Pas si Britannia en fait un en premier.

Je levai les yeux et vis que mon taxi m'attendait toujours. J'établis à nouveau une connexion entre nous et l'encourageai à s'approcher du sol. Quand il fut assez proche, je parvins à le voir plus clairement.

Je l'observai : des écailles vertes, un éclat orange. Un cracheur de feu. Parfait.

Davina recula.

— Qu'est-ce que tu fais ?

— Je prends un taxi, et tu viens avec moi.

Elle écarquilla les yeux.

— Tu veux que je chevauche un dragon ?

Elle n'attendit pas ma réponse.

— C'est le meilleur jour de toute ma vie !

— Eh, mon pote, dis-je d'une voix apaisante. Je suis London et je serai ton pilote, aujourd'hui.

Je me rapprochai et gardai la main tendue, paume vers lui. Le dragon baissa la tête et me surprit en sortant sa langue fourchue pour me lécher la main.

Lentement, je me plaçai au niveau de son flanc massif et grimpai sur son dos. Puis je tendis une main à Davina.

— On part voir le Magicien d'Oz, chantonnai-je.

On va même plutôt voir un tas de magiciens.

Le dragon vira vers le nord, vers l'inconnu vaste et obscur.

Devant nous, je repérai un groupe d'ombres qui se déplaçaient à grande vitesse. Les renforts de Glendon.

Je les tenais.

J'effleurai l'esprit du dragon et cherchai le bon bouton à actionner.

On se stabilise… Prêt… Feu !

— Maintenant !

J'encourageai le dragon à plonger et à se jeter sur les troupes tel un missile, des flammes jaillissant de sa gueule.

Davina s'exclama.

— C'est génial !

Quand les flammes touchèrent le sol, je me penchai et les modelai jusqu'à former un cercle qui emprisonna les troupes.

L'un des mages élémentaires parvint à créer une ouverture dans les flammes grâce à un jet d'eau et ils s'éparpillèrent tous dans les ténèbres.

Quand on ne réussissait pas du premier coup, autant réessayer encore et encore.

Je fis faire demi-tour au dragon pour une nouvelle tentative, mais les troupes avaient décidé de passer à l'offensive. Des flèches enflammées au niveau de la pointe se précipitèrent vers nous, effleurant les ailes et les flancs du dragon. L'une d'elles manqua le talon de ma botte de peu.

Je continuai d'avancer.

Mon corps se raidit quand la silhouette de Balmoral apparut. Un anneau de feu brûlait autour du périmètre du bâtiment, mais je ne savais pas si c'était pour garder les gens à l'intérieur ou les empêcher d'entrer. Je devais trouver Callan et les autres.

— Accroche-toi, prévins-je Davina. L'atterrissage risque d'être un peu cahoteux.

Le dragon atterrit de l'autre côté du mur de feu. Mes bottes touchèrent le sol en un bruit sourd.

Un souffle d'air me projeta à travers le mur de feu. Je grognai, me remis sur mes pieds et repartis aussitôt à travers les flammes. Celui qui m'avait attaquée n'avait pas conscience de mon immunité au feu. Surprise !

Davina me regarda d'un air émerveillé.

— Comment tu as fait ça ?

— Grâce à des mélanges ADN sur des générations, et j'ai été chanceuse, j'ai hérité des meilleurs gènes, répondis-je en lui prenant la main. Allons-y.

Nous contournâmes le bâtiment à la recherche des autres. Nous les trouvâmes à l'arrière. L'équipe B était parvenue à se positionner entre Glendon et Balmoral, lui bloquant l'entrée. L'anneau de feu empêchait le roi de s'échapper dans les bois. Hélas, il restait des défenseurs talentueux entre notre équipe et le roi, même s'il y avait parmi eux moins de monstres que de vampires et de mages. Je repérai Murdina parmi eux et me renfrognai. Cette traîtresse me lança un regard noir.

— London ! lança Callan.

Son soulagement était presque palpable.

Je me précipitai pour rejoindre la mêlée et remarquai aussitôt ce qui se trouvait au-dessus de l'entrejambe du roi.

— Il porte un sac banane ?

Callan sourit d'un air narquois tout en assénant un coup de poing à un assaillant.

— C'est là qu'il garde la pierre.

— C'est une insulte envers cet artefact ancien.

Si j'étais la pierre, je serais tellement vexée que j'imploserais.

— Davina, reste derrière nous, ordonna le roi Casek en la repérant.

Elle dégaina son katana.

— Bien sûr, Père. Tout ce que tu voudras.

C'était le dernier mur de défense de Glendon. Si on arrivait à le traverser, on pourrait récupérer la pierre.

Une ombre ailée passa au-dessus de nos têtes et une silhouette se laissa tomber au sol avec aplomb. Elle avait perdu son casque et ses cheveux voletaient derrière elle en légères vagues. Son armure rouge sang brillait comme un rubis dans le ciel nocturne.

Casek se tourna, une épée à la main. Sa mâchoire s'ouvrit en grand et il laissa retomber son arme le long de son flanc.

— Que les dieux aient pitié de nous. Britannia ?

— Bonjour, mon époux. On rattrapera le temps perdu plus tard. Je crois qu'on a d'autres chats à fouetter, pour l'instant.

Elle lui souffla un baiser et se tourna vers le reste des défenseurs de Glendon.

Maeron était paralysé sur place, les yeux rivés sur elle.

Le regard de Britannia se posa sur le prince.

— Regarde-toi, Maeron. Tu es si séduisant. Voyons voir ce que ton père t'a appris en mon absence, maintenant. Rends ta mère fière.

Nous n'avions pas de temps à consacrer à des retrouvailles dignes de ce nom. L'arrivée de Britannia apporta une vigueur renouvelée aux défenseurs. Glendon hurlait des ordres derrière eux. Son visage était rouge de colère.

— Protégez le roi, hurla quelqu'un, et je n'aurais su dire de quel roi il parlait.

Les renforts de Glendon étaient arrivés.

Ils étaient bien plus nombreux que nous. Notre infériorité numérique était flagrante.

Je fis trembler la terre et regardai nos adversaires s'écrouler. Je poussai l'air et ils furent renversés. La magie se déversait de moi sans le moindre effort, comme de l'eau sortant d'une jarre. Je n'avais encore jamais connu une telle liberté. Je savais que c'était dangereux. La préservation de l'équilibre était une partie cruciale de mon entraînement. J'avais beau les bombarder de magie, de nouveaux sbires revenaient m'attaquer.

Où étaient les chevaliers ? De toute évidence, elles n'avaient pas encore localisé la source du robinet à sbires. Je m'efforçai de ne pas m'inquiéter. Elles étaient les sorcières les plus compétentes que je connaissais. S'il y avait un moyen d'y arriver, elles le trouveraient.

Un par un, les défenseurs furent mis hors d'état de nuire, jusqu'à ce qu'il ne reste plus que Glendon. L'un des bras de mon père pendait le long de son flanc et du sang coulait de blessures que je ne voyais pas.

Maeron s'était rapproché le plus du roi d'Écosse. Il bondit en avant.

— Maeron, tu n'as pas envie de faire ça, lança Glendon. Si tu veux le pouvoir, fils, tout ce que tu as à faire, c'est te battre à mes côtés. Tu as la Pierre d'Immortalité. J'ai celle d'Invocation. Ensemble, nous pouvons régner sur le monde.

Le visage de Casek s'assombrit.

— Je t'interdis de l'appeler « fils ».

— Vous avez tenté d'assassiner sa mère, hurla Davina. Vous n'avez aucun droit de dire ça.

— Et il a misérablement échoué, me dois-je d'ajouter, remarqua Britannia.

Elle piétina un cadavre pour les rejoindre.

Un rire s'échappa de la gorge de Glendon.

— Si ces raisons m'empêchent de l'appeler « fils », alors lui aussi en a perdu le droit, répondit-il en tournant les yeux vers Casek. Après tout, il faut être deux pour conspirer.

— Je n'ai rien à me reprocher, répondit Casek.

— Seulement parce que j'ai fait tout le sale boulot pour toi, après quoi tu m'as trahi. Tu m'avais promis la Pierre d'Immortalité !

Davina leva les yeux vers son père.

— Je ne comprends pas.

Maeron pivota vers nous, le visage lugubre.

— Moi, si.

Il riva les yeux sur son père.

— Tu as passé un marché avec Glendon. Tu as accepté de lui donner la pierre et de le laisser assassiner ma mère s'il cessait son invasion.

— Et ensuite, il m'a trahi, répéta Glendon. Je n'ai pas eu la pierre ni la reine, semble-t-il.

— Ce n'est pas vrai, assura Casek à son fils.

— Je ne te crois pas. Tu n'es qu'un menteur et une honte pour la couronne. Par le diable, tu as eu une liaison avec une sorcière !

Maeron rejoignit Glendon et regarda son père par-dessus son épaule.

— Et tu as laissé cette sorcière donner naissance à un enfant illégitime... un dhampir, qui plus est.

Glendon s'esclaffa.

— C'est vrai ? Est-ce que tu as dû tuer ton propre enfant ? Quelle cruelle ironie.

Je ne dis rien. C'était plus judicieux de garder le silence, selon moi.

La déception se peignit sur les traits ciselés de Maeron.

— Pendant tout ce temps, les rumeurs étaient vraies. Vous avez conspiré tous les deux pour assassiner ma mère.

— Il ment, insista Casek. Je n'ai jamais eu l'intention d'aller au bout de ce plan, je te le jure. Je voulais juste que les combats s'arrêtent. Notre peuple avait assez souffert.

— Elle était une menace pour la société, lança Glendon.

Il lança un regard contrarié à Britannia.

— C'est la vérité, ma chère. Tu étais assoiffée de sang et agressive. Nous étions tous les deux contents de nous débarrasser de toi.

Casek se tourna vers elle.

— C'était une ruse. J'ai fait en sorte que l'un de mes invocateurs t'envoie en sécurité à travers un portail jusqu'à ce que le traité soit signé. Ensuite, j'avais l'intention de te ramener. Je ne t'ai rien dit parce que je savais que tu refuserais. Tu voulais toujours te battre.

— Pourquoi ne pas l'avoir ramenée, si c'était ton intention ? demanda Maeron.

Je grimaçai.

— Parce qu'il n'a pas pu, devinai-je. L'invocateur a été tué pendant la bataille.

Mon père hocha la tête.

— Après ça, j'ai passé des années à tenter de la retrouver moi-même, pour la ramener.

— Mais vous ne pouviez pas embaucher des invocateurs pour qu'ils la cherchent, parce que tout le monde aurait su ce que vous aviez fait, terminai-je pour lui. Et il y avait un risque pour qu'ils ne vous croient pas.

Je regardai Britannia.

— Pour qu'elle ne vous croie pas.

Mon père baissa la tête.

— Je me suis persuadé moi-même qu'elle était morte pour pouvoir tourner la page.

Britannia se fraya un chemin à travers la masse de cadavres au sol et se plaça entre les deux rois.

— Je te pardonne, mon époux.

Maeron la regarda en clignant des paupières.

— Vraiment ?

Elle riva son regard à celui de son fils.

— Notre union n'était pas un mariage heureux, et ton père a raison, j'étais aveuglée par l'ambition. Il n'avait aucune raison de tenter de me protéger, et pourtant il l'a fait.

Davina tendit la main.

— Maeron, n'écoute pas cet abruti. On est ta famille et on t'aime. Viens à nos côtés.

Glendon sourit devant l'hésitation de Maeron.

— C'est ça, fils. Rejoins l'équipe des gagnants. Bientôt, nous régnerons sur tout le royaume. Avec un vampire comme toi à mes côtés, nous serons invincibles, en plus d'être immortels.

Britannia plaqua ses mains sur ses hanches.

— Tu crois vraiment que mon fils pourrait se mettre dans ton camp ?

Maeron nous surprit en avançant vers Glendon. Le sourire du roi écossais s'élargissait à chaque pas qu'il faisait.

Un grognement s'échappa de la bouche de Callan.

— Ça suffit, mon frère.

— Tu as raison. J'en ai assez, répondit Maeron avant de se tourner vers Glendon et d'incliner la tête. Je suis à votre service, Votre Majesté.

Callan serra les poings. La peau de mon père devint verdâtre.

— Nomme un endroit que tu aimerais garder dans ces terres désolées que tu appelles ta maison, dit Glendon.

— J'aime bien le château d'Alnwick.

Je résistai à l'envie de regarder Callan. Ce choix avait clairement été fait dans le but de le blesser.

Glendon lui donna une tape sur l'épaule.

— Eh bien, dans ce cas, il est déjà à toi.

Maeron leva la tête pour regarder Glendon dans les yeux, et c'est là que je le vis. Un éclat de haine si profonde et si puissante qu'il aurait suffi à raser les dix super-volcans.

Il y eut un éclat de métal et une dague apparut dans la main de Maeron. Il l'enfonça au-dessus du sac banane, dans la partie charnue de l'abdomen de Glendon.

Ou ce qui aurait dû être la partie charnue, en tout cas.

Il me fallut un moment avant de comprendre que la lame avait rencontré une résistance. Glendon attrapa le visage de Maeron et le serra entre ses mains.

— Non ! hurla Davina.

Elle tenta de se précipiter au secours de son frère, mais Callan lui attrapa le bras et la maintint immobile.

— Je sais dans quel camp tu es, maintenant, dit Glendon entre ses dents serrées. Je vais briser tous les os de ton corps et laisser ta mère te regarder connaître une mort lente et douloureuse.

— Père, ça suffit, lança Callan.

— Je n'ai pas d'ordre à recevoir d'un traître, répliqua Glendon. Je n'ai d'ordre à recevoir de personne.

— D'où il tire toute cette force ? murmura Davina.

Mon petit doigt me disait que certains mages et sorcières à sa solde avaient dû contribuer aux nouveaux pouvoirs du roi.

Une flèche siffla à côté de moi en direction de Glendon. Il l'attrapa au vol avec sa main libre et la brisa. Des morceaux de métal tombèrent au sol.

— Merde, dit Davina.

Sans déconner.

Je ne pouvais pas le laisser tuer Maeron. C'était un prince vampire avide de pouvoir et aux priorités douteuses, mais il n'en restait pas moins mon frère. Il ne méritait pas de se faire écraser le crâne.

Je me connectai à ma magie et ça me fit l'effet d'une clef qui laissait entendre un cliquetis satisfaisant lorsqu'elle tournait dans une serrure. J'avais dépensé beaucoup de magie aujourd'hui, plus que je ne l'avais jamais fait en une période si courte. L'équilibre était perturbé. Je devais être prudente, ou ma cible ne serait pas la seule à être blessée.

Glendon serra le visage de Maeron encore plus fort, le faisant tomber à genoux.

Je levai la main et repoussai l'air. Glendon fut propulsé vers l'arrière, dérapa et relâcha le prince. Maeron s'écroula au sol. Ses gémissements me provoquèrent des frissons dans le dos.

Davina courut vers lui.

Casek montra les crocs et chargea.

Glendon leva une main et projeta mon père au sol. On aurait dit qu'il s'était imprégné d'un tas de pouvoirs.

Il laissa échapper un rire.

— Vous avez cru pouvoir me battre, hein ?

— Votre personnel a été bien occupé, remarquai-je.

Britannia souleva son fils du sol comme s'il était aussi léger qu'une feuille et l'emporta à l'écart.

L'anneau de feu se dissipa et une nouvelle vague de vampire arriva derrière Glendon. Il n'eut qu'à pointer du doigt et ils affluèrent vers nous.

La pression que ma magie exerçait continuait de grandir. Ça n'avait jamais été aussi intense. D'habitude, libérer de la magie m'aidait à maintenir un certain équilibre et me permettait de relâcher la pression.

J'en avais trop dépensé.

Mais je n'avais pas le choix. Sans ça, nous n'avions aucune chance de le vaincre. Une voix au fond de ma tête me conseilla de ralentir, de faire marche arrière. Que si je continuais comme ça, je deviendrais l'explosion nucléaire que j'avais toujours crains. Je tuerais l'ennemi, oui, mais je mourrais aussi, et j'emporterais aussi tous ceux que j'aimais avec moi.

Personne n'en sortirait gagnant.

Callan parut sentir que quelque chose n'allait pas. Il m'observa avec inquiétude tout en tordant le cou d'un vampire qui l'avait attaqué.

— Vas-y doucement. Je ne voudrais pas que ça devienne ton Birmingham.

Je donnai un coup de coude dans la gorge du vampire derrière moi et me retournai pour l'achever avec ma hache. La lame lui trancha la tête et je remarquai à peine le sang qui vint se mêler au mien.

— Si je ralentis, on perdra.

— De l'argent suinte de ton corps, grogna-t-il. Si tu ne ralentis pas, je te perdrai, toi.

Si je devais exploser, autant que ça compte pour quelque chose.

— J'aimerais que tu fasses quelque chose pour moi tout de suite, lançai-je en plongeant mon regard dans ses yeux verts. Fais reculer tout le monde aussi loin que possible d'ici. Peu importe si les hommes de Glendon vous pourchassent. Laisse-les faire.

Il me regarda avec intensité.

— Qu'est-ce que tu vas faire ?

Ma respiration se coinça dans ma gorge.

— Contente-toi de partir. Ne reviens pas tant que la voie ne sera pas libre.

Une pierre l'attendrait peut-être ici, ou peut-être pas, tout dépendrait de la façon dont les choses se dérouleraient.

— Comment je saurai quand la voie est libre ?

Je lui lançai un regard entendu.

— Tu le sauras.

Britannia lui frappa sur le bras.

— Tu as entendu le chevalier. Tout le monde recule.

Il m'embrassa brutalement sur les lèvres.

— Reviens-moi, London.

Je lui adressai un faible sourire.

— Non, c'est toi qui vas revenir vers moi, tu te souviens ? C'est le plan.

Je me retournai et courus vers le roi. Derrière moi, la voix de Britannia résonnait au-dessus de toutes les autres. Elle était une cheffe naturelle. Une force incontournable. J'étais bien contente qu'elle soit de notre côté.

Glendon vit une opportunité et la saisit. Il se précipita vers le bâtiment pour se mettre à l'abri. J'entrerais à sa suite s'il le fallait, mais mon plan serait plus efficace dehors. Ma mère ne me pardonnerait jamais, si je détruisais un bâtiment historique.

J'accédai à ma magie de l'air et laissai le vent m'emporter aussi haut que possible. Je n'avais pas besoin d'atteindre les nuages.

L'argent n'avait plus seulement transpercé ma peau. Tout mon épiderme brillait. Ma magie était à deux doigts de déborder.

Je rivai mon regard sur Glendon, qui courait toujours. Cible repérée.

— Glendon, tu as laissé tomber la pierre ! hurlai-je depuis mon poste dans les airs.

Le roi s'arrêta instinctivement et se retourna.

Ma magie explosa.

À cet instant, j'étais ce qui se rapprochait le plus d'un soleil dans cette atmosphère. Une étoile brillante avec un trou noir de pouvoir infini en son sein. De l'énergie se déversa de moi par ondes de choc. La lumière argentée m'aveugla et je me sentis perdre le contrôle. C'était trop.

Je piquai vers le sol comme une étoile filante. Est-ce que ça marchait, si on faisait un vœu quand on était soi-même l'étoile ?

Je ne le saurais jamais.

Je m'écrasai par terre, la douleur s'infiltrant dans chaque pore de ma peau. Je vis le visage souriant de ma mère et le soulagement m'envahit.

Puis le trou noir s'agrandit et m'emporta avec lui.

Chapitre 17

Polly me retrouva à l'entrée de la salle de bain avec une pile de serviettes pliées, une éponge et un gros savon. Je m'efforçai de ne pas me vexer.

— Vous avez réussi.

Je parvins à sourire.

— Je ne suis pas convaincue. Le fait qu'un bain n'attende que moi me pousse à penser que je ne suis plus sur Terre, mais au Paradis.

Elle émit un petit rire et ouvrit la porte avec son coude.

— Je peux aller chercher un kit de suture, si vous voulez. J'ai l'impression que vous avez besoin d'être un peu raccommodée.

Je la regardai.

— Un kit de suture ? Est-ce qu'il existe quelque chose que vous ne savez pas faire ?

— J'ai commencé en tant que couturière avant de gravir les échelons, alors non.

— Ce ne sera pas nécessaire, mais merci.

Je pris les objets qu'elle me tendait et entrai dans la salle de bain.

— C'est grâce à votre côté vampire que vous guérissez si vite ?

Je posai la pile sur la table à côté de la baignoire et la regardai.

— Je n'ai pas de « côtés ». Il n'y a que moi, en entier.

Elle hocha la tête et posa la main sur la poignée de la porte.

— C'est vrai, au sujet de la reine Britannia ?

— Oui.

— Est-ce qu'elle est aussi redoutable qu'on le dit ?

— Allez le découvrir par vous-même. Elle est en bas.

Le visage de Polly perdit toutes ses couleurs.

— Et vous avez récupéré cette pierre que vous cherchiez ?

— Oui.

Tout ce qui restait de Glendon après mon petit numéro de supernova, c'était la pierre. Elle était posée au sol, intacte. La seule marque qu'elle arborait, c'était sa fameuse spirale.

— Criez si vous avez besoin de quoi que ce soit, dit Polly. Je resterai dans le coin.

— Merci, mais ce n'est vraiment pas nécessaire. Allez vous occuper des autres.

Elles n'avaient pas toutes la chance de posséder mes capacités de guérison.

Elle ferma la porte et j'attendis d'entendre un petit cliquetis avant de retirer mes bottes et mon armure. Le moindre mouvement suffisait pour déclencher des douleurs diffuses. Il me faudrait un peu plus de temps pour guérir, cette fois. C'était une certitude.

Des bulles flottaient sur l'eau, et je passai la main à la surface. L'eau était chaude. Un parfum de fruits de rosier sauvage emplit mes narines quand je m'immergeai dans le bain. Ça signait la fin de notre quête impossible, et c'était un sacré final : un moment de répit dans un château, plongée dans un bain à bulles voluptueux. Je devrais peut-être me fier à ma première impression. J'étais peut-être vraiment au Paradis.

Je fermai les yeux, m'enfonçai un peu plus dans l'eau chaude et la laissai apaiser mes muscles endoloris. J'espérais que mes amies recevaient le même traitement royal.

J'entendis la porte s'ouvrir.

— Tout va bien, Polly. Je n'ai pas besoin que vous restiez.

— Ce n'est pas Polly.

J'ouvris les yeux et vis Callan, appuyé contre l'encadrement de la porte et les bras croisés sur son large torse. Un feu s'embrasa dans mon ventre quand je le vis. Propre et reposé, il ressemblait à un mannequin qui venait tout juste de sortir d'une séance, plutôt que d'une bataille entre deux Maisons.

Connard.

Le prince vampire s'avança vers la baignoire avec la grâce d'une panthère épiant sa proie.

— J'ai vu la façon dont tu boitais avant d'entrer dans le château. Je me suis dit que tu aurais peut-être besoin d'un coup de main.

J'étais trop blessée et fatiguée pour protester.

— Il y a quelques endroits que je ne peux pas atteindre sans me faire mal.

Callan s'agenouilla à côté de la baignoire et tendit la main vers l'éponge.

— Tu nous as dévoilé un grand nombre de tes talents, aujourd'hui.

— Je n'avais pas vraiment le choix. C'était soit sortir le grand jeu, soit perdre. Ton père était déterminé à tous nous tuer.

Je tournai la tête pour l'examiner.

— Des regrets ?

— Concernant mon père ? Aucun. Je l'ai fait sortir de mon cœur il y a longtemps. Comme tu l'as dit, il nous aurait tous tués, et il aurait dansé la gigue sur nos cadavres ensuite.

Il plongea l'éponge dans l'eau savonneuse.

— Par où tu veux que je commence ?

Nos regards se rivèrent l'un à l'autre et je sentis un millier de petites décharges émaner de mon entrejambe. J'étais bien contente d'être déjà assise, parce que mes jambes auraient fondu.

Je me raclai la gorge.

— Commence par nettoyer toute la saleté que tu peux voir, déjà.

Il ressortit l'éponge et l'essora au-dessus de mes seins. Puis il fit tomber des gouttes d'eau le long de la courbe de mon cou. Je l'inclinai sur le côté et un grognement grave, digne d'un prédateur, se fit entendre.

— Si tu as faim, je suis sûre qu'il doit y avoir une bouteille de sang synthétique dans la cuisine. Après tout, c'est ton château.

Sa bouche approcha de mon oreille.

— Ce n'est pas du sang que je désire.

Un souffle d'air chaud se déploya sur mon cou et je frissonnai.

— Tu as failli mourir, dit-il.

— Je suis un chevalier, tu te souviens ? Ça arrive souvent, dans mon métier.

Je refermai la main en coupe sur sa mâchoire ciselée, déposant une série de bulles sur sa peau.

— Et puis, tu m'as ranimée. Tout est bien qui finit bien.

— Ce n'était pas moi.

Je fronçai les sourcils.

— J'ai cru entendre ta voix...

— Tu avais besoin de sang. Le mien n'aurait pas fonctionné, pas sur toi.

— Davina ?

Il secoua la tête.

— Ton père. Il était gravement blessé, mais il a insisté.

Je me redressai d'un coup, faisant déborder l'eau par-dessus le bord de la baignoire.

— Il lui restait assez de sang pour ça ?

Callan fit courir l'éponge le long de ma joue.

— Il lui en restait. Et il a survécu. Il est déjà en train de siroter du thé tout en se plaignant de la température, comme le vieux grincheux qu'il est.

Une vague de soulagement m'envahit.

— Si je suis censée être la plus puissante d'entre nous, comment se fait-il que tu aies l'air frais comme un gardon ?

J'inspectai son beau visage.

— Est-ce qu'il te reste seulement la moindre égratignure ?

— J'ai eu beaucoup de chance. Après tout, ce n'est pas moi qui ai explosé comme une supernova surnaturelle.

— En d'autres termes, tu vas très bien.

— Oui.

— Dans ce cas, tu comptes rester planté là à me mater, ou tu vas me rejoindre ?

À une vitesse surnaturelle, Callan retira ses vêtements et grimpa dans la baignoire. De l'eau se renversa sur les côtés. Le sol était trempé.

— Tu devrais faire attention, avec l'eau, remarquai-je. Ce plancher en bois a survécu pendant des siècles. Tu ne peux pas le sacrifier juste parce que tu veux folâtrer dans un bain.

Il riva son regard pénétrant sur moi et se pencha en avant.

— C'est loin d'être un sacrifice.

Il plaqua sa bouche sur la mienne, ce qui me convenait très bien, parce que j'avais perdu l'usage de la parole, de toute façon.

J'avais aussi perdu toute capacité à respirer.

Oubliant mes blessures, je perdis la notion du temps. Nos membres s'entremêlèrent et nos corps se joignirent. La chair se pressa contre la chair jusqu'à ce que je ne puisse plus déterminer où commençait le corps du dhampir et où se terminait celui du vampire. À cet instant, il n'existait plus que deux personnes dans ce monde, et elles étaient ici, dans cette baignoire sur pied.

Quand nous eûmes terminé, il ne restait presque plus d'eau dans la baignoire et j'avais aussi perdu le contrôle de mes muscles.

Ça en valait la peine.

Callan se déplaça pour que nos corps soient côte à côte dans la baignoire.

— Tu étais bien plus alerte que je m'y attendais. Je m'attendais à devoir passer au moins une journée entière à t'aider à te rétablir.

Je tournai la tête vers lui.

— Désolée de te décevoir.

Callan pencha la tête et m'embrassa.

— Depuis le jour où je t'ai rencontrée, tu n'as fait que dépasser toutes mes attentes.

— Idem.

Il attrapa une serviette.

— Tu veux que je t'aide à te sécher ? J'ai peut-être oublié de mentionner que c'était un château avec tous les services compris.

Je me léchai les lèvres.

— Quand tu dis *tous* les services compris… ?

Son regard s'attarda sur mon corps nu, dégoulinant d'un mélange d'eau de bain et de sueur.

— Je crois que j'ai oublié quelques endroits, dit-il. Ce ne sont pas les chats qui se nettoient en se léchant ?

Je lui pris la serviette des mains et la jetai au sol.

— Les chats ne sont pas les seuls à le faire.

Un sourire lascif s'étira lentement sur son visage.

— Je suis ravi de l'entendre. Pourquoi seraient-ils les seuls à s'amuser ?

***

Orkney était aussi beau et spectaculaire que dans mes souvenirs. La côte escarpée. L'air frais. Les hautes falaises de grès. Je n'eus aucun mal à reproduire mon trajet jusqu'au site du premier temple de Friseal. Chaque pas me donnait l'impression de me remémorer les notes d'une chanson.

— C'est vraiment le bout du monde, remarqua Kami, qui marchait à côté de moi.

— C'est pour ça qu'on a décidé d'amener les pierres ici pour les détruire. On est aussi éloignés de toute civilisation que possible.

— On doit les détruire, tu en es sûre ? On devrait peut-être se contenter de les stocker dans ta maison de vacances. De les garder de côté juste en prévention.

Je la scrutai.

— Ce n'est pas de l'argent de poche. Ce sont les pierres les plus puissantes du monde.

Elle haussa les épaules.

— Raison de plus pour les garder. On ne sait jamais quand un monstre va débarquer d'Amérique du Sud et semer le chaos.

— Je vais faire comme si tu n'avais jamais dit ça.

Je continuai de marcher, bien consciente de la file d'êtres surnaturels qui me suivait. Après de longues délibérations, nous avions décidé de détruire les pierres en employant la même méthode utilisée pour les créer : en unissant nos forces.

Britannia vint marcher à côté de moi.

— Je me suis dit que j'allais m'accorder un moment pour te remercier. J'en profite pendant que tous les autres halètent comme si c'était la première fois qu'ils devaient parcourir des kilomètres.

— Ce serait plutôt à moi de vous remercier. Votre aide a été inestimable.

Elle sourit.

— J'ai toujours excellé au combat.

J'avais presque peur de poser la prochaine question, au cas où la réponse ne me plairait pas.

— Qu'est-ce que vous comptez faire, après ça ?

— Eh bien, d'abord, je dois rassurer la pauvre Imogen en lui disant que je ne désire en aucun cas l'évincer. Le pauvre petit agneau doit trembler dans ses escarpins, en ce moment.

Je ris en imaginant Imogen engloutir des quantités ahurissantes de vin en attendant l'arrivée de l'ancienne reine.

— Ensuite, je repartirai à zéro. Ta sœur m'a demandé de lui enseigner certaines techniques.

Elle regarda Davina par-dessus son épaule.

— Je pense que ça me plaira. C'est une fille charmante. Pleine de potentiel, comme je l'étais à une époque.

— Vous êtes immortelle, vous vous souvenez ? Vous l'êtes encore.

Nous continuâmes de marcher vers notre destination dans un silence confortable. Les cinq pierres étaient enroulées dans des chaînes anti-magie et rangées dans un coffre protégé par une barrière magique. De temps en temps, je regardai par-dessus mon épaule pour m'assurer qu'il était encore là. Nicolette Dumont, de la meute de loups-garous de West End, tenait l'une des poignées, et Maeron l'autre. Même s'il y avait peu de chances pour qu'on soit interceptés, le futur était toujours incertain, et j'étais résolue à rester vigilante jusqu'à ce que nous ayons accompli notre tâche.

— On est bientôt arrivés ? demanda Minka.

Kami se tourna vers elle.

— Tu n'es pas sérieuse. Tu es dans un endroit préservé et isolé de tout.

— Exactement.

Kami secoua la tête.

— Essaie de profiter un peu.

Nous arrivâmes devant la cascade et j'écoutai les sons admiratifs émis par mes compagnons.

— Je n'avais encore jamais vu un endroit comme celui-là, dit Briar.

Elle s'agenouilla près du bassin et plongea une main dans l'eau.

— C'est un lieu vraiment spécial.

— C'est sûrement pour ça que nos ancêtres l'ont choisi, remarqua Yardley.

Il brisa la barrière qui protégeait le coffre et l'ouvrit.

— Mettons-nous au boulot.

Nous laissâmes les chaînes magiques enroulées autour des pierres, pour ne pas être influencés par leurs pouvoirs. La dernière chose dont nous avions envie, c'était que quelqu'un se mette soudain à lire dans les pensées des autres ou à se transformer contre son gré. Ce rituel devait se dérouler sans accroc.

— Un petit conseil, dis-je. Ne faites pas tomber les pierres dans le bassin, elles risqueraient de se retrouver ailleurs.

Kami scruta l'eau.

— C'est un portail ?

— Ça l'a été pour moi. Mieux vaut rester prudent.

Nous entassâmes les cinq pierres et Minka dessina un cercle de craie autour d'elles.

— Et si le sort n'était pas assez puissant ?

Ione lui tapota l'épaule.

— Aie un peu foi en toi, Minka. Tu es une excellente lanceuse de sorts.

— Est-ce qu'on doit tous faire partie du cercle, ou est-ce que certains d'entre nous doivent attendre à l'extérieur ? s'enquit Stevie.

Davina s'avança sur la ligne de craie.

— Je me fiche de qui d'autre viendra, mais je veux participer.

— London et moi en avons discuté, commença Minka. On pense que, puisque nous sommes toutes des versions diluées des participants originels, plus on sera nombreux, plus on aura de chances d'accomplir notre objectif.

Davina parcourut le groupe des yeux.

— Logique.

Nous formâmes un cercle autour des pierres sans laisser personne de côté. Vampire, mage, sorcière, loup-garou et fae. Toutes les lignées impliquées dans la création des pierres étaient représentées. Je représentais les faes, mais il était tout à fait possible que d'autres membres du groupe aient des traces de fae dans leur sang, eux aussi.

— Maintenant, dit Minka.

Nous nous entaillâmes tous la paume et laissâmes couler notre sang sur le cercle de craie, jusqu'à créer une boucle fermée. Naturellement, les vampires se servirent de leurs crocs pour transpercer leur peau. Dès que le cercle fut clos, je sentis un flot de pouvoir jaillir, et une lueur dorée émana du cercle.

Un rire éclata. Je regardai Neera, en face de moi, et me joignis à elle. Les cheveux de la sorcière de terre étaient hérissés sur sa tête. C'était pareil pour tous les autres. On avait l'air ridicules.

Minka se mit à scander, nous rappelant notre objectif bien plus sérieux. Nos voix se joignirent à la sienne en parfaite harmonie jusqu'à ce qu'elles s'unissent en une seule et même note.

Le sol trembla et l'air se contracta. Au centre du cercle, les pierres tressaillirent. Stevie resserra ses doigts autour de ma main. C'était le moment de vérité. Si on échouait maintenant… je n'avais pas envie de penser à ce qui se passerait.

Les psalmodies gagnèrent en volume. La terre trembla plus fort. Les pierres résistaient à leur sort.

Je repoussai mes limites.

Je déversai toute la magie que je possédais dans le sort.

L'une des pierres se fendit au milieu. Il y avait du progrès.

Le son atteint son paroxysme.

Un éclat de lumière illumina toute la zone. On aurait presque pu prendre ça pour un rayon de soleil. Tout parut se passer au ralenti. Je voyais l'écorce brune des arbres et le bleu de l'eau. Au loin, j'apercevais la Mer du Nord. Baigné de lumière, le monde était plus éblouissant qu'on aurait pu l'imaginer.

L'explosion de lumière suivante m'obligea à fermer les yeux. Je me détournai pour échapper à son intensité, tout en m'assurant de garder mes mains jointes avec celles de Davina et de Stevie. Je ne pouvais pas prendre le risque de briser le cercle.

Un autre son résonna, si puissant qu'il parut se réverbérer en moi. C'était comme si la terre elle-même s'ouvrait en deux. Le bruit s'interrompit brusquement et j'osai ouvrir les yeux.

Un cratère avait pris la place du cercle. Les pierres avaient disparu.

L'atmosphère redevint normale, tout comme nos cheveux. Nous nous lâchâmes la main, les yeux rivés sur la crevasse.

Yardley fut le premier à prendre la parole.

— Bravo. On a réussi.

Je regardai autour de moi à la recherche du moindre signe anormal. Je retournai mes mains des deux côtés pour examiner ma peau. Je ne ressentais aucune différence, non pas que je m'attendais à être changée par le sort. Nous n'avions détruit que les pierres, pas la magie qui y était liée.

Kami plaqua une paume sur sa tempe.

— Quelqu'un d'autre a les oreilles qui sifflent ?

— Je suis sûre que ça s'arrêtera dans une minute, assurai-je.

Davina regarda par-dessus le bord du cratère.

— C'était intense.

J'étais en partie soulagée, mais j'éprouvais aussi une pointe de tristesse. *Voilà pourquoi on ne peut pas avoir de jolies choses.*

Kami parut avoir détecté mes sentiments mitigés sur la question. Elle posa une main sur mon épaule.

— Ne t'en veux pas. C'était la seule solution. Tu avais raison, comme toujours.

— Pas toujours, répondis-je en me tournant vers elle. J'ai eu tort de mentir autant pendant aussi longtemps. Je croyais pouvoir protéger tout le monde en faisant ça, mais je ne protégeais que moi.

Kami me regarda dans les yeux.

— Tu n'en restes pas moins ma meilleure amie. Je me moque que tu invoques un millier de Trio depuis les fosses enflammées du monde souterrain. On fait tous des erreurs.

— Eh, je n'ai pas invoqué Trio. Je l'ai trouvée dans l'un des tunnels du métro.

— Ouais, je me souviens de l'histoire que tu nous as racontée.

— Je ne mentais pas, insistai-je.

Elle rit.

— Tu rends ça trop facile.

Yardley nous approcha.

— Je dois avouer que je n'étais pas sûr que notre plan fonctionnerait. Je suis agréablement surpris.

— Merci d'être venu, répondis-je. Je sais que c'était un long voyage.

Je savais aussi qu'il aurait préféré utiliser les pierres pour atteindre ses objectifs. Le soleil devrait attendre.

Il sourit.

— C'était un honneur de me joindre à vous. Merci de m'en avoir offert l'opportunité.

— Je suppose que vous allez continuer votre quête.

Il hocha la tête.

— Absolument. S'il existe un moyen de ramener le soleil, les Personnes Supportrices de Ra le trouveront.

Je lui donnai une tape sur l'épaule.

— Bonne chance, Yardley.

— Nous devrions nous retrouver pour boire un thé la semaine prochaine. Qu'en dites-vous ? Au même endroit que la dernière fois ?

— Ça me va.

Le mage sourit, puis disparut.

— La téléportation est un talent tellement plus cool que ce que je peux faire, se plaignit Minka.

Je la regardai, incrédule.

— Tu as créé un sort qui a permis de détruire cinq pierres ancestrales et puissantes. On est au niveau de ce que font les dieux, là, Minka.

Elle pinça les lèvres.

— Je suppose que c'est assez cool aussi.

Kami lui donna un coup de coude.

— C'est bon. On va t'obliger à sortir de ta zone de confort plus régulièrement, à partir de maintenant.

— Je ne peux pas. Quelqu'un doit s'occuper de la paperasse.

— Dans ce cas, on établira un emploi du temps qui obligera tout le monde à jouer les bureaucrates chacun son tour, répondit Kami. On va t'aider à devenir la version préférée de toi-même.

Minka plissa le nez.

— Je croyais que c'était censé être « la meilleure version de moi-même ».

— Je dirais plutôt « préférée ». Ça nous laisse un peu de marge de manœuvre pour nous amuser. « Meilleure », ça met trop de pression.

Minka eut l'air de prendre note de ses conseils, ce qui était un exploit en soi.

— Tu veux qu'on s'asseye côte à côte dans le train pour le chemin du retour en ville ? demanda Stevie à Kami.

— Je ne rentre pas tout de suite, répondit-elle. Je vais faire un petit détour par Morpeth.

Je lui souris.

— Ça m'a tout l'air d'une excellente idée. Prends beaucoup de photos.

— J'en ai bien l'intention. Je t'en enverrai une de moi dans la Brasserie en plein air. Je serai peut-être même sobre quand je le ferai.

Nous nous rassemblâmes et nous préparâmes à quitter l'archipel. Dans l'ombre, quelque chose remua. La créature ne déclencha aucune alarme, alors j'attendis de voir si notre visiteur allait se révéler. Il avait l'air d'aller dans la direction opposée. Alors qu'il s'éloignait, je distinguai la silhouette d'une énorme carapace de tortue.

Ione suivit mon regard.

— Qu'est-ce qu'il y a, London ?

Je souris.

— Rien. C'était juste une ombre.

Chapitre 18

Je grimpai les marches de mon appartement sur la pointe des pieds, la ménagerie sur les talons. Au départ, j'avais opté pour le dernier étage pour avoir accès au toit, mais cet emplacement me compliquait la tâche quand je voulais faire entrer ou sortir la ménagerie du bâtiment en douce. Maintenant que nous n'étions plus en danger, les animaux devraient pouvoir rester dans l'appartement, avec un peu de chance. Après tout ce que j'avais traversé, je n'avais aucune envie de me faire expulser.

Je les poussai dans l'appartement et m'empressai de fermer la porte derrière moi. Malgré mes avertissements, Herman continua de bêler. Si certains voisins affirmaient avoir vu ou entendu quelque chose, je n'aurais qu'à feindre l'ignorance. Oui, ça ressemblait à de la manipulation psychologique, mais dans cette situation (et c'était seulement dans ce cas), je la tolérais.

Quand nous fûmes bien en sécurité dans l'appartement, les animaux avaient du mal à s'éloigner de moi. Les pauvres étaient traumatisés par tous ces déménagements récents. Le bout de fourrure humide que Gros Roux avait mâchonné sur sa patte en était la preuve.

Jemima se mit aussitôt à picorer le canapé. Hera feula sur Sandy quand le renard tenta de s'installer sur le divan à côté du chat. Nous ne serions jamais une grande famille heureuse, mais cela existait-il seulement ? Toutes les familles avaient leur lot de problèmes, qu'elles soient liées par le sang ou par choix.

Herman trottina devant moi et rentra dans la cuisine en première. La chèvre pygmée était toujours prête à prendre son prochain repas. Gros Roux s'accrocha à mon pied. Son poids me força à rentrer dans la cuisine en clopinant comme un zombie pour préparer leurs repas.

Globalement, c'était une journée ordinaire à Britannia City, et j'en étais bien contente.

Quand les animaux eurent mangé, je me concentrai sur mon propre repas. Sans surprise, le placard était vide. J'allais devoir aller faire des courses, maintenant que j'étais enfin rentrée. En attendant, j'engloutis un bol de soupe aux légumes. J'étais en train de déposer le récipient vide dans l'évier quand j'entendis un tapotement. Je sortis dans le salon pour en trouver l'origine. Les animaux étaient rassemblés en demi-cercle autour de la fenêtre.

— C'est Barnaby ?

Je m'attendais à ce que le corbeau pointe le bout de son bec tôt ou tard. Il revenait toujours.

J'écartai le rideau et eus l'agréable surprise de découvrir Callan sur le balcon.

J'ouvris la fenêtre.

— Tu sais que tu n'es plus obligé de te faufiler ici en douce, hein ?

Il grimpa dans l'appartement.

— J'ai l'habitude d'arriver de manière peu orthodoxe. Je m'y suis attaché.

— Le couronnement est pour demain. Tu ne devrais pas être en route pour l'Écosse ? demandai-je en époussetant ses épaules. Tu es plutôt séduisant, pour un roi vampire.

Il déposa un baiser sur ma joue.

— Un compliment ambigu. Comme c'est mignon.

Il plongea une main dans sa poche.

— Je t'apporte des cadeaux.

Je fermai les yeux.

— Vas-y.

— Pourquoi tu fermes les yeux ?

— Si c'est un cheval que tu m'offres, je ne dois pas regarder ses dents, si on en croit l'expression[1].

Il émit un petit rire.

— Ouvre les yeux. Ce n'est pas un cheval.

Il ouvrit la paume, dévoilant un petit fruit violet.

— Ça a ses avantages de devenir roi.

Je regardai la prune, à court de mots.

Callan sourit.

— Je t'ai laissée sans voix. Ma tâche est accomplie.

Je pris la prune et humai son odeur.

— Tu t'es souvenu.

— Comment aurais-je pu oublier l'un de tes souvenirs les plus précieux avec ta mère ?

— Merci. Tu n'as pas idée à quel point ça compte, pour moi.

— Si, et c'est exactement pour ça que je te la donne. N'hésite pas à la manger, cette fois, au lieu de la garder en souvenir. Il y en a d'autres là où je l'ai trouvée.

Je mis la prune dans ma poche.

— Plus tard. Je n'ai pas envie de te parler avec du jus qui me coule du menton. Ce n'est pas sexy.

---

1 C'est un jeu de mots inspiré de l'expression : « à cheval donné on ne regarde pas les dents ».

Il replaça une mèche de cheveux derrière mon oreille.

— Tout ce que tu fais est sexy, London.

— C'est un défi que tu me lances ? Parce que je suis à peu près sûre de pouvoir le relever.

Il pencha la tête et m'embrassa.

Herman bêla, interrompant notre moment. Je me tournai vers la chèvre.

— Continue comme ça et tu vas te retrouver sur le marché, mon pote.

Herman baissa la tête et alla s'asseoir par terre, près du canapé.

— Ça te dérange si je m'entraîne pour mon discours ? demanda Callan. Je veux le répéter devant toi.

— Tu es sûr ? Je ne suis pas vraiment ton public cible.

— Non, mais tu es le plus important.

— J'ai le temps de faire du pop-corn ?

— Non.

— OK. Laisse-moi me mettre à l'aise.

Je repartis vers le canapé et la ménagerie se pressa aussitôt autour de moi. Gros Roux s'installa sur mes genoux et je caressai la fourrure du panda roux. Pendant ce temps, Callan vint se placer devant nous.

Il adopta une posture régalienne. On aurait dit que c'était naturel, pour lui.

— Merci à tous de m'avoir accueilli à mon retour. Comme vous pouvez sûrement l'imaginer, les montagnes et les vallées m'ont manqué, tout comme les forêts et les landes qui m'ont vu grandir, durant mon enfance. Je ne sous-estime pas la chance que j'ai de pouvoir retrouver un pays toujours aussi prospère. D'autres n'ont pas eu cette chance. Comme vous le savez, je suis responsable de la destruction de Birmingham, il y a vingt ans. Ses habitants ont connu des pertes incommensurables, et nous avons tardé à nous racheter. Trop tardé. Avec nos plus sincères excuses, j'aimerais annoncer que la Maison Duncan s'associera avec la Maison Lewis et participera aux efforts de réparation de son territoire. Et nous espérons qu'un jour, qui ne saurait tarder, Birmingham sera aussi florissante qu'elle le mérite.

Je me mis à applaudir, effrayant Gros Roux, qui sauta de mes genoux.

— Ma prochaine action en tant que roi, en partenariat avec la Maison Lewis, est d'annoncer l'arrivée d'un nouveau produit sur le marché, du sang synthétique qui remplacera le sang humain. Ce produit a été testé et approuvé par une talentueuse équipe de vampires, et nous avons déterminé qu'il servirait de substitut adéquat. C'est pourquoi je vais dissoudre tous les centres de tribut du territoire. Nous n'aurons plus besoin de sang humain.

Je pris une inspiration. C'était un choix audacieux, mais je savais qu'il se préparait à le faire avant même notre rencontre.

Je continuai de l'écouter en silence, jusqu'à ce que je l'entende dire que « la magie ne sera plus illégale ».

Je hoquetai.

— Tu es fou ?

Il m'ignora et continua de parler.

— Quand nous avons interdit la magie, nous avons dérogé au droit de certains de nos sujets, le droit d'être qui ils sont vraiment. Nous les avons oppressés et opprimés. Ce n'est pas le genre de dirigeant que je veux être. Si nous devons instiller la peur pour régner, alors nous ne méritons pas d'être au pouvoir.

Je ramassai ma mâchoire du sol et le laissai continuer.

— Et mon dernier acte du jour sera d'abroger la loi qui concerne les dhampirs.

Je croisai son regard et il me fit un petit sourire.

— Si vous êtes né.e de l'union d'un vampire et d'une autre espèce… si vous êtes un vampire ou une sorcière et que vous êtes enceinte d'un bébé dhampir, vous n'avez rien à craindre, la Maison Duncan vous protégera.

Il se racla la gorge.

— Je sais, de source sûre, que la Maison Lewis fera bientôt une annonce similaire.

Les spectateurs vampires seraient sûrement un peu troublés par cette annonce. Seul le temps le dirait.

— Et maintenant, laissez-moi vous présenter ma conjointe, London Hayes des Chevaliers de Boadicée.

Il me tendit la main. Je secouai la tête.

— Je ne serai pas là, tu te souviens ? Tu pars demain.

— Pas sans toi.

Je poussai un soupir.

— Callan, on en a déjà parlé. Je suis un dhampir. Tu es le nouveau roi du Nord. Tu ne peux pas avoir quelqu'un comme moi à tes côtés. Nouvelle loi ou pas, ça perturbera tes sujets. Ils ont besoin de temps pour s'adapter et accepter les changements.

Il décala un peu les animaux pour me rejoindre sur le canapé et me prit la main.

— J'y ai beaucoup réfléchi, et, la vérité, c'est que si je ne peux pas t'avoir à mes côtés, alors je ne veux pas de tout ça.

Je le dévisageai.

— Callan, c'est absurde.

Il fit glisser son pouce sur ma main.

— Écoute-moi, London. Nous devons incarner le changement que nous voulons voir dans le monde. À commencer par nous. Aujourd'hui.

Il sourit et ajouta :

— Ou demain, plus spécifiquement.

Dans ma tête, j'entendis la voix de ma mère me répéter ces mêmes mots. *Nous devons incarner le changement que nous voulons voir dans le monde, London. Nous sommes voués à répéter ce que nous échouons à changer.*

Je pressai sa main.

— Tu as raison. Mais je ne veux pas te forcer à prendre des décisions difficiles.

— La vie est remplie de décisions difficiles. C'est la façon dont on les surmonte qui nous définit.

Je hochai la tête.

— Je sais qui je suis, maintenant.

Et je n'avais plus peur de l'accepter. Plus maintenant.

— D'accord, je viendrai avec toi.

La ménagerie parut comprendre ma décision et grommela de mécontentement.

Callan les regarda et sourit.

— Ne t'en fais pas. J'ai fait préparer un petit chariot rien que pour eux. Tu n'auras pas à les abandonner à nouveau.

Il m'embrassa sur le front.

— Je passe te chercher demain à huit heures.

— Je serai prête.

Il se transforma en papillon et s'envola par la fenêtre. Je le suivis, grimpai sur le balcon et le regardai s'éloigner. C'était dingue de penser qu'à une époque, tous les muscles de mon corps se nouaient à la simple vue d'un papillon. Maintenant, alors que je regardais ce papillon précis se fondre dans la nuit, j'éprouvais quelque chose de totalement différent.

De l'espoir.

Le monde n'était pas parfait, mais c'était le nôtre, et nous continuerions de nous efforcer de l'améliorer… pierre après pierre.

ZOOM sur l'auteur

Annabel Chase

Annabel Chase écrit du cozy mystery (paranormal et contemporain) et de l'urban fantasy. Ancienne avocate, elle a la double nationalité américaine et britannique. Elle a deux enfants incroyables et le chien le plus adorable de la planète (toutes nos excuses aux chiens les moins adorables du monde). Elle aimerait vivre dans une ville magique, où elle pourrait flirter avec des anges et des vampires sexy, retrouver la taille qu'elle avait à ses dix-neuf ans et cuisiner des repas fantastiques sans avoir à fournir le moindre effort.

www.editions-alter-real.com
ISSN : 2646-6899
Dépôt légal : avril 2024
Achevé d'imprimer en France sur les presses numériques de Dupliprint (95).
ALTER REAL (SARL PROVEXIM) bénéficie du soutien de la Région Centre-Val de Loire, de l'État (DRAC Centre-Val de Loire) et de Ciclic dans le cadre de l'aide aux entreprises d'édition imprimée ou numérique.